新注和歌文学叢書 2

紫式部集新注

田中新一 著

青簡舎

目次

はじめに

大きな権力が立ち現れると、従前の歴史的情況がすっかり染め変えられる事がある。古典和歌の上でこれを見れば、勅撰和歌集（後拾遺集〜新古今集、新勅撰集と進む形式的完成とそれ以降の形骸化）の権威化や、歌道家（六条家・特に御子左家とその継承）の確立と固定化等々である。千載集・新古今集や俊成・定家・為家らに代表される力学である。これら家集や歌人が後世に残した功績については、従来の和歌史研究が多方面より論究し尽くしている。

が、その反面の負の部分についての究明は、充分に進んだとは言い難い実情にある。また、それは、関係資料の改変・消滅も手伝って容易ではない。平安末期から鎌倉初頭にかけて現れた権威集団によって消されてしまったもの、変わってしまったものは何か。つまり、従前の、平安中期以前の和歌世界の実態・実情は――特にその中で平安末の新勢力の台頭で消え、又改められ、見えなくなってしまったものは――何か。

平安時代の真相は、大変革を遂げた平安末期という峯の向こう側にあるので、現代から遡上しようとしてもなかなか見えにくい。今日の我々には、その平安中期以前のありようを再現してみる術はないのだろうか。

そうした探求の果てに、生まれた仮説が「二元的四季観」の存在を予見・予測した拙論であった。平安末期の大きな新勢力・新権威で、変えられ消されたものの復元であるだけに、消えず残存する資料の発掘は容易ではない。時代の嵐の中を通り抜けて、今日まで幸いに伝わる資料の中に、その僅かな残滓を探し出して体系立てる困難を味わわされながらの作業であった。古く上代の大伴家持に発し、紀貫之を経由して、藤原公任・紫式部ら特定の人々に伝わったまま、その後、右の大きな権威の影にかき消されてしまった「二元的四季観」という文学意識の流れであった。

当「紫式部集」にしても、平安中期の一私家集として、その後の長い歴史の中を生きてきた作品である。現存する同集の諸伝本を広く集めた校本は、南波浩氏の輝かしい大業績である。その伝本の中の一本に、上述の研究で見つけ出した「二元的四季観」の痕跡を伝える貴重な写本として、「実践女子大学蔵本」を指摘できたことに、大いなる悦びと期待を持ち、この写本こそ原作者に最も近いものを残す写本との確信を持ったのである。これを信ずる以外にどんな有効な取捨選択もなし得ない事を知り、これを底本として徹底的に信頼して読んでみたい。これが本書の出発点であり、願いであった。

従って、他の写本による校合や、諸作品・諸知見による安易な推測や、現代的合理性に基づく読み方の導入や、それらから派生する予測・予見や、錯簡・改訂・添削等の予想事等々のすべてを退け、外形上誰の目にも明らかな物理的な改変処置以外には、原則的に「実践本」の現態に手を加えず、客観的に読み続ける姿勢を自らに課したつもりである。

式部の全歌を集めるとか、他本で校訂してあるべき本文を求めるとかは一切念頭にない。むしろそうした「集める」とか「正す」という今日的研究趣意を避けて、底本とした実践本本文を原則として信じ、恣意では決していじらない事を本注釈書の使命としたものである。

以上の趣旨により、底本以外の諸本については、陽明本をのみ専ら参考として〔校異〕欄に掲げるにとどめた。読書子のご了解を乞いたい。

著者

凡例

一、本書は、実践女子大学常磐松文庫蔵『紫式部集』（題簽「むらさき式部集」）を底本とした。底本の書誌や特徴については、既に各種の紹介がなされて知悉されていようが、基礎的な書誌調査報告としては、同大学文芸資料研究所より左記の公刊がなされている。

実践女子大学文芸資料研究所『年報』第1号（昭和57年3月刊）「紫式部集（調査報告二）」〈担当者阿部秋生・前田裕子〉

一、本文は、底本の原態を出来る限り尊重し、みだりに改めないことを大原則とした。ただし、読解の便宜上、次の処置を施した。

○詞書の改行は原本のままだが、適宜句読点を施した。

○歌は原本では二行書きだが、一行書きに改めた。各歌の頭に歌番号を付し、歌の末尾には詠出歌群の推定序列記号〈アルファベット〉〈［解説］考察四224頁参照〉を付けた。

○かなづかいは歴史的仮名遣いに統一した。改めた場合は、その右側に括弧付きで底本本文を傍書した。

○詞書・和歌ともに、本文理解のため、濁点を施した。

○底本の明白な誤字・衍字などを、やむを得ず改めた事例が二、三箇所ある。その時もその右側に括弧付きで底本本文を傍書し、併せて「語釈」の中で、改訂理由を記した。

一、校異は、古本系の代表本文として、陽明文庫本（陽明叢書国書篇第五輯「中古和歌集」所収）一本を参考として取り上げて対校した。その際、歌意に関わらぬ仮名表記（む、ん等）の相違や、漢字・仮名の表記の相違などは、掲げない。

一、現代語訳は、原文に引かれて、現代語としてまだ十分にこなれていない憾みを残すが、語義は出来る限り活かすよう努めた。

一、語釈は、現代語訳の根拠になる項目を中心に、出来るだけ簡潔に書いた積もりである。式部の語意感覚についても時に触れた。

一、補説は、一首一首の釈義・鑑賞に留まらず、前・後歌との関連に留意し、その歌が「集」全体に対して持つ位置や意義を念頭に記述することに心掛けた。底本全体が一個の凝縮した自伝的著作であるとの思いからである。

一、解説は、本書で実践女子大学本一本のみを何故取り上げたか、そして、それをどう読もうとしたか、という本書執筆の核心的事項を摘記することとした。筆者としては、最も読んで頂きたい部分である。全首の注釈本文は、その実践的試行と位置づけられよう。

一、注釈全般に亘り、先行する数多くの著書・論文の恩恵を忝なくしたが、本書の性格上、特に関わる事の多かった下記の諸著作からの引用では、下段の略称を用いる事とした。

岡　一男	『源氏物語の基礎的研究』（東京堂）昭和二九	→岡「基礎」
今井源衛	『紫式部』（吉川弘文館「人物叢書」）昭和四一	→「叢書」
竹内美千代	『紫式部集評釈』（桜楓社）昭和四四	→「評釈」
岡　一男	「紫式部の生涯」（有精堂「源氏物語講座」第六巻）昭和四六	→岡「講座」

萩谷　朴　『紫式部日記全注釈』上下（角川書店）昭和四六　→「全注釈」
南波　浩　『紫式部集の研究　校異篇伝本研究篇』（笠間書院）昭和四七　→「校本」
清水好子　『紫式部』（岩波新書）昭和四八　→「新書」
南波　浩　『紫式部集』（岩波文庫）昭和四八　→「文庫」
山本利達　『紫式部日記　紫式部集』（新潮日本古典集成）昭和五五　→「集成」
木船重昭　『紫式部集の解釈と論考』（笠間書院）昭和五六　→「解釈」
木村正中　「紫式部集全歌評釈」（『国文学』昭和五七・一〇）→「全歌（木村）」
鈴木日出男　「紫式部集全歌評釈」（『国文学』昭和五七・一〇）→「全歌（鈴木）」
後藤祥子　「紫式部集全歌評釈」（『国文学』昭和五七・一〇）→「全歌（後藤）」
小町谷照彦　「紫式部集全歌評釈」（『国文学』昭和五七・一〇）→「全歌（小町谷）」
秋山　虔　「紫式部集全歌評釈」（『国文学』昭和五七・一〇）→「全歌（秋山）」
稲賀敬二　『源氏の作者　紫式部』（新典社）昭和五七　→「作者」
南波　浩　『紫式部集全評釈』（笠間書院）昭和五八　→「全評釈」
角田文衛　『紫式部の世界』（法蔵館「著作集」七巻）昭和五九　→「世界」
伊藤　博　『紫式部日記　付紫式部集』（新日本古典文学大系24）平成一　→「新大系」

その他諸々の著書・論文・研究文献からの引用に当たっては、その都度小文字でその原拠を注記した。

なお、本書中引用の諸氏の敬称はすべて省略に従った。ご了解を乞いたい。

一、本書の上梓に当たり、底本使用について実践女子大学のご承諾を戴き、また、直接間接に各方面からのお力添えを賜りました。ここに厚く御礼申し上げます。

注釈

1

はやうよりわらはともだちなりし人に、としごろへてゆきあひたるが、ほのかにて、十月十日のほど、月にきほ《〔お〕》ひてかへりにければ

めぐりあひて見しやそれともわかぬまにくもがくれにし夜はの月かげ　A

〔校異〕　ほど—程に（陽）　月かげ—月かな（陽）

〔現代語訳〕　ずっと以前よりの幼馴染みだった友に、何年ぶりにか巡り会ったのに、その出会いはごく短かく、十月十日の頃おいのこととて、早々と沈む月と競い合うように帰ってしまったので、

やっと巡り会って、出会えたのは彼女と見分けもつかぬうちに、早々に雲隠れしてしまった夜の月のような我が友よ。

〔語釈〕　**〇はやうより**　以前より。幼い頃より。現時点より往時を振り返っての表現。「早くより」のウ音便形。**〇わらはともだち**　幼年期仲間。勢い、同世代の友であろう。**〇としごろへて**　幾年かを間に隔てて。別れたままの何年かを過ごして後。**〇ゆきあひたるが**　「ゆきあふ」は、偶然ばったり出会うの意と、出かけて行って会うの両意がある。ここは前者。「が」は、本来格助詞だが、ここは接続助詞的に使われている事例。**〇ほのかにて**　短時間の出会いをいう。**〇十月十日**　陰暦。十日の月は朝方までは残らず、夜半に沈む。年により振幅はあるが、現代時法で言えば、深夜零時～一時頃である。**〇きほひて**　競ひて。先を争うように。月が沈むと、暗黒になり、帰路に難渋する事になるから、早々に帰宅するのである。**〇めぐりあひて**　離ればなれの後、やっと巡り会って。「めぐり」は月の縁語でもある。**〇見しやそれ**　「や」は疑問の係助詞。詠嘆の間投助詞説には従えない。見しやそ

れなる、の略。見た（出会った）のは、その月（その友）だったのか、どうか、の意。**〇わかぬ**　見分けられぬ、判別しかねる。**〇くもがくれにし**　姿を隠してしまった。「に」は完了、「し」は過去の助動詞。**〇夜はの月かげ**　「夜は」は「夜」の歌語。「月かげ」は、月または月光。友のイメージを重ねた。

〔補説〕　独詠述懐歌。紫式部の代表歌として著名。後の百人一首にも入集。ただしその第五句は「夜半の月かな」。「月かげ」「月かな」の優劣については、古来喧しい。底本「月かげ」と陽明本ら「月かな」の本文的優位性の判定によるしか方法はないが、まだその断定的な判定は無理である。しかし、終助詞「かな」の多くは活用語に続けて用いている式部の用語傾向や、119番歌「何ばかり心づくしにながめねど見しにくれぬる秋の月影」等の用例を勘案し、当面、底本「月かげ」優位と見ておきたい。

なお、次の2番歌の詞書との関連から、この詞書の「十月十日」を「七月十日」とする読み方が古来からあり、新古今集にその先例を残しているが、式部の抱く節月意識を理解しない人の読み誤りと言わざるを得ない。式部集の主要伝本のすべてが「十月」である点に徴しても明らかである。年時は正暦四年（九九三）の十月十日、と推測される。なお、この冒頭歌の基本的理解については、［解説］の考察一を参照されたい。

〈一行空白〉

その人とほき《を》ところへいくなりけり。

あきのはつる日きたる、あかつき、むし

のこゑあはれなり

2

なきよわ《ほ》るまがきのむしもとめがたきあきのわかれやかなしかるらむ　A

〔校異〕　きたる―きてある（陽）　あかつきに―あか月に（陽）

〔現代語訳〕　その友は（また会えなくなるような）遠国に行くというのであった。秋の果てるという日、（暇乞いに）やって来たが、明け方近く、啼く虫の声が身にしみた。か弱い声で啼き続ける垣根の虫にしても、ついに引き留められずに過ぎて逝く秋との別れが悲しいのだろうか。去りゆく友を引き留め得ず、泣き別れする私と同じように。

〔語釈〕　○その人　前文を受け、前歌の旧友を指す。続く「あきはつる日きたる」の主体として先立って提示したもの（つまり、別の友）ではない。○とほきところへいくなりけり　遠い地方へ出かけていくというのであった。通説に依れば、その友は地方赴任の受領階層であった。「けり」は、本集にも数多く見られる左注的な解説的意味合いを含んだ表現である。（31・32・96・108）ただし、ここではその前に（一行の空白）を置き、あえて1番の解説的左註を2番の詞書の中に組み込み連接させている。2番歌も1番の童友達について詠んだ歌だという意識からであろう。第三者による読みを助けるための措置であり、物語作者的姿勢が自ずから露出していると言えよう。「源氏物語」の一例を挙げておく。「参りつどふ人の有様ども見下さるる方なり。前より行く水をば初瀬川といふなりけり。右近「二もとの杉のたちどをたづねずは布留川のべに君を見ましや。うれしき瀬にも」と聞こゆ。」（玉鬘巻）「けり」を含む傍線部分の解説（初瀬川）に導かれて右近の歌が詠み出されるのである。○あきのはつる日　節月表現であり、立冬日の前日のこと。暦月の九月末日・九月尽日とは限らない。○きたる　「来たるに」と同意の語法。○あかつき　明け方近く。夜明け方だがまだ暗い。○なきよわる　力無く啼く。泣き続け、泣き疲れ果てる。○まがき　籬。竹や柴で編んだ荒垣。○とめがたきあきのわかれ　留めようもない秋との別れ。「あきのはつる日」、秋は今日まで、という惜秋の思いを重ねる。

〔補説〕　連作述懐歌。「その人とほきところへいくなりけり」は、前歌で久方ぶりに巡り会いながら早々に別れた旧友が、遠国に出かけることになったというのである。前歌の左注と見れば、前歌での出会いは、即、離別の挨拶でもあったと読め、1番・2番の両歌は同日の詠となろう。しかし、同一日の詠と見るには若干の抵抗がある。「十月十日のほど」と「あきのはつる日きたる」の二様の書き分けは、同日表現に相応しくない。別日と見るのが穏当だろう。少し間のある両日を想定させる。底本実践本では、この両歌の間に、一行分の空白が置かれている。同一の旧友についての両首を連作の形で配列しながらも、同一日ではないことのシグナルであろうか。実践本本文中に見る「空白」には、原作者自身の意思が覗いている事例がある（［解説］考察四参照）。この本を信じて注釈を進める限り、その空白を「後代、転写人の交替で生じた結果」とみる徳原茂実説（「紫式部集巻頭二首の詠作事情」『古代中世和歌文学の研究』所収）などで片の付く問題ではない。しかし、だからといって、この両首の間に一年以上の空白を読むことも、また式部の意に反しよう。若干日の経過を読むとしよう。正暦四年なら、立冬は十月十五日であった。従って、その前日の十四日の夜から翌朝にかけての詠と見るのがよかろうと思う。去りゆく秋との別れを悲しむ虫に、友と別れる自分の痛みを重ねたのである。数日前、やっと巡り会えたばかりなのに、また早々に余儀なくされる離別。この遠国下向を宿命とする受領階層の友と身分を同じくする式部の、同憂同愁の哀感が流れている。天延元年生まれ（岡一男説）なら数え二十一歳、天禄元年生まれ（今井源衛説）なら二十四歳の晩秋である。

なお、この離別の情感は、源氏物語賢木巻の野宮の秋の別れ等に生きている。

3

さうのことしばしとかい《〔ひ〕》たりける人、
まゐ《〔い〕》りて御てよりえむ、とある返事に

つゆしげきよもぎが中のむしのねをおぼろけにてや人のたづねん　A

【校異】かひたり―いひたり（陽）　返事に―返こと（陽）

【現代語訳】箏の琴をしばらく（貸してほしい）と、以前書き送ってきていた人が、「参上して直接ご指導頂きた

い」と言ってきた、そのやりとりの折に、

露しとどの草深いこの庭先に啼く虫の音のような、取るに足りぬ私の琴の音を、通り一遍の思いで、人は訪ねて来るものでしょうか。あなたの御熱意のほど恐れ入ります。

〔語釈〕 **○さうのこと**　十三弦の箏の琴。式部の音楽志向や造詣の深さについては「源氏」の随所に検証できよう。「日記」にも、宮仕え後の近辺状況を叙し「風の涼しき夕暮、聞きよからぬひとり琴をかき鳴らしては、なげきくははると聞き知る人やあらむと、ゆゆしくなど覚え侍るこそ、をこにもあはれにも侍りけれ。さるは、あやしう黒みすすけたる曹司に、箏の琴、和琴、しらべながら、心に入れて「雨降る日、琴柱倒せ」などもいひ侍らぬままに、塵積もりて、寄せ立てたりし厨子と柱のはざまに首差しいれつつ、琵琶も左右に立てて侍り」と回想している。若い頃から音楽にも身を入れていた式部が窺われる。**○しばし**　後に「拝借したし」などが省略。**○かいたりける人**　底本「かひたりける人」では、理解不能。陽明本らの「いひたりける人」に校訂するのも一案だが、ここは敢えて「ひ」「い」の字形類似による誤写と見る。書い（きノ音便）たりける人。以前より書き送ってきていた人。（参考）48番「みちのくに名あるところ〳〵かいたるを」**○まゐりて御てよりえむ**　謙譲語「まゐる」や尊敬語「御」の使用から、相手は同僚・友達等、対等の関係以下であることが知られる。**○返事**　「かへりごと」は、手紙のやりとり・交換、文通行為。返答を意味する「かへし」と同義に使われることもある。**○つゆしげきよもぎが中**　自邸の謙辞。父為時にも、後年の作だが、類似の表現がある。「家旧門閑只長蓬。……草含閾生秋露白」（『本朝麗藻』巻下、門閑无謁客）**○おぼろけ**　おぼろけのちぎりで。いい加減な気持ちで、の意。一度ならず二度にわたって消息し、直参も厭わない友の一途な態度に接して出た端的率直なことば。

〔補説〕 琴の直伝を請う友への式部の返歌。相手は親しい同輩の友であろう。

問題は、この歌の詠作年次である。千載集に採られたこの歌の詞書（上東門院に侍りけるを、さとに出でたりけるころ、女房の、せうそこのついでに箏つたへにまうでむといひて侍りければ、つかはしける）を重視して、宮仕え時代の作と見て、年代順を破った事例とする説（今井・竹内・南波）に対し、千載集の記述にとらわれず、配列順通り、未婚時代の詠と見る説（伊藤博・久保朝孝）が出されている。私は、千載・新古今撰者の紫式部集摂取の様態（「解説」考察一参照）から、千載集の記述に拘束される必要はないと思うので、後説を支持したい。従って、この3番歌については年代順に配列されていると認定する。ただし、この歌を奏法伝授を口実とした男の訪問打診と式部の拒絶の返答と見る久保説（「紫式部集の歌一首―「おぼろけにてや人の尋ねむ」考―」『王朝和歌と史的展開』所収）には従えない。光源氏は言った。「あやしう昔より箏は女なむ弾きとるものなりける。」「これ（箏―田中注）は、女のなつかしきさまにてしどけなう弾きたるこそをかしけれ」（明石巻）。やはり伝授を請う者は女が相応しい。心許せる気楽な女友達であろう。虫の音に去る友を詠んだ前歌に対し、虫の音に訪ね来る友を詠んだ歌である。

なお、年代順配列とならば、これは正暦五年（九九四）秋の歌となろうか。（また、前歌2番歌と同じ四年秋の歌とも採れよう。）いずれにせよ、父為時の失職中（花山帝退位の寛和二年より一条帝の長徳二年、越前守任官までの約十年間）のことになり、歌の上句の内容にも相応しい。岡説の指摘した所である。

かたゝがへにわたりたる人の、なまおぼ〳〵しきことありとて、かへりにける

つとめて、あさがほの花をやるとて

4　おぼつかなそれかあらぬかあけぐれのそらおぼれするあさがほの花　A

返し、　てをみわかぬにやありけん

5　いづれぞといろわくほどにあさがほのあるかなきかになるぞわびしき　A

〔校異〕 ありとて―ありて（陽）

〔現代語訳〕 方違えのために逗留した人が、不可解な振る舞いをしていった、ということで、帰って行った早朝、朝顔の花を送り届けた折に詠み添えた歌

（この朝顔の花を見て思うのですが）よくわかりませんわ、夕べのあの方だったのか、またそうでないのか。薄暗い夜明け方、そらとぼけたふりの顔つきで起き出て行かれたあなたの朝の顔といったら……。

返しの歌。こちらからの手紙の筆跡の主が分からなかったのでしょうか。

さて、こんな美しい花（筆跡）はどなたからの贈りものかと識別しているうちに、朝顔のこととて、忽ちに萎んでしまい、残念なことです。

〔語釈〕 **〇かたゝがへ** 古代、陰陽道により行われた方角忌みの慣習。外出に当たり、その方角が悪い場合、前夜に別方向の他家に宿を借り、当日はその凶方向を避けるように旅立ちする。**〇わたりたる人** 為時家にやって来た親戚・知人。ここは藤原宣孝の可能性が高い。が、確定は出来ない。**〇なまおぼ〳〵しきこと** 「おぼおぼし」は、朧々し。茫漠としてはっきりしないこと。接頭語「なま」は、不十分、不全、未熟の意で、茫漠・不分明の度を一層強める。事実不分明という客観用語とも、事実表現を朧化させた主観用語とも採れる。早く、石川徹（「紫式部の人間と教養」『国文学』昭36・5所収）が指摘し、今井源衛・久保朝孝の継承する性行為説、即ち闇に乗じて式部と姉の寝室を覗いたり、進入したり、はては共寝まで予想させる性的行為を暗示するものか。女二人の寝所に潜入する事例は、「源氏」空蟬巻の光源氏や、総角巻の薫の潜入に形象化されている。続く「手をみわかぬにやありけん」の措辞にも照応する。**〇ありとて** 「やる」にかかる。「とて」は、花を「やる」ことの基因を示す。女から男に花と歌を送ることにした特別理由として挙げているのである。不審追求の訴因である。「おぼおぼしきこと」の追求の為に「花をやっ」たのであり、追求する疑念が無ければ「やら」なかったのだが、の意。異文「ありて」のように、なまおぼ〳〵しきことがあった、と確定化しているわけではない。**〇つとめて** 早朝。朝早く。**〇あさがほ**

朝顔。ヒルガオ科の一年生蔓草。古今集・物名歌「うちつけにこしとや花の色をみむおく白露のそむるばかりを」に詠み込まれた「けにこし（牽牛子）」は、その漢名。また、古く「桔梗、阿佐加保」（新撰字鏡）「木槿、槿、アサカオ」（類聚名義抄）の記録も残る。「朝方の起き抜けの男の顔」を示唆していることは言うまでもない。**〇おぼつかな** おぼつかなしの語幹。分明でない。判断がつかない。**〇それかあらぬか** 「それ」は、昨夜のあの人。「なまおぼ〳〵しきこと」をしでかした人。「あらぬか」は、それにあらぬ別人か、の意。**〇あけぐれ** 明け暗れ。夜明け前の、薄暗い頃。**〇そらおぼれする** そらとぼける。とぼけたふりをする。物の怪となった故六条御息所は、光源氏に向けて、「我が身こそあらぬさまなれそれながらそらおぼれする君は君なり」（源氏・若菜下）と怨恨の情を詠み上げた。**〇返し** 式部から歌と花を送りつけられた人（男）の返事。**〇てをみわかぬ** 「て」は筆跡。誰の筆跡か分からない。**〇いづれぞと** どなたの花かと。この花は、さて、どのお方から届けられたものかと。「源氏」帚木巻の「咲きまじる色はいづれと分かねどもなほ常夏にしくものぞなき」は、頭中将が夕顔とその子を咲きまじる二種の花に見立てた歌だが、ここは、式部とその姉を二種の花に見立てたのである。**〇いろわく** 花の見分けをする、分別する、の意。「朝顔」の縁で、色分く、と詠み、美しい花の色の識別につい見とれていた、として、はぐらかしたもの。

〔補説〕 式部と方違え人（男）との贈答歌。朝顔の花を贈り、それに託して、昨夜怪しげなことをしでかしたのに、今朝は何食わぬ風情で空とぼけた「朝顔」で出て行った男を揶揄し、とっちめようとしたものである。男の図々しい朝の顔を、朝顔を贈って皮肉ったのである。しかし、世慣れた男も、その筆跡から書き手が式部と割り出すことができなかったものか、あるいはまた、割り出し得ても、わざと分からぬふりを装ったものか、昨夜の出来事には一切触れず、「朝顔」の花の賛美に話題を反らして答えたものである。相手の抗議の追求をそらし、贈られた花と筆跡に見とれていたと弁解したのである。花と筆跡の賛美で、「朝顔」による式部の追求を巧みにかわした老獪さが目立つ。

この贈答についての論は、古来喧しい。年次順の様相の濃い家集前半に登場する数少ない男性とのやりとりであり、しかも「なまおぼ〳〵しきこと」「そらおぼれする」等という意味ありげな言辞が並んでいるので、式部前半生の特異な出来事として注目されてきた。

この男は誰か。やがて夫となる藤原宣孝と見る説（岡・角田・清水・木村ら）と、宣孝以外の男とする説（石川・今井ら）に分かれる。歌の配列から、この一対の贈答は正暦五年秋のことと推測される。正暦元年八月三十日筑前守に任ぜられた宣孝が、この正暦五年秋に在京していたかどうか、である。帰京が五年冬以降にずれ込むということならば、一時帰京の可能性はあるにせよ、宣孝の可能性は薄くなり、宣孝説には不利になろう。「国司補任」に徴するに、宣孝の筑前守の記録は、正暦元年八月三十日・三年九月二十日・四年八月二十八日にあり、それ以外には見られない。その点より、宣孝の可能性はある。ただし、現存諸資料に依る限り、それ以上は踏み込めない。

この色めいた体験を、実事と見るか、虚構と見るかであるが、相手の男が宣孝であれ、また別人であれ、後の宣孝との結婚（［解説］考察四参照）にまつわる文殻処理から判断すると、式部自身の体験実事の直写とは考えにくい。（もし自身の実事だったら、本集には載せなかった可能性が高い。）久保朝孝「紫式部の初恋」（『新講源氏物語を学ぶ人のために』所収）は式部が初めての恋愛体験を「伊勢物語」の世界をふまえながら虚構化したものとするが、この贈答歌に流れる軽妙な揶揄をみると深刻さはなく、非当事者の雰囲気さえ漂う点から考えると、男の真の相手は式部ではなく同室していた姉の方ではなかったか。が、偶然巻き込まれた肉親の色恋事にからんでの、忘れられぬ若き日の体験としてここに記録したものと考える。

6

つくしへゆく人のむすめの

にしのうみをおもひやりつゝ月みればたゞになかるゝころにもあるかな　A

7

返し

にしへゆく月のたよりにたまづさのかきたえめやはくものかよひぢ　A

〔校異〕　返し―返ことに（陽）

〔現代語訳〕　筑紫へ下って行く人の娘が、送ってよこした歌

これから下ってゆく西国を思いやりながら月を眺めると、西に向かってひたすら流れる月と同様、私もむやみに泣けてくる今日このごろです。

私の返しの歌

お別れしても、毎晩西方向に向かう月に託して、あなたへの手紙書きが途絶えることはないでしょう。はるかに雲路を通してね。

〔語釈〕　**○つくし**　筑紫の国。太宰府の統括する九州地方の総称。また、その一部の国々を指す場合もある。18番歌詞書に出る友と同一人ならば、肥前国ということになるが、歌順を考慮すると未詳。〔補説〕の項を参照されたい。**○にしのうみ**　西国地方。西海道。**○たゞになかるゝ**　「たゞに」は直に。ただただ。一途に。ひたすら。「なかるゝ」は流るると泣かるるの掛詞。ひたすら大空を流れゆく月、と無性に泣くばかりの私、の二義を重ねる。**○返し**　式部の返歌。**○にしへゆく月**　月は常に西に向かって進む、この習性に注目した一句。式部の心底では、その西進の月に身の無実を訴えた菅原道真の絶句「唯是西行不左遷（ただこれにしへゆくのみ、させんにあらず）」（「代月答」）が意識されていよう。いずれ帰京を、の期待をにじませている。**○たよりに**　その月の習性を頼みにして。その西進の月にことづけて。**○たまづさの**　玉梓は、手紙を結びつけて運ぶ使の持つ梓の杖を指すが、転じて、手紙・便りの義。「玉梓の」は次句の「かき（書き）」を引き出す序詞になっている。**○かきたえめやは**　「かき」は接頭語。「かき絶ゆ」で一語。途絶える、絶えてしまう、の意。「やは」は反語。絶えることはないでしょう。**○く**

ものかよひぢ　雲の通路。空行く月に託すところから、陸路でも海路でもない、という。大空を渡る雁の使い（雁の脚に手紙を結びつけて通信したという前漢の蘇武の故事）を念頭に置いている。

〔補説〕　式部と同じ受領階層の娘で、父に従って九州下向を間近にしている友の別れの便りと、その友を慰め励ます式部との贈答歌。その「つくしへゆく人のむすめ」とは誰か。岡一男（『基礎』）は、16歌詞書の「西の海の人」、18歌詞書の「つくしに肥前といふところより文をこせたる」とある友と同一人とみなして、長徳二年一月二十五日肥前権守に任ぜられた橘為義の娘を当てているが、歌順を尊重して読むとすると、この6歌は、正暦五年の詠と判ぜざるを得ず、同一人と見なしにくく、16番詞書の「西の海の人」という類同の詞は、15・16の贈答歌理解のために付された詞書表現上の要請に出たもの（同番歌〔補説〕参照）と思われ、又、「つくし」は広く北九州を指すことばでもあり、肥前国と限定できず、総体的に判断すると、16・18両詞書に出る女性とは別人とみるのが穏当であろう。従って長徳元年十月十八日任官の肥前守平維将の娘という角田文衛（『紫式部の世界』）の推定もその枠から外れることになろう。又、長徳二年十月十日以降に西下した兼肥前守平維時の娘とした岡の修正説（有精堂刊『源氏物語講座』6）も同じである。ならば、この歌の主は誰か。結論は不明とせざるを得ない。必ずしも肥前にこだわることはないが、資料上の確証は容易に得られない。国司任官の記録等から正暦五年の「つくし」下向の事例として忖度できる者としては、わずかに、宣孝の後任者、筑前守藤原某ぐらいであろう。長徳二年閏七月二十五日の条（『国司補任』）に記録されている、その「筑前守」が誰か、気になる。同年一月二十五日には藤原成周が筑前権守に任ぜられているが、その半年後の記事に出るこの筑前守は、姓は藤原、名は欠けている。あるいは、この藤原某が正暦五年宣孝の後任として赴任し（ただしその任官記録は現在に伝わらず）、長徳二年何らかの事情により任命された権守成周は下向せず、現地では従前よりの「守」が記録面に出ているのだろうか。ただし、単なる憶測に留まり、詳細は不明である。ここでは、後に出る為義の娘とは別人の、西国下向の受領家庭の友と見ておかざるを得ない。

はるかなるところに、ゆきやせんゆかず
やと、おもひわづらふ人の、やまざとより
もみぢをゝ《〔お〕》りてお《〔を〕》こせたる

8 つゆふかくお《〔を〕》く山ざとのもみぢばにかよへるそでのいろをみせばや　A

かへし

9 あらしふくとほ《〔を〕》山ざとのもみぢばは《〔ゝ〕》つゆもとまらんことのかたさよ　A

【校異】　ナシ

【現代語訳】　遠い国に、下って行こうか行くまいかと、思い悩んでいる人が、今住む山里から、紅葉を折り取って、
それに付けてよこした歌

露の深く降りる奥山里の真っ赤に染め上がった紅葉にそっくりの私の袖の涙の色をお見せしたいものです。
（悩み迷うばかりです。）

私の返し歌

厳しい風に吹き曝される遠山里のもみじ葉は、置く露同然に、一葉たりと残り留まるのは無理でしょう（地方官族風情のお悩みは私にもよく判ります。）

【語釈】　**○はるかなるところ**　都から遠く離れた国。**○ゆきやせんゆかずや**　「や」は疑問の係助詞。「ゆかずや」の後の「あらん」は省かれている。行くことにしようか、行かないことにしようか。**○やまざとより**　思案の人は、人里離れた洛外の山里に住んでいるのであろう。京洛外の紅葉は格段に色深く染め上がる。**○つゆふかくおく山ざと**　露の深く降りる奥山里。「おく」には、露深く「置く」と「奥」山里の両義が掛けられている。**○もみぢば**

露が木の葉を紅色に染め上げる。**〇かよへる**　似通っている。末句の「いろ（色）」に掛かる。**〇そでのいろ**　袖を濡らす涙の色。紅涙・血涙等の漢詩表現による。**〇いろをみせばや**　血の涙の色濃さ、悲しみの深さをお見せしたい。**〇あらしふく**　激しい外圧に曝される受領階級の厳しい宿命をいう。官命一つで都を離れざるを得ぬ受領階級の厳しさや同行下向の誘いの強さを嵐にたとえたもの。**〇とほ山ざと**　「おく山ざと」に同じ。人里から遠く離れた山里。都を遠く離れた地方を暗喩する。「とほ山ざとのもみぢば」は、そうした地方に身を置く身分、即ち、地方官風情の家の者。**〇つゆもとまらんことのかたさよ**（もみじ葉はもちろん）その上に降りた露も、ともどもに寸時も散り残ることは難しい。「つゆ」には、名詞「露」と副詞「つゆ（少しも）」の両義が掛けられている。

〔補説〕　これも同性で、同じ受領階級に属する友との贈答歌であろう。8の歌主は、前歌の「つくし」下向の友とも見えるが、地方下向を逡巡する詞書の書きざまから判断すると、また別人とも思われる。親族の一人かも知れないが、去就の選択の余地を見せているところよりして、親や夫など後見人が遠方の国に赴任することになった女性であろう。同行するか否か、身の振り方を決めかねている。奥山の真っ赤に染め上がった紅葉を贈って、こんな血のような涙に暮れている悲しみの深さを察してほしいと、激しく逡巡する苦衷を訴えてきた。「露深くおく山里」には、下向する遠国のイメージが漂う。地方住まいの厳しい日々を予見する京人の思いが籠もる。が同時に、頼るべき後見人の下向であり、同道すべきとの思いも募るので、悩みに悩む。式部は、「露深くおく山里」より「嵐吹くとほ山里」と、自分らの立っている位相をさらに一歩進めて答えた。同じ受領階級の身であり、都人とは違う地方官生活の厳しさ、辛さ、窮屈さは、常日頃見聞きし感じ取っているところである。感情を抑えて本質を見抜くような、その冷静な応答に注目したい。地方赴任を事とする受領階層では、一人の欲望など無理よ、一枚の葉も一滴の露も残り止まることなど出来ないわ、というものであった。同行なさるがいいのでは、それしかないのでは、……それが彼女に出来る唯一の励ましであった。階級的共鳴、あるいは「全歌（木村）」のいう人間的共鳴より出た回答である。式部、二十二歳（岡）～二十五歳（今井）の想いである。

10

又、その人の

もみぢばをさそふあらしははやけれどこのしたならでゆくこゝろかは　A

〔校異〕　こゝろかは―心哉（陽）

〔現代語訳〕　又、その人の詠んできた歌

あなたのおっしゃる通り、もみじ葉を吹き巻き散らす嵐はいかにも激しいけれど（宿命は抗えないが）、行くにしてもせめて（桜を散らすような暖かい）木陰の下風でなければ心の晴らしようもありませんわ。

〔語釈〕　**○その人**　8歌の主。**○もみぢばをさそふあらし**　もみじ葉を巻き込み吹き落とす嵐。どうしても女を連れて行くという夫の強い意志を指すとする清水「新書」説もあるが、この上の句は式部の前歌を受けているので、紅葉のようにはかない身を巻き込む嵐のような受領宿世を暗示する。**○このした**　木の下、の意。木陰路。嵐を少しは和らげるような下道。ただし含意「木の下風」あり。〔補説〕の項参照。類似する歌語として「このもと」があり、一般的に、「子」「此」が懸けられる事が多いが、木船「解釈」の指摘するように、ここは諸本すべて「このもとならで」ではなく、「このしたならで」とある。敢えて「このもと」でなく「このした」と詠んだ意図に注目したい。**○ゆくこゝろ**　下道を「行く」に、満足する意の「心ゆく」の「ゆく」が懸けられている。**○かは**　反語。異本の「心哉」では意味をなさない。

〔補説〕　友は重ねて詠み返してきた。嵐の激しさは判っているけれど、として、式部の慫慂を一旦は受け止めているが、下の句に思いの本音を詠み出す。歌詞「このしたならで」の含意は何か。「子」が掛けられていると見て今井「叢書」は「この子に別れて、どうして一人で行けるものですか」と読む。「木（子）の下」即「子のもと」という理解である。歌主を「子持ちの年長の友」とみる。「木（子）の下」の表現には用例としてやや無理がある。年長者という想定にも、歌順から推して若い時の式部の応答者として現実に穏当さを欠く。

また、「木の」に「此の」が掛けられていると見て、清水「新書」は「親もとを離れて行くものですか」と読む。「木（此）の下」即「親のもと」という理解である。女の生活は実家の親が面倒を見ることの多い当時の女性の在り方から、地方下向の夫がいかに強く誘っても、親元は離れられぬ、の意とする説明に納得は行くが、「木（此）の下」の表現には疑問符が付く。

また、竹内「評釈」・南波「全評釈」も「此の」が掛けられていると見るが、「木（此）の下」即「この都」と説く。「私の悩みを、こんなにまで一緒になって嘆いて下さったあなたのいらっしゃる、あなたとともに育ってきた、この都を離れて、どこへも行く気などありませんわ」（全評釈）と、式部の親情に対しての感謝を込めた返歌とする。この下の句を友の片意地張った主張と取らず、式部の深厚の友情に対する謝意と見ている。しかし、「このしたならで」は「ゆく」に続いていく語であり、「このした（都）ならで行く」の、「ならで」の用語が落ち着かない。

しかし諸本に「このもとならで」ではなく、「このしたならで」とある限り、そこには何らかの趣向が込められていよう。私は、そこに、貫之の秀歌・秀句を想定する。「桜散るこのしたかぜは寒からでそらにしられぬ雪ぞ降りける」である。亭子院歌合（九一三年）で詠まれて後、早くから人々の注目を集めたようで、「新撰和歌」「貫之集」にも収められる。（田中喜美春・恭子『貫之集全釈』参照）。「拾遺抄」「拾遺集」に収められ、前十五番歌合の筆頭歌・三十人撰・三十六人撰を始め、式部の頃、広く人口に膾炙された歌で、「このしたかぜ」「そらにしられぬ」の秀句を知らぬものはなかったことであろう。この歌を意識したものと思われ、「このした（かぜ）」を詠み含めて、都の雅趣との離別を嘆いてみせたものであろう。「もみぢば」を散らす「あらし」と詠む上の句を受けての縁で、「さくら」を散らす「したかぜ」を想起し、そんな「下風」だったらいいのに、と、春秋の風物に言寄せて、そんな暖かい木の下風の吹く木の下道を希求したものであろう。「あなたのご指摘ご教示もよく判るが、都の風情の伝わるような、少しでも近い国とか、すこしでも耐えられる情況のもとに、下向できたら」と、宿命と覚悟はしつつも、無理は承知で今なお下向を決断しかねている歌であろう。それこそ嵐にはかなく揺れ散る紅葉一葉の受領家庭の宿世であった。一概に甘えと批判しきれぬ宿命を感じさせよう。

ものおもひわづらふ人の、うれへたる
返ごとに、しも月ばかり

11 しもこほりとぢたるころのみづくきはえもかきやらぬこゝちのみして　A

返し

12 ゆかずともなほ〔を〕かきつめよしもこほりみづのうへにておもひながさん　A

〔校異〕 うへにて―そこにて（陽）

〔現代語訳〕 物思いに悩んでいる友が、嘆き訴えてきた手紙のやりとりの折に、詠んで送った歌、十一月ごろのことです。

霜や氷に閉ざされた昨日今日さながらの厳しいお悩み事に答える私の筆づかいは、結ぶ霜氷の掻き払い切れぬように、すらすら書き進められぬ心地がするばかりでして、……（本当に困りましたね。）

友の返歌

すんなりと筆が進まずとも、やはりいろいろと書いて頂きたいものです。そうすれば、霜も氷も、悩み事も、水の上のこととして思い流す事ができましょう。

〔語釈〕 **ものおもひわづらふ人**　「ものおもひ」には、男女間の問題が多い。ここもその一つか。とかく情が絡むだけに整理が付けにくく悩むことになる。**○うれへたる**　式部に訴え、その判断や解決法を求めてきたのである。一種の人生相談と言って良かろう。相手は同性の同僚乃至年下で、気脈の通じた友であろう。**○しも月**　霜月十一月は仲冬。厳寒の候。**○しもこほりとぢたるころ**　霜降、結氷は十一月の季の風物。「霜氷」は、心の縺れ、感情のわだかまり、意志の不通など、心のトラブルの象徴でもある。この「しもこほり」につき、木船「解釈」は、「霜」が「閉づ」とは言わないから、「霜や氷」でなく、「霜が凍り」であり、「霜がこおってできた氷」だと解く。しかし、12番歌の事例でもそれが言えるだろうか。また、少し時代が下がるが「あまのかるたまもの枕しもとぢてわれからさゆるかたしきの袖」（夫木集・家隆）の事例も見える。**○みづくき**　筆跡、手紙、筆遣い。**○えもかきやらぬ**　えかきやらぬ。「かきやる」には、結ぶ霜氷を掻き払う、と、解決策の筆を書き進める、との二義を掛ける。**○こゝちのみして**　思いばかりがして。どう申し上げて良いか……（書きあぐねております）。解決案の保留である。**○ゆかずとも**　「心ゆかずとも」に「筆ゆかずとも」を掛ける。**○かきつめよ**　「掻き集めよ」に「書き集めよ」を掛ける。いろいろ掻き払うように、あれやこれやと書いてほしい。**○しもこほり**　式部の歌詞をそのまま使って答えたのだが、トラブルを解く式部の助言が友にとって霜氷のようにいかに厳しいものであっても、というニュアンスを含む。**○みづのうへにて**　水面のこととして。水のこととして。水に流すの趣向である。陽明本「みづのそこにて」では意味をなさない。

〔補説〕　悩み事相談を持ち掛けてきた女友達への式部の返歌と、友の答歌。心に蟠る悩み事について問いかけられた式部は、悩み事に霜月の季物の氷結した霜氷を重ねて詠み送った。「氷閉ぢ石間の水はゆきなやみ……」（源氏・朝顔）、彼女得意の発想である。厳冬期の水は氷結して「ゆきなやむ」もの。答える私の「水くき」もゆきなやみ、なかなか筆が進みません、と答える。解決の難しさに思案投げ首の体である。しかし、式部の誠意が下支えしている。友の受け答えは式部を上回る切実なものであった。なんでもいい、一言でもいい、是非書き送ってほしい。どんなに厳しいお言葉も受け止め、蟠りを残さないから、というのである。心を開き、式部の意見、助言を切望している。二人の親交、信頼の深さを推測させる。

この女友達は、前出の友とどんな関係になるだろう。6・7の「つくしへゆく人のむすめ」、8・9・10の「ものおもひわつらふ人」と同一人とする説、後者とのみ同一とする説、いずれとも別人とする説があり、諸説分立しているが、三者それぞれの交友関係が言外に窺われるので、無理にこれを結ばず、三者三様の贈答歌として読んでおきたい。共通項は正暦五年（九九四）時点の詠草だと見る。秋から冬にかけてのものであろう。

かもにまうでたるに、ほとゝぎすなか
なんといふあけぼのに、かたをかのこずゑ
を《お》かしく見えけり

ほとゝぎすこゑまつほどはかたをかのもりのしづくにたちやぬれまし　A

〔校異〕　おかしく—おかしう（陽）

〔現代語訳〕　賀茂の社に参詣した時、ほととぎすが鳴いてほしいと誰言うとなく言い出す（日の）夜明け方で、（そのため）片岡山の梢がいつもより興味深く眺められた。

ほととぎすの初音を待ち受けるというのなら、その間は、片岡山の森の露の雫のもと、立ち続け濡れてもいようものを（しかし、ついに聞き得ず、雫に濡れることもなかったけれど）。

〔語釈〕　**○かも**　賀茂神社。ここは「片岡」を詠んでいるので、上賀茂を指していよう。上賀茂神社は、賀茂別雷神を祭神とし、下賀茂とともに古代より朝野の尊崇を集めていた。**○ほとゝぎすなかなんといふあけぼのに**　「なん」は、時鳥に誂え望む意の終助詞。「といふ」は、誰か特定の人が「いふ」のではなくて、誰言うとなく言い合う、特定の日を示している。夏の初日の曙、の謂であろう。しかも、それは格別の日であった。〔補説〕の項参照。「あけぼの」は、夜のほのかな明け初め時。この語については、類語も含めての詳細な考察が南波「全評釈」にある。「に」は、にて、の意。**○かたをか** 上賀茂の東丘陵、片岡山。歌枕。（参考）賀茂に時鳥の声を聞きに行く事例は平安朝に多い。「片岡のあしたの原をうち見れば山ほととぎす今ぞ鳴くなる」（伊勢集・四〇一）、「時鳥の声尋ねに行かばやと言ふを、我も我もと出で立つ。賀茂の奥に（略）そのわたりになむ時鳥鳴くと人の言へば」（枕草子）**○こゑまつ** 初音を待つ意。**○もりのしづく** 森の木下露。**○たちやぬれまし** 立ち濡れていようか、いようものを。「まし」は反実仮想の助動詞。時鳥の初音を待ち得るということならば、その間は、という上の句の仮想条件に呼応して使われている。事実は待ち受けることが出来なかったのである。

〔補説〕 独詠歌。この歌の核心は「ほと丶ぎすなかなんといふあけぼの」という詞書の意味把握にある。この歌が「新古今」に採られて、その詞書に「人の、ほととぎす鳴かなむ、と申しけるあけぼの」とあるところから、「といふ」を同行者の言とみて、「ほととぎすなかなん」は同趣の古歌のいろいろを想起しての文学的やりとりと説くが一般的だが、「人の……申しける」は、新古今撰者の解釈が加えられていると思われ（〈解説〉考察一参照）、底本らに依って読む限り、あくまで「といふ」とあるのみで、その発言者指定がいかにも不明確であり、ここはむしろ、誰と限定せず、誰言うとなく世に言われている、人々が口にする、の謂と解する方が妥当と思われる（53番詞「から竹といふもの」20番詞「三尾が崎といふところ」と同類）。とすれば、「時鳥鳴かなん」と広く誰言うとなく言い始めるという特定の日の曙ということではないだろうか。清水「新書」は、「かもにまうでたるに」とあるところより四月中の酉の祭り当日の外出を想定しているが、山里の時鳥の初音を訪ねる風流を、当時の事例に求めれば、むしろ初夏の訪れ、暦月で言えば四月一日、節月で言えば立夏の日を考える方が妥当ではないか。

村瀬敏夫『古今集の基盤と周辺』（90頁）の説くように、当時、時鳥の初音を夏の最初の日、すなわち四月一日に聞くのは風流なこととされたらしく、「元真集」「元輔集」「実方集」「兼澄集」「拾遺集」「後拾遺集」などによって四月一日に時鳥を聞いたり、また聞くのを待ち望んだりしたことが知られる。

しかし、他方、かつて大伴家持は次のように書いた。

霍公鳥者、立夏之日来鳴必定。（万葉集・三九八四左注）

二日応立夏節、故謂之明旦将喧也。（同・四〇六八割注）

廿四日、応立夏四月節也。これに因りて二十三日の暮に、忽ち霍公鳥の暁に鳴かむ声を思ひて作る歌。（同・四一七一詞書）

平安の人々も、「ほととぎすは立夏に鳴き出す」という万葉末期以降のこの伝承を知らぬはずはない。四月一日という暦月の日でなく、立夏という節月の日である。

夏衣たちてし日より郭公とくきかむとぞ待ちわたりつる（歌仙本貫之集・五一五）

夏衣を「裁つ」に「立つ」が掛けられているのは言うまでもない。夏の立つ「立夏の日」の詠である。貫之には、家持流の節月思想が継承されている。式部が、この家持・貫之の節月思想の継承者であることについては、拙著『平安朝文学に見る二元的四季観』に詳述している。

以上の考察に、本集の歌順を併せ勘案すると、この13番歌は、恐らく正暦五年の翌年の長徳元年（九九五）の立夏の折の詠ということになるであろう。その年の立夏は、誠に珍しいことだが、四月一日に当たっている。暦月と節月の夏入りが合致した、極めて珍重すべき格別の年であった。式部がわざわざ賀茂に出かけ、時鳥の初音を庶幾したには、それなりの思い入れがこめられていた、と見て良かろう。賀茂祭とは全く無縁の歌である。また、同行者を考える必要のないこと、次の歌と同じで、いずれも独詠歌と見る。

やよひのついたち、かはらにいでたるに、
かたはらなるくるまに、ほふ《〔う〕》しのかみを
かうぶりにて、はかせだちをるを、にく

みて
はらへどのかみのかざりのみてぐらにうたてもまがふみ、はさみかな　A

〔現代語訳〕　三月一日、賀茂河原に祓えを受けに出かけたが、隣の車に、法師が紙製の冠をかぶって、陰陽博士ぶった振舞いをしているので、憎らしくて詠んだ歌

祓え殿の神の御前に飾った幣帛に、いやらしく見まちがえそうなあの法師の耳挟みした紙冠だこと。

〔校異〕　いてたるに—いてたる（陽）　はかせたちをる—はかせたちたる（陽）

〔語釈〕　**○やよひのついたち**　陰暦三月、「ついたち」は朔（一日）あるいは上旬。ここは前者。源氏物語・紫式部日記・紫式部集の用例調査から、「ついたち」＝朔（一日）というのが式部の用法であったとする南波説が穏当。通常言われる賀茂河原での祓えは、一般に三月上巳（じょうし、上旬巳の日）の行事とされるが、必ずしも巳の日に限ったものではない。**○かはら**　賀茂の河原と考えるのが常識である。通常、息災を祈り、そこで陰陽師による祓えを受け、罪穢れを川に流す。**○ほふし**　法師。ここは当時「法師陰陽師」と呼ばれた法師。すなわち僧職なのに、陰陽師紛いの祓えの振舞いもする法師のこと。当時、各所にいたらしく、「枕草子」にも「見苦しきもの　法師陰陽師の、紙冠して祓したる」とあって、同種の批判を浴びていた。平安中期、募る末世観念の不安に対応して、日時の吉凶・禁忌の判断・勘申や、その対策としての修験者による加持、社寺への奉幣等の助言進言や、祭祀・呪術・除祓などの実践等々、陰陽師の需要は拡大する一方であったので、それに乗じて生まれた僧侶らによるもぐりの陰陽道行為が横行したのである。**○かみをかうぶりにて**　三角に折った紙製の冠を額に付けて。**○はかせだちをる**　陰陽博士のなりを真似る。陰陽博士は、令制の陰陽寮に所属し、陰陽道・暦占の研究に従事し、陰陽生の教授に当たった。**○はらへど**　祓戸。神社などで祓えを執り行う場所。「はらへど」に祭る神は、瀬織津比咩《せおりつひめ》・速開都《はやあきつ》比売《ひめ》・気吹戸主《いぶきどぬし》・速佐須良比咩《はやさすらひめ》の四神。**○かみのかざり**　「神の飾り」で、次の「みてぐら（ぬさ）」に掛かる。神

前に荘厳された幣帛の意。これに「(無い)髪の飾り」の「紙冠」を掛けて、僧形を冷やかしているのである。

○みてぐら 御幣、幣帛。紙や布を裂いて、木に挟んで垂らす。**○うたてもまがふ** いやらしくも似通っている。取り違えそうで不快だ。**○みみはさみ** 耳挟みした紙冠を指す。額に付けた三角の紙冠の端を耳に挟み留めているのである。その紙の冠の端の垂れ具合が神前荘厳の幣帛に似通っていて、剃髪して髪のないさまを糊塗する似非陰陽師姿を非難している。

〔補説〕 独詠歌。歌順からみて、この歌は長徳二年(九九六)春三月の詠であろう。あくまで一般的な上巳の日に行ったとならば、その年のそれは三月五日であったが、ここは「ついたち」とあり、「巳」の日にこだわらず、三月の声を聞いて早速にも賀茂河原に出たのであろう。と読み進めれば、この賀茂河原の祓えは、この正月の除目で、越前守に任命された父為時の、越前下向を前にした除災除厄を願っての祓えであろうか。あるいは、同行を決意した式部自身の、下向準備のための厄払いであったのだろうか。久方ぶりの国司任官に預かった為時一家にとっては除難多幸を祈る大事な大事な祓えであった。慣行的な祓除とは訳が違う。式部らにしてみれば、三月を待ちに待った祓えであった事であろう。いずれ、その「一日」は吉日であったに違いない。ところがそこで隣の車に見たものは、まがいものの法師陰陽師であった。思わず、若い式部らしい直感的な嫌悪感不快感を覚えたものであろう。感受性の強い若年時代を想起させよう。

なお、今井説は、三月一日が上巳に当たる年で最適の年として寛和二年(九八六)を挙げ、式部十七歳と想定している。しかし、この賀茂の祓えが上巳であったと論定する根拠はやはり乏しい。可能性がないとは言えないが、なお検討の余地が残されている。

以下、長徳二年の歌が続く。

あねなりし人なくなり、又、人のおとゝうしなひたるが、かたみにゆきあひて、なきがか〔ゝ〕はりにおもひかはさんといひけり。ふみのうへに、あねぎみとかき、中の君とかきかよはしけるが、お〔を〕のがじし〔ゝ〕とほ〔を〕きところへゆきわかるゝに、よそながらわかれを〔お〕しみて

15 きたへゆくかりのつばさにことづてよくものうはがきかきたえずして　A

返しは、にしのうみの人なり

16 ゆきめぐりたれもみやこにかへる山いつはたときくほどのはるけさ　A

〔校異〕 ゆきあひて―あひて（陽）　なきかゝはりに―なにかゝはり（陽）　おもひかはさん―おもひ思はむ（陽）　かきかよはし―かきかよひ（陽）　いつはた―いつわた（陽）

〔現代語訳〕 私の姉に当たる人が亡くなり、一方、妹を亡くした人が、お互いに訪ね合って、亡き姉妹の代わりとしてお付き合いしましょうと言ってきた。そこで手紙の上書きに（私は）姉君へと書き、（その友は）中の君へと書いて交信していたが、二人とも遠国に行き別れることになり、会えないままにその別れを惜しみ、詠み送った歌

北に飛ぶ雁の翼に託してお便りを送って下さい。飛ぶ雁が雲の上を掻き分け続けるように、今まで通りの上書

きを書き続けてね。

その返事の主は、（帰京すればすぐにでも会えるような友ではなく）西海下向の人です。巡り巡って誰もついには都に帰ることになりましょうが、あなたの出かける越前の「かへる山（鹿蒜山）」「いつはた（五幡）」と聞いても、帰るのは又いつと聞く、その時期の遙けさといったらありませんよ。

〔語釈〕**○あねなりし人なくなり**　式部には実の姉が一人あったと言われる。4・5の贈答歌時点では、寝室を共にした姉妹が読めるので、その推定年次の正暦五年秋には現存していよう。とすれば、その後、長徳二年春までの一年余の間の逝去となる。**○おとと**　おとうと。男女いずれも、同性のきょうだいの年下の者を指す呼称。「人」が女性だから、ここは妹。**○なきがかはり**　亡くなった人の代わり。式部は亡姉の代わりに、友は亡妹の代わりに、の意。**○ふみのうへ**　手紙の上書き、上包みに認める宛名書き。**○中の君**　姫君は年長者から大君・中君・三の君・四の君と呼ぶ。次女の呼称。妹君。二人姉妹の場合でも、下を中の君と呼ぶ。**○おのがじし**　それぞれ銘々。ともに。**○とほきところ**　遠国。父親らが遠い地方の行政官に任命され同行下向するのであろう。**○よそながら**　別々の場所に居ながら。会えないままに手紙で。友は既に別の場所に移っていることを暗示する。この友は6番歌の主（宣孝の後任者の娘か）ではないだろう。岡初説の長徳二年一月任官の肥前権守為義娘か。離京し、西国下向中なのだろうか。**○きたへゆく**　この一句により、この式部歌は越前下向の長徳二年詠であることが分明。**○かりのつばさにことづてよ**　空飛ぶ雁に故郷への手紙を託したという、前漢の蘇武の故事による。**○くものうはがき**　雁の縁語「雲の上搔き」と、手紙の「上書き」を重ねた表現。**○かきたえずして**　「かき」は搔きと書きとの掛詞。**○にしのうみの人なり**　式部に対し「中の君へ」と上書きして文通していた友の下向先を「西の海」と指定したもの。ただし、必ずしも現時点の西国在住中と読むことはない。〔補説〕参照。**○ゆきめぐり**　行き巡り。移り移って。**○かへる山**　都に「帰る」に、越前の「かへる（鹿蒜）山」を掛ける。角鹿（今の敦賀）から越前国府武生に向かう時、越えなければならぬ山岳山塊（主峰は鉢伏山）の総称で、同国南条郡の歌枕。**○いつはた**　「何時はた」に、同郡の歌枕「五幡」を掛ける。

〔補説〕 贈答歌。姉妹の縁を取り結んだ人物は、次の17番歌「つ（津）のくにといふ所」や、18番歌「ひぜん（肥前）といふ所」の記述から、式部の越前下向と同じ長徳二年に、摂津国を経て九州肥前国に下向した友と見るべく、その有力候補として考えられるのは、肥前守任官の橘為義（同年一月二十五日肥前権守任官）の娘である。また、岡改訂説によれば平惟時（長徳元年十月十八日肥前守任官の惟将は誤りとする）の娘になろう。ただし、式部と血族的な従姉になるかどうかは確定しがたい。（すなわち『為頼集』22番歌の「ひせんに下るいもうとのもとに」の詞書は、肥前・備前の確定がしがたい。『為頼集全釈』141頁参照）

なお、同じ九州下向の6番歌の「つくしへゆく人のむすめ」は、既述の通り、歌順の面から、この友とは別人と考える。ここでの「返しは、西の海の人なり」の一句は「集」の編集に当たって6番歌との連繫を与えるものとする見解（木村説）もあるが、姉妹の契りを結ぶなどの重要事を6番歌で示さず、ここで後出させるのも、叙述技巧の妙を尽くす物語ならいざ知らず、記録的な一連の自己家集編纂としては落ち着かず、ここは、前歌で「北へ行く雁のつばさに」と詠んだ式部自身の歌に向かえるに、それを受け取る友は「西の海の人だ」と、二人の隔絶の実態を強調しただけのものと見る方が穏当で、前歌詞書の姉の死後、極最近迄姉妹もどきの文通を交わして来た上で、「おのがじし遠き所へ行き別るる」や「よそながら」といった別離を遂げたという記述に従えば、時代歌順を考える限り、この離京は長徳二年時と考えられるので、正暦五年の事と思われる6番歌の友とは別人であろう。

以下、別れ行くこの親友と式部との、地方下向の羇旅の歌が並ぶ。

17

つのくにといふ所よりおこ〔を〕せたりける

なにはがたむれたるとりのもろともにたちゐるものとおもはましかば　A

かへし

〈二行空白〉

〔校異〕　ナシ

〔現代語訳〕（その西海下向の友が）摂津の国という所から送ってよこした歌

ここ難波海岸に集まっている鳥が起き伏しを共にしているように、あなたと生活を共にできると思えたらどんなに嬉しいことでしょう。それが叶わぬので悲しんでおります。

返し歌

（欠脱）

〔語釈〕　**○つのくに**　摂津の国。畿内五国の一つ。今の大阪府北部、兵庫県東部にまたがる。**○といふ所**　筆者にとっては馴染みでない国という心証。旅の途中にある友の所懐という趣。**○なにはがた**　大阪湾沿岸の総称。干潟が多く、種々の鳥類が生息していた。**○むれたるとりの**　群生する鳥で、「もろともにたちゐる」にかかる。**○もろともにたちゐる**　起居（たちゐ）を共にするの意。鳥の生態についていうとともに、あなたとの親近の生き様について掛けて表現している。**○おもはましかば**　反実仮想の助動詞「ましか」を使い、遠く離れてしまった現実の悲しみを噛みしめる。

〔補説〕　贈答歌。ただし、返歌は欠脱。二行の空白は、実践本の和歌書写形式からみて、歌一首分の欠落を意味していると見てよかろう。式部の「かへし」の欠落である。

17番歌は、前歌の九州下向の友（＝西の海の人なり）が、下向途次の摂津の国から発信した旅の便りであろう。歌順に従って読む限り、それが自然な読み方である。ところが、なぜか、式部の返歌が欠けている。式部がこの旅先の友の歌を受け取ったのは、越前下向を直前に控えた在京中のことか。あるいは友の便りが旅の途中からのものなので、その返信はもともと書かなかったものか、あるいは書けなかったものかとも思われる。式部は受け取っているのだから確かな居所、すなわち京か越前国府の居所に居る筈である。次の歌の詞書で「いとはるかなるところ」と言っているところから推すと、ここはまだ在京中の自宅かとも思われ、あるいは、式部の方も離京を目前にして多忙に取り紛れたのかも知れない。諸本のいずれにおいてもこの「かへし」が欠けていることを思うと、その欠脱は古く、当初から、詠むつもりで詠めないままになっていたという可能性も考えられてよかろう。また、詠んではみたが伝えるようすがもなく、移動中の相手に伝えるほどのものは出来なかったというのであろうか。欠脱の真因は不明というしかない。

しかし、歌の続き具合という点から見ると、ここの（二行空白）部分に関する限り、「清水『新書』はこの空白部分を無視して評伝を組み立てた」という野村精一評（「作家・作品・作者―むらさき式部のばあい―」『源氏物語研究集成第十五巻』所収）は納得しがたい。16・17・18・19と続く連続記述に、不審な点は見当たらないからである。九州下向の親友との交信の流れはごく自然である。

　つくしに、ひぜんといふところより、ふみ
　お〔を〕こせたるを、いとはるかなるところにて
　見けり。その返ごとに

18　あひ見むとおもふこゝろはまつらなるかゞみのかみやそらにみるらむ　A

　かへし、又のとしもてきたり

19　ゆきめぐりあふをまつらのかゞみにはたれをかけつゝいのるとかしる　A

〔校異〕　みるらむ—みゆらん（陽）

〔現代語訳〕　筑紫の国の、肥前という所から、友は便りを送って来たが、私はそれを遠い遠い越前で見たのでした。

そのやりとりで詠み送った歌

あなたに会いたい、顔が見たい、と思うこの私の切なる心は、御地「まつら（松浦）の鏡の神」が大空でちゃんと映し出して見届けて下さっていることでしょう。鏡の神だからね。

返事は、翌年、私のもとに届けられた。

めぐり巡って逢える時を待つ、その「まつ」のことばを持つ当地「まつら（松浦）」の鏡の神に依るにつけ、私が誰との再会を待ち、心に掛けて祈っているか、ご存じかしら。貴女のことばかり思い詰めているのよ。

〔語釈〕　**〇つくし**　九州地方の総称にも用いられ、又、北九州の一帯や、筑前・筑後など一国一地方を指す場合もある。**〇ひぜん**　肥前の国。現在の佐賀県・長崎県。**〇はるかなるところ**　式部の下向居住した越前の国府、武生。今福井県。**〇返ごと**　文通、手紙のやりとりの行為をいう。通常「ソノ文通ノ折ニ」「ソノヤリトリデ」と解すべきもの。この語がまま答歌の詞書に付いて「かへし」（＝返答・返事）と同様の意味を示す場合（例、50番歌詞書）もあるが、その場合でも語の働きとしては基本的に「文通、文の交換、やりとり」の意を帯びている。**〇まつらなるかゞみのかみ**　肥前国東松浦郡鏡の地、字宮ノ原に祭られている鏡神社。現佐賀県唐津市鏡町。一宮の祭神は息長足姫命（おきながたらしひめのみこと＝神功皇后）、二宮は藤原広嗣。「まつら（松浦）」に「まつ（待つ）」の副意を、また、「かゞみのかみ（鏡神社）」に「（物を映し出す）かがみ（鏡）」の副意を読み取っての表現だが、式部の18番歌は後者「かゞみ」に力点があり、返しの友の19番歌は前者「まつ」に力点が置かれる。**〇そらにみるらむ**　そら（大空）で、私の心を映し出して見ていらっしゃることであろう。鏡の神様だから、の意。「らむ」は現在推量。**〇又のとしもてきたり**　使いの者が持ってきたが、それは翌年のことだった。そんなに遠く二人の間は隔てられてしまった、の感懐を込めたもの。**〇まつらのかゞみには**　松浦の鏡の神にはの略。19番歌では「まつ」に力点が置かれているので、「の神」は省かれた。「は」は鏡の神を特定して取り上げる働きの限定助詞。**○たれをかけつゝ**　誰のことを心に掛けながら。鏡は杭や鏡懸けや壁などに懸けるので、「(心に)掛ける」は鏡(明神)の縁語。**○いのるとかしる**　私が(誰を心にかけて)祈っていると、あなたはご存じかしら。「か」は疑問の意。なお、「しる」の主語を式部と見て、「鏡の神には、私が誰を心にかけて祈るとあなたはお知りですか」(評釈)と訳す従来の通説(私説も同列)に対して、主語を鏡の神と取り、「松浦の鏡明神におかせられては、わたしがどなたを心にかけてはお祈りしていますか、ご存知でしょうか。いや、どうもご存じないようです」と解釈する木船「解釈」説は斬新だが、「かゞみにはたれをかけつゝいのるとかしる」とする重層呼応文脈の中に、「鏡ノ神ガ」という主格表現を読むことにはなお問題が残る。「ご存じないようです」との推測の根拠はどこにあるのだろうか。

〔補説〕　遙か西国よりはるばる越前に届けられた親友の歌に対する式部の詠み送った歌と、また、それに対する友の返事である。「あひ見むと思ふ心は」「行きめぐり逢ふをまつらの」の初二句は、姉妹の契りを結んだ二人の、出会いの機を待つ共通の思いが流れている。友の住む肥前国松浦の地の鏡神社に依って、再会の機を「まつ」相思の情を詠み合うが、二句と三句との切れ続きに相違があり、式部歌は切れ、友の歌は続いている。三句以下で、式部は鏡の神が「映し見る(照覧する)」ことに期待を寄せ、友は鏡の神が再会を「待つ」ならぬ「松浦」に在る点に期待して、その祈りを返し歌に詠む。式部は「鏡に映す」という遊び心を読み、友は、「再会を待つ」切実な思いを詠み返す。力点の置き所が違うのである。友の辺地意識は式部以上に深いようである。友の返歌には、再会の見通しなど全く立たない絶望的なまでの別離感が漂い、にもかかわらずそれでもいつかというはかない期待を寄せて鏡の神に祈るしかないという思いが込められている。「西の海」とは、それほどまでに遠い遠い辺境の地であったものだろう。「かへし、又のとしもてきたり」の一文にもその思いは込められている。式部とて、越前に下っているのだが、ともに京に育った二人として見るとき、友に比しての近国意識は抜きがたい。

20

あふみのみづうみにて、みをがさきと
　いふところに、あみひくを見て

みをのうみにあみ引たみのてまもなくたちゐにつけてみやこゝひしも　A

〔校異〕　みつうみ―海（陽）

〔現代語訳〕　近江の国の湖を渡るとき、三尾が崎という所で、漁師の網を引く姿を見て
　三尾の岸辺で網を引く人々が手を休めもせずに体を動かし続けるように、私も、途切れもなく、起き伏しにつけ、遠ざかって行く都が恋しくてなりません。

〔語釈〕　**○あふみのみづうみ**　琵琶湖。陽明本「あふみの海」　**○みをがさき**　琵琶湖西岸の中部に位置する。滋賀県高島市高島。その昔、勝野の大溝を中心に、北は安曇川町舟木崎の辺りから、南は明神崎白髭浜に至る地域一帯を「三尾」と呼んでいたか。今も「三尾里」の地名が残る。なお、詳細な比定地考として、久保田孝夫「『紫式部集』二題―「三尾が崎」「小塩山」―」（『紫式部の方法』所収）がある。**○あみ引たみ**　漁網を引く漁師。**○てまもなく**　「てま」は手を置き添える労作。または、その時間的経過。手に取る時間。「てまもなく」は、手をじっと置き添える時とてない様子。手を止め休める時もないさま。一所を握り続ける時もなく、次々と激しくたぐり動かすさま。「てまもなくしまとのわたりみ棹とれ嵐の山に月もこそ入れ」（出観集・四三二）。**○たちゐにつけて**　「たちゐ」は、立ち居。立ったり座ったりすること。起居の動作。この句は、意味上、上三句を受けており、同時に下第五句にも掛けられる。上の句の漁師の動作から、自分の日々の振る舞いに視点を移す。**○こひしも**　「も」は詠嘆の終助詞。懐郷の深情を込める。

〔補説〕　以下五首の独詠歌群は、長徳二年の夏、父の赴任に伴う式部の越前下向の旅の歌。その琵琶湖渡りの経路については、［解説］考察三参照。大津から出航し、現近江八幡の奥島山（奥津島）を経由して、舟航渡湖して、琵

琶湖西岸中部の三尾が崎を経過する時の偶詠。歌では「たちゐにつけて」にポイントがある。立ったり座ったり動き続ける漁師の姿を見て、自分はそんなに体を使っているわけではないが、日々繰り返す起居・起き伏しにつけて心を動かし続けている、の趣で、寝ても起きても、夜も昼も、の意である。昼は昼で、また夜は夜で、都を思い続けているというのである。心は都の何に、誰に向けられているのだろう。好奇心から普段見慣れぬ漁師の労働に目を引かれつつも、生まれ育った京洛の慣れ親しんだ優雅な生活から初めて離れ切り、人の国に入った実感を、不便不如意な舟旅で思い知らされた式部の素直な思いであろう。前出の肥前の友との関わりはない。

なお、この下向の旅の日取りにつき、藤本勝義「紫式部の越前下向をめぐっての考察」（『青山学院女子短期大学総合文化研究所年報第二号』所収）では、陰陽道信仰の考察から推論して、京出立日を長徳二年六月五日、武生到着六月十一日とする試案を出し、一説として注目される。

又、いそのはまに、つるのこゑ〳〵なくを

いそがくれおなじこゝろにたづぞなくなにおもひいづる人やたれぞも　A

〔校異〕　こゑ〳〵なく―こゑ〳〵に（陽）

〔現代語訳〕　又、磯の浜辺に、鶴があちこちで声を上げて啼いているのを見て

磯の岩陰で、私と同じく友を慕って鶴が啼いている。何を思いだしているの、また、思い出している人は誰なの。

〔語釈〕　**○いそのはま**　地名と考え、滋賀県米原町磯の地を比定する説もあるが、地名と見る積極的根拠に乏しく、また、無意味な難題を抱え込むだけの効果しかないので、私は普通名詞と考える。砂浜でなく、岩石の続く浜辺。安曇川町以北、塩津以南の琵琶湖西岸のどこかであろう。[解説] 考察三参照。**○いそがくれ**　磯（岩石の多い岸

べ）の岩陰に隠れて。**○おなじこゝろに**　わたしが友を慕って泣いているのと同じように鶴も。**○たづ**　「つる（鶴）」の歌語。**○なにおもひいづる**　「なに（ヲ）かおもひ」と「おもひいづる人」を重ねて掛け合わせ、下に詠み続けるため、声調上「か」を省いた表現。「何（ヲ）か思ひ……」と一旦詠み出したが、そこで切らずさらに「思ひ出づる人」と掛詞的に詠み換えて言い続けた表現か。底本も陽明本も「なに」とあるので、その本文に従うこととし、無理に「な（汝）が」の誤写と校訂するさかしらは避けたい。

〔補説〕　悲しく啼く幾羽の鶴の声々に触発された旅中独詠歌。下の句の、鶴に対する畳み掛けるような詰問には、式部の友を慕う思いの深い感情移入が窺われる。この歌も前歌に引き続いて琵琶湖西岸を北上舟航する往路の一齣であろう。当然長徳二年夏である。

なお、「鶴」が詠まれていることから「夏に鶴が啼くか」と、その季節について従来意見（竹内美千代説と南波浩説）が対立してきた。しかし、鶴を季節の鳥とする認識は王朝時代に乏しく（伊藤博説）、また、夏の鶴を詠んだ例として、たとえ屏風歌にせよ、

わが宿の池にのみ住む鶴なれば千歳の夏の数は知るらん（貫之集・四七五）

を始めとして、慶賀に詠まれた事例は、それほど珍しいこととは言えず、さらには、式部と同時代の

空澄みて鏡と澄める夏の日は飛びかふ鶴の鳴くさへぞうき（賀茂保憲女集・六三）

の、「なつ（夏）」部に収められた積極的詠歌例さえ見られるところから、この歌も、次歌「夕立」詠と同時期の歌と見て差し支えない。〔解説〕考察三参照。

夕だちしぬべしとて、そらのくもりて、ひらめくに

22

かきくもりゆふだつなみのあらければうきたる舟ぞしづこゝろなき　A

〔校異〕　ナシ

〔現代語訳〕　夕立が来るに違いないと思われ、空が一面かき曇り、稲妻が光るので、黒雲が一面に広がつて夕立を呼び込む波が高まり、荒れてきたので、波間に浮き揺れ漂う舟は不安この上もない。

〔語釈〕　**○夕だちしぬべし**　「夕だち」は夏の夕方、一時に激しく降り来る雨の総称。雷を伴うことが多い。「ぬ」は推量「べし」に添って強意に働く。……するに違いない。きっと……する。**○ひらめく**　雷光である。**○かきくもり**　空が一面真っ暗になって。夕立雲の襲来。空が急変するのが常である。**○ゆふだつなみ**　「ゆふだつ（夕立ガ降ッテクル）」と「たつなみ（立ツ波）」の掛詞。**○うきたる舟**　波間に浮かぶ舟。**○しづこゝろなき**　揺れに揺れて静まる時とてない。浮き舟の様態でもあるが、馴れぬ船旅の不安におののく詠者式部の心証風景でもある。

〔補説〕　前歌に続き、船中での独詠歌。平安時代「夕立」は夏季の歌に詠まれるのが常であるから、これも夏季の舟航往路の歌。琵琶湖西岸北部の詠であろう。前歌の懐京といい、この歌の不安感といい、初めて味わう異国の長旅、異境の船旅にある、式部の率直な思いであろう。

23

しほつ山といふみちのいとしげきを、
しづのを《〔お〕》のあやしきさまどもして、
なほ《〔を〕》からきみちなりや、といふをきゝて

しりぬらむゆきゝにならすしほつ山世にふるみちはからきものぞと　A

〔校異〕 ナシ

〔現代語訳〕 塩津山という山道はひどく木深いので、駕籠かきの男がいろいろ見慣れぬなりをして、「（今時のここは）やはり辛い厳しい山道だな」と言っているのを耳にして、

身にしみているのでしょうね。この人たちの通い慣れた塩津の山だが、ここで生き抜く道はその名の塩のように辛く、苦しいものだということが……。

〔語釈〕 **○しほつ山** 湖北の港、塩津の背後（北方）の山。塩津で船から上がり、塩津山越えをして越前に向かう。**○いとしげきを** 枝葉がひどく生い茂っているので。夏草の生い茂った山野は歩きにくい。**○しづのを** 下賤な男。ここは駕籠かき・輿担ぎ・車引きの類。塩津山には賤が岳（しづがたけ）が連なる。あるいはその縁で「しづのを」を出したか。**○あやしきさま** 都育ちの式部にとっては見慣れぬ男たちのみすぼらしい労働着姿。**○なほ** 樹木繁茂の夏季を意識した発言。**○からきみち** 辛く、苦しい山道。**○しりぬらむ** 倒置法表現。第五句を受ける。「らむ」は現在推量。分かったでしょうね、というより、身にしみついているのでしょうね、の意。**○ゆきゝにならす** 行き来に身を馴れさせる。往来し慣れている。その類義の歌語としてよく使われる「しほなる（潮馴る）」「潮馴らす」の言い回しから、続く「塩津山」の「しほ」が詠み出されたか。**○世にふるみち** 処世の道。生業（なりわい）の道。**○からきものぞ** 辛く苦しいものだ。「からき」は「塩津山」の「塩」の縁語。

〔補説〕 働く下人たちの言動に気を引かれ、そのぐちを小耳に挟んだ式部が、「塩津山」の地名に掛けて、心中に思いめぐらした独詠歌。一見世慣れ人じみた年長者のような口ぶりに、却って負い目のない若さが滲んでいる。世俗知らずの知的少女が、心内ひそかに詠んでみせる気味のいい小賢しさが漂う。受領の姫君の自恃意識は否定できないが、人夫を見下しているというより、珍しい下人の言動や、「塩津山」―「辛し」の言葉の符合を面白がっているのである。歳若い式部の知的趣向を見るべきであろう。輿を担ぐ男達のような現実の労働を通してでなく、「塩」という地名の詞に寄せて、その処世の辛さ苦しさを想像して、式部なりに共感しているのである。なお、詞書の

「みちのいとしげきを」にも、木々の繁茂する夏季を読むことが出来よう。前歌から引き続き越前下向の往路歌と読める。そして、式部の旅は、湖船から上がったのが塩津であり、所謂「深坂越え」で角鹿（敦賀）に向かった事がこの歌で明示されている。近江から角鹿に抜ける場合の官道として、塩津より西の海津より愛発（あらち）関経由の北陸道が開けていたが、一行は、それよりも険しいが短距離の行程を採ったのである。

なお、式部の旅は、その後、越前国府武生まで続けられるが、その間の行路については、陸路の木の芽峠越え、海路と陸路を使っての杉津—山中峠越えや、大谷浦—「たこ坂」越えなど、諸説があってなお定めがたい。久保田孝夫「紫式部越前への旅—紫式部集をめぐって—」（『同志社国文学第十八号』所収）・藤本勝義「紫式部の越前下向をめぐっての考察」（前出）・加納重文「紫式部越前往還の道」（『紫式部の方法』所収）など参照。

　水うみに、おいつしまといふすさきに
　むかひて、わらはべのうらといふいりうみの
　を《お》かしきを、くちずさびに
おいつしま〳〵もるかみやいさむらんなみもさわ《は》がぬわらはべのうら　A

〔校異〕　いりうみ—うみ（陽）　くちすさひ—くちすさみ（陽）

〔現代語訳〕　近江の湖で、おいつ島と呼ばれる洲崎に向かい立ち、わらわべの浦と呼ぶ入り海を目の前にして、（その対称に）興をそそられて、つい口ずさんだ歌
老津島の霊験あらたかな鎮護の神様が諌めていらっしゃるのでしょう。波一つ立たぬこの童べの浦を見ていると。（船旅の平安も、この神様のご加護あればこそ。）

〔語釈〕 **○おいつしま**　近江八幡市の北方の奥津島とする南波説が良い。奥津島（おいつしま。今、奥島山）南麓の小高い所に、大嶋神社・奥津島神社は存在する（北津田町）。社歴略記によると、大嶋神社は大国主神を、奥津島神社は奥津島姫神を祭神とする式内社で、格式が極めて高い。**○すさき**　洲崎。洲が湖に突出して岬のようになったところ。**○わらはべのうら**　童べの浦。奥島山塊の東隣には、太平洋戦争後の大干拓事業完成までは、大中之湖として入り海が広がっていたが、その東岸に位置する乙女浜を、南波説は、『和名抄』（十巻本）の「日本紀私記云、少女乎度女、童女同上」などの記録によって、童べの浦に比定された。今、乙女浜の地点から西向いて奥津島を遠望する時、この詞書の記述にはこの地に比定する地理的蓋然性が極めて高いことが判る。「おいつしまといふすさき」と「わらはべのうらといふいりうみ」と、遠方の洲崎とその前景に拡がる入り海の静けさに目を留め、歌は、その地名呼称に「おい（老）」と「わらは（童）」との対称の妙を想い詠み出したもの。**○いりうみ**　旧大中之湖。現在は、干拓されて広々とした畑地になっている。**○くちずさび**　心に想い浮かぶままに詠むこと。**○しまもるかみ**　奥津島神社祭神。この奥島・沖之島水域を守護するとして湖水の平穏を守っていた。**○いさむらん**　「いさ（諫）む」は、老人の童子を諫める趣を見立てての表現。「らん」は現在推量。**○なみも**　騒ぎ立ちやすい浪までも、の意。

〔補説〕　この歌の地を、近江八幡市の奥津島に比定する南波説に賛成する。ただし、これを越前より湖東岸を南下してきた帰路の歌とする点には従いがたい。この歌は、老津島に対峙し、「浪もさわがぬ」静謐の童べの浦に立って、鏡のような水面を眺めて、島守る神の霊力を思いながら詠んだ歌と見られ、現地に踏み込んで、当時の地形や水路を思い描きながら、歌の内容を検証すると、初二句の「老津島島守る神や」というはずんだような思い入れは、少なくともその直前に、老津島に鎮座する「島守る神」を船中からなり、寄航なりして、親しく実見、拝礼している詠み口である。乙女浜の地から遠望しても前の岡に遮られて神社は見られない。先程拝した奥津島の神を思い、その霊験によって目前の水面の静謐はあると詠んだもののように思える。とすれば、西方の大津から来て長命寺港に入り、川を東行して、奥津島神社の社前で直々に拝礼して旅の安泰を祈り、東隣する「西の湖」に出てそれを渡り東岸の乙女浜に着いて、その付近で詠んだものではないか。すなわち、この歌も越前行きの往路の歌ということであろう。また、そう読んでこそ、この24番歌がここの旅歌群五首の中に纏められている意味も定かになろう。時間的には、この平安祈願の歌を詠んで後、湖流に乗って、対岸の三尾が崎に渡り、さらに舟航して西湖岸を北上し、湖北の塩津で上陸の後は、陸路、越前武生への下向の長旅を続けたものであろうが、この歌を含めて、20番歌以下の往路連詠が構成されている。

　こうして、この一首は渡湖の初めに「おいつ島」で詠んだ独詠歌と見られるが、家集編集上、越前下向の旅を終えて総括した歌として、下向羇旅歌群末尾のここに位置づけたものであろう。「水うみに」という詞書の書き出しから推測するに、渡湖に当たって心中祈り口ずさんだことで、無事な船旅を終え、改めておいつ島神のあらたかな霊験を追想し、この歌で往路歌群五首を結んだものと思う。（詳細は［解説］考察三参照。）

こよみに、はつゆきふるとかきたる日、めにちかき火のたけといふ山の、ゆきいとふかう見やらるれば

25 こゝにかくひの、すぎむらうづむゆきをしほの松にけふやまがへる　A

かへし

26 をしほやままつのうは葉にけふやさはみねのうすゆき花と見ゆらん　A

【校異】かきたる―かきつけたる（陽）　ふかう―ふかく（陽）

〔現代語訳〕　具注暦に「初雪降る」と書き込まれた日のことだが、目の前の日野岳という山の積雪が深々と眺めやられるので

この暦に「初雪降る」と書き込まれたこの日、こんなにも、ここ日野山の杉木立はひどい雪に埋もれて、（いつもは眺めて想起していた都の）小塩山の松とも、今日ばかりは、とり紛れて区別が付かぬことなどありましょうか、いいえ、取り違えることなど全くありません。（都の小塩山とは大違いよ）

侍女の返し歌

それでは、今日は（ここの景色とはすっかり違って）、京の小塩山では峰の松の上葉に薄く降った雪が、まるで美しい花のように見えていることでしょうね。

〔語釈〕　**○こよみに**　毎年陰陽寮で作成されて上奏し、裁可されて国司にも配布された具注暦。干支・節気・星宿・禁忌等、暦注が記載されている。その空欄に日記等の記録を書き込んだことは御堂関白記などで広く知られている。越前守の父為時の手元にもこの暦は当然あり、式部の目にも触れたのであろう。ただし、陰陽道に関わる物忌み・方違え・吉凶などを記した女性用の仮名暦の可能性もある。（石原昭平「日記文学の発生と暦」『平安文学研究』三一輯）　**○はつゆきふる**　初雪が降る。直ちに、二十四節気用語の「小雪」（十月中気）を指す、とは言えない。**○とかきたる日**　と書き込まれた日。式部集の用例傾向（31歌「涙の色」などかきたる人、等）より推して「書く」主体は式部以外の他者と見る方が穏当と思われるので、為時か侍官が具注暦に書き込んだものと見ておきたい。「とかきたりける日」とあるわけでもないので注記済みの旧年の暦とは思われず、この年（長徳二年）の暦と読み、それに新しい初雪記録として書き込まれたのであろう。なお、陽明本「かきつけたる」の本文で読めば、同じ用例傾向より式部が書き込んだとも取れようか。**○めにちかき**　越前国司の館は国府武生の地にあった。日野岳は町の東南方向5キロの地点に位置している。**○火のたけといふ山**　日野岳、日野山。海抜七九四・八メートル。京の小塩山と山容が似ている。**○見やらるれば**　式部の居住する国司官衙より遠望されるの意。**○こゝにかく**　「こゝ」は、

「この武生の地」と「この暦」の二義を掛ける。「かく」は「斯く」（うづむニカカル）と「書く」（日ニカカル）の二義を掛ける。そしてこの初句は第二句「日野」の「日」を引き出している。**○をしほの松**　小塩山は、京都市右京区大原野神社（式部ら藤原氏の氏神を祭る）の西方2キロに位置している。海抜六三九メートル。**○けふやまがへる**　「けふ」は「初雪降る」と書き込まれた日を指す。「や」は反語。前田敬子説（「日野の杉むら埋む雪—紫式部集二十五番歌二十六番歌をめぐって—」福井大学『国語国文学』35号）がよい。「まがふ」は、二者が区別できぬほど似通う。見間違えるほどである。ここは越前日野の杉山と京小塩の松山の類似を指す。常々は日野山を見て小塩山を想起し親しんでいたのである。**○けふやさは**　この「や」は反語ではない。詠嘆的に用い、軽い疑義を表す。「さ」は式部の前歌の意趣（日野山と小塩山との大差）を指す。**○花と見ゆらん**　雪が花と見えていることでしょう。「らん」は現在推量。類歌「をしほやまをのへの松の枝ごとに降りしく雪は花とみえつつ」（好忠集・三三六）

〔補説〕　越前に下向した長徳二年の冬の歌であろう。初めて見る越前の雪の多さに驚きの情を見せる式部であった。初雪がこんなに多いの？。この歌には北陸の深雪への若々しい好奇心がほの見える。常々目の前に眺めて懐かしい京の小塩山を思い起こしてくれていた日野山が突然変容する。「初雪の日」なのにこんな深雪なんて……という驚きである。返しは式部の侍女とする清水「新書」説が妥当。式部の言い触れた越前と京の雪を対比した懐郷の心を受けて、都人の手振りで優しく言い慰めているからである。越前と京都と同じ日に初雪が降ることはあまりない事ぐらいは侍女も十分知っていたろうが、たとえ今日同じ初降雪があったとしても量的に桁違いで、いかにも都らしい優しい花のようだろうかと推量して、式部の望郷の思いを労ったのであろう。「らん」の現在推量に注意したい。さすがは侍女である。

　この式部の歌には、物珍しさが先行していて、まだ豪雪に対する嫌悪の感情はあまり感じられない。しかし、この豪雪が、来る日も来る日もやって来て、次第に式部の心を暗くする。次の歌はそれであろう。

27

ふりつみて、いとむつかしきゆきを、
かきすて丶山のやうにしなしたるに、
人〴〵のぼりて、なほ《〔を〕》これいでて《〔ゝ〕》みた
まへといへば

ふるさとにかへるやまぢのそれならばこゝろやゆくとゆきもみてまし　A

〔校異〕ふりつみて—ふりつみみて（陽）　やまちの—野山の（陽）

〔現代語訳〕降り積もって気も塞ぐほどの深雪を、掻き捨て集めて山のように積み上げた所に、人々が登って、「（雪はお気も召さぬことでしょうが、）やはりこの雪山ぐらいは出てきてご覧なさいよ」と言うので
同じ山でも懐かしい故郷に帰る行路の「かへる山」の雪山なら、あるいは気も晴れようかと出かけて行って見ましょうものを。（でも、そうじゃないので……。）

〔語釈〕 **○むつかしき**　煩わしい、気が晴れない、うっとうしい。優しい薄雪を好む都人気質からの感情である。**○山のやうにしなしたる**　積み上げて雪山を作ったのである。雪山造りは京洛でも流行愛好された冬の風物で、「宇津保物語」「枕草子」「源氏物語」を始め各種文献に見える。しかし、同じ雪山造りでも、ここは格別巨大な北国の雪山である。「しなす」は作り上げる。「なす」は意図的な営みを示す。**○なほこれ**　雪は「むつかしき」ものでしょうが、やはりこればかりは、の意。**○いでてみたまへ**　「いでて」は室内から縁先まで出て。**○かへるやまぢの**　都へ帰る山道。越前国の歌枕「かへるやま（鹿蒜山、16番歌参照）」が詠み込められていよう。**○それ**　雪山を指す。**○こゝろやゆく**　塞いだ心も晴れようかと、の意。「や」は疑問の係助詞。**○ゆきもみてまし**　「行き見る」に「雪見る」を掛けている。「まし」は反実仮想。

〔補説〕 下向して、初めて迎えた越前国の長い冬。当初は物珍しさで、降る雪に驚嘆する式部だったが、来る日も来る日も豪雪に降り込められるようになると、次第に気分まで憂鬱になって行く。部屋に籠もって出ようとしない式部の心を引こうと、側近たちが庭先に特大の雪山を作って誘いを掛けたのであろう。その答えとして詠んだ返歌だろうか。あるいは心中口ずさんだ独詠歌であろうか。いずれにしても、若い式部の内心は閉ざされた憂悶と懐郷の思いで一杯であった。今は一日も早い迎春と帰京の日を待つばかりである。

　としかへりて、からびと見にゆかむといひける人の、はるはとくゝるものといかでしらせたてまつらむ、といひたるに

春なれどしらねのみゆきいやつもりとくべきほどのいつとなきかな　A

〔校異〕 いひける―いひたりける（陽）

〔現代語訳〕「年が改まってから、（御地の）唐人を見に行きましょう」と言っていた人が、「この春の訪れは（例年より）早めにやってくるものということをなんとかしてあなたにお知らせ申し上げたい」と言ってきたので

いかにも暦は春になり（早めにやって来ましたが）、それを知らぬ顔に、白山の深雪は一層積もりに積もり、解けそうな時期は一体何時とも知れぬ今日この頃です。（私の心とて……）

〔語釈〕 **〇としかへりて**　この句は、地の文に出して「といひたるに」に掛かるとする読み方と、「人」の消息文中に含めて「見にゆかむ」に掛かると見る読み方があるが、後文「はるはとくゝるもの」との関係から、後者と見

る。年が改まって後に、の意。従って、この28番歌は、年内、即ち改年前の長徳二年末の下旬のものと推測される。**○からびと見にゆかむといひける人**　求婚者宣孝であろう。為時―式部の父娘の知己という関係からの推論である。「からびと」は、長徳元年（九九五）九月、若狭の国に漂着し、移されて越前に滞留していた宋人七十余人（『日本紀略』）を指す。その応対、折衝に当たっていた越前国守為時のもとに、それを見に行くことを口実として、その娘式部を訪問する意志を告げていたのである。「いひける」は、時制上からみると陽明本「いひたりける」の方がより正確かも。**○はるはとくゝるもの**　歌の第四句「とくべきほどの」とあるところから短絡的に「とくる（融くる）」の本文に校訂している注釈例が多いが、底本も、対校の陽明本も「とくゝる」とあるのだから、「とくゝる」の表記を正しいものとしなければならぬ。この春は早めにやって来るもの（私たちの春も早めに訪れる）、との謂いであろう。長徳二年末は十二月二十日が立春に当たり、例年より春は早く来る。（あなたならお判りになるだろうから）と、式部の目を向けそうな年内立春というこの年の節月巡行に言い触れつつ、陽気の早期到来に言い触れて相手式部の受け入れ促進を打診したものであろう。**○春なれど**　立春を迎え、確かに春になったけれど。**○しらねのみゆき**　「白嶺（白山）」に「知らね」を掛ける。春の訪れを知らぬかのように、の意を添える。**○とくべきほど**　融けるはずの時期。「雪」だけでなく、「心」についても言い触れる。相手の詞「とく（疾く）」に応じて、返歌では、それを「とく（解く）」に意図的に取りなして詠んだものであろう。

〔補説〕「としかへりて」の一句を、地の文に出さず、宣孝の文言の一部と読む。とすると、この歌は、長徳三年に改まる前の、二年冬十二月の歌ということになる。年でも替わったら宋人を見る名目で訪問したいと前便で言っていた宣孝が、十二月にでもなって年内師走の二十日に巡って来る立春に気づき、それをふまえて「（まだ暦年は改まっていないが）この春は早めにやってくるもの」と是非貴女には気付いていていただきたいものだ、と言いかけて、暖かい式部の心の春の訪れに期待を寄せて求愛してきたのであろう。「はるはとくゝるものといかでしらせたてまつらむ」の文詞には、宣孝の格別の思い入れが込められていたと読める。それは、二元的四季観を抱き持つ式部には格好の誘いであり、いかにも新知識・新趣向に敏感な宣孝らしい求愛の便りであった。（この節月表現は、分からないものには通じない新知識である）。当然求愛の歌も添えられていたことであろう。でなければ式部が歌を返すことはない。しかし、宣孝の求愛歌は、この前・後の歌と同様に明らかにされていない。28歌はその求愛求婚をそらす式部の返歌と読める。「春なれど」の表現から、式部の返歌は二十日を過ぎて後に詠まれたものであろう。白山は北陸路の代表的な名山（標高二七〇二メートル）。雪も深い。そこでは、春の訪れも遅く、雪解けも当分期待できない。私の凍り付いた心も白山の雪と同じよ、と応じたのである。時期尚早となじったのである。

なお、「疾く来る」の文言「疾く」を受けて、「解く・融く」のことばで返す手法の好例としては、次の歌が挙げられよう。

風さむみこほれる谷の水しもに春くることをとくと待つらし（忠見集・五九、疾くと解くの掛詞例）

以下、求婚者宣孝の姿が次第に大きくなる。長徳二年末から三年にかけての、在越前期のものである。

29

あふみのかみのむすめけさうずと
きく人の、ふたご《〔こ〕》ころなしなど、つねに
いひわたりければ、うるさくて

水うみのともよぶちどりことならばやそのみなとにこゑだえなせそ　A

〔校異〕きく人—きゝ人（陽）　なと—と（陽）　うるさくて—うるさかりて（陽）　水うみの—みつうみに（陽）

〔現代語訳〕近江の守の娘に懸想をしていると噂されるあの人が、私に対しては「二心はない」などといつも愛を訴え続けて来たので、煩わしくて

琵琶湖のお仲間に呼びかけて求愛する千鳥さんよ、どうせ同じ事なら（一所に限らず）、どの港港でも、せいぜい声を上げ続けて求愛なさったら。

〔語釈〕 **○あふみのかみ** 近江国の国守。それが誰かについては諸説があるが、「全評釈」は、宣孝の動静を軸に整理考察し、筑前守の任を終えて帰京後の長徳元年に近い頃の「近江守」と呼ばれるに相応しい人物を検討した結果、浮かび上がる藤原公任・平惟仲・源則忠・菅原輔正・藤原誠信らのうち、あしかけ九年にわたって連続して近江介や権守を歴任した平惟仲がふさわしいとし、その上で、宣孝の動きと惟仲の職名の二点から、この詠歌時点は長徳元年の冬のことと推論している。すなわち、同説によれば、式部の越前下向の前年のやりとりとなり、式部はこの宣孝不信の思いを抱いたまま武生に下ったということになる。**○けさうずときく人** 「けさうず」は、想いを掛ける。恋慕する。思慕する。「ときく人」は、という噂の立つ人の謂いで、宣孝のこと。**○ふたごころなし** 別の異性を慕うような浮気心はない。**○いひわたり** 言い続ける。言い寄る。**○うるさくて** 煩わしくなって。相手の誠意のなさに付き合いきれず。「うるさがりて」の陽明本文は客体化の進んだ表現。底本の直接的感情表現の方に分があろう。**○水うみのとも** 琵琶湖の友鳥。「近江守の娘」を暗示する。**○ともよぶちどり** 呼び交わして求愛する千鳥。「ちどり」に宣孝を寓する。**○ことならば** 同じ事なら、一カ所といわずに。いっそのこと、の意。**○やそのみなとに** 八十の川口や港で。あちらこちらの「みなと」に立ち寄って。「みなと」は水門。川口。港。そこには魚・鳥・人などが集まる。**○こゑだえなせそ** 「こゑだえ」は声の途絶えること。求愛の声のとぎれること。「な……そ」は禁止の義。

〔補説〕 宣孝らしき男と式部のやりとりが続く。都度、歌も交わされたことであろう。ところが、31番歌まで、男の歌は見えず、式部の歌ばかりが並んでいる。そして、男の側は、歌の代わりに、詞の上での手練手管が目立つ。前歌では、節月意識で、この歌では、無二の誠意の開陳で、また、次歌では、歌絵による趣向で、更には、朱色顔料による擬装でと、次々式部を誘う宣孝である。しかし、このやりとりの中に、宣孝の手を替えて揺さぶり立てる老巧な攻めと式部の激しい拒絶の守勢が行間に躍動している。28～31までの四首は纏めて鑑賞したいもの。両者の知性の応酬を見る想いがする。ここは、「二心なし」との相手の文言をあげつらって、ふた（二）心などと遠慮せず、やそ（八十）の女に求婚なさったら……という、浮気をなじる厳しい投げ返しの歌である。配列順から、武生において受け取った恋文の返し（あるいは独詠歌かも）と見れば、越前の守の娘としては、こともあろうに隣国近江の守の娘に心を分ける許せぬ不実な宣孝への反撃であった。二人の結婚問題が次第に現実味を帯びて来ている段階を示唆していようか。

なお、〔語釈〕に触れたように、近江の守の娘について、「全評釈」では、従来の諸説を整理検討の結果、平惟仲の女と推論し、かつこの歌を長徳元年冬の詠とした。正に傾聴すべき意見であるが、実践本で読む限りは、「千鳥」詠から長徳二年冬乃至翌年春の詠歌と見られる点を付言しておきたい。再検討すべき課題である。

30

うたゑに、あまのしほやくかたをかき
て、こりつみたるなげきのもとにかきて、
かへしやる

よものうみにしほやくあまの心からやくとはかゝるなげきをやつむ　A

〔校異〕 ナシ

〔現代語訳〕 歌絵として、（あの人が）漁師の塩焼く姿を絵に描いて（きたが）、その切り出して積み上げた投げ木（薪）の絵のそばに書き付けて返し送った歌

あちこちの海辺で、藻塩を焼く漁師のあなたが、自ら進んでなさるお仕事とは、こんなに多くの塩焼く投木を

積み上げて（「思ひ」の火でわが身を）焼くような嘆きを重ねる所行なんでしょうか。

〔語釈〕　**○うたゑ**　歌絵。河田昌之（和泉市久保惣記念美術館特別展「歌絵」）は、①和歌を題材にして描いた絵（歌意からイメージを構築したり、歌に詠み込まれた景物を素材として絵が描かれる場合）②詠歌の題材となる絵（描かれた景物に触発されて歌が詠まれる場合）に大別する。ここは男が、前者、即ち、歌の心ばえ（歌の意味や趣向）を造形化した絵（①の意のもの、歌もあったかも知れない）を描き送ったが、受け取る式部にとって、それは、後者（②の意のもの）の歌絵として送り付けられたことになろう。即ち、その絵解きの歌を所望されたものである。歌絵の形をとった贈答である。**○あまのしほやくかたをかきて**　その後に「あるに」が省かれた言い回し。「集」中の類例、100番歌詞書「中将せうしやうと名ある人々の、おなじほそどのにすみて（アルニ）、少将のきみをよな〱あひつゝかたらふをきゝて、となりの中将」、117番歌詞書「里にいでゝ（アルニ）、大なごんのきみ、ふみたまへるついでに」。藻塩をぼとぼと垂らしつつ塩焼き作業に従事する漁師の姿を、男は、涙の日送りをする自画像として描き、その感想を相手に求めたのである。「かきて」の主語を式部と見る説は採れない。〔補説〕参照。**○こりつみたる**　樵り積み上げた。切り出して積み上げた。**○なげきのもとに**　描かれた絵の中で、特に「投げ木（なげき、薪）」の画材に式部は注目したので、その傍らに返歌を書いたのである。**○よものうみに**　あちこちの海岸で、至る所の海辺海辺で、の意。前歌「水うみの……」に続き、琵琶湖周辺を示唆していると見れば、これも一連の歌群である。あちらこちらの女に思いを寄せる多情な男の振舞を皮肉っている。**○心からやくとは**（投げ木の火で）塩を焼くのも「役」でしょうが、自ら進んでの「役（仕事）」は、（「嘆きの思ひ」の火で）身を焼くことでは、の意。**○なげき**　「投げ木」に「嘆き」を掛ける。**○をやつむ**　「や」は疑問。「つむ」は積む。積み上げる。

〔補説〕　歌絵の絵を描いた者として宣孝・式部の両説があるが、私は宣孝を採る。涙と嘆きの哀訴の思いを歌絵に託す趣向の新奇さは、攻める宣孝にこそ相応しく、（相手の攻め口を何も示さぬ形で）式部の側から進んで歌絵を描くモチベーションは考えられないからである。いずれであるにせよ、詞書には「かへしやる」とあるので、この歌も男からの便りの返事として詠んだ式部の返歌である。そして歌に先立つ詞書きは、「(あの人が)歌絵としてあまのしほやくかたをかきて(きたが)、そこに(描かれた)切り積み上げた、投げ木(薪)の絵」のもとに、と読むのがよかろう。単なる歌の贈答でなく、送られてきた歌絵を使ってのやりとりが注目される。藻塩焼く侘び男の歌絵を介しての、「やく」「なげき」の掛詞の技巧に式部の詩興がある。男からの歌絵には、歌意が絵として描かれていただけか、歌も詠み添えられていたか、不明だが、自画像の絵だけで想いを伝えようとしたものとする方が男の手法としては面白い。宣孝の趣向の斬新さを見たいと思う。こうして、28歌—31歌の四首は、いずれも宣孝の側からの積極的な攻め(手管)に応える式部の痛烈な反撃の歌である。また、「よものうみに……」の詠み方から、歌はまさしく式部の反撃のそれだが、暗に引き合う二人の心情の深まりは、このやりとりでも窺い知ることが出来よう。「女が優位に立っていて、少々強いことを言っても嫌われはしない、この際うんと多情をとっちめてやろうという気配が見える。多情を詰るのも女の側の傾斜の表れである」とする清水「新書」の見解は恐らく正鵠を射ていよう。次の歌も、同一線上の想いと理解できる。ともに長徳三年の詠であろう。

なお、「しほやく」について一言紹介したい。「藻塩焼く」とは、通常、海草を簀の上に積み、潮水を注ぎかけて塩分を多く含ませ、これを焼いて水に溶かし、その上澄みを釜で煮詰めて塩を製す、と解く(日本国語大辞典)。海草としてホンダワラなどが使われるとされる通説に異を唱えるのが名古屋大学の渡辺誠教授である。丸みがあって乾燥しにくいホンダワラに代わり、薄くて幅が広いためによく乾くアマモの類と推測する。(名古屋朝日カルチャーセンター「あさひさろん」平成五年一月号)。製塩土器を大量に出土する遺跡として知られる愛知県東海市の松崎貝塚が、愛知県埋蔵文化財センターによって発掘されたとき、魚貝類遺体の調査に加わった教授は、普段見かけない環形動物ウズマキゴカイを大量に見つけ、しかもその九九パーセントまでが焼かれていたが、他の貝類はほとんど焼かれていない実体を知った。ウズマキゴカイは海草アマモにびっしり付着しているのであり、それらが海草と一緒に焼かれたことをこの遺跡ははっきり示している、として、幅広のアマモを沢山集めて拡げ、その上に海水を何度も掛けて濃縮した古代製塩法を推定している。

31

ふみのうへに、しゆといふ物をつぶ〳〵
とそゝぎかけて、なみだのいろなど
かきたる人のかへりごとに

くれなゐのなみだぞいとゞうとまるゝうつるこゝろのいろに見ゆれば　A

もとより人のむすめをえたる人
なりけり

〔校異〕そゝきかけて―そゝきて（陽）　いろなと―色をと（陽）　かへりことに―かへり事（陽）

〔現代語訳〕手紙の面に、朱というものをぱらぱらと振りかけて、これが私の涙の色ですなどと書いてきた人との
やりとりで詠んだ歌

紅の涙とあっては一層気が進みません。それは（悲傷の涙というより）移ろいやすく褪せやすいお心の色のように見て取れますので。

あの人ったら、それ以前からよそのお嬢さんをちゃっかり手に入れていた人なんですのよ（憎らしい）。

〔語釈〕**○しゅといふ物**　黄味を帯びた赤色の顔料。朱粉。日光や熱に弱い。**○つぶつぶと**　球状の痕、点々と。**○そゝぎかけて**　振り掛けて、撒き散らして。**○なみだのいろ**　この血の色が私の流す涙の色です、その苦衷の程をお察し下さい、の想い。**○など**　60番歌詞書「……などかきて」の用法に同じ。**○人のかへりごと**　「人カラノ返事」の意ではない。「人トノやりとり」の意。「かへりごと」については18番歌〔語釈〕の項参照。**○くれなゐの**

なみだ　詩語「紅涙」の訓読語。中国では、①女性の涙、美人の涙。②血の涙、悲憤の涙。ここは、後者。平安朝中期文学では、「血涙」よりも「紅涙」が愛用されるようになる。**○うとまるる**　厭わしく思われる。嫌気が進む。

○うつるこゝろのいろ　「うつる」は色変わりする、移ろいやすい、褪せやすい、の意。「うつるこゝろ」は変心、心変わり。二心。「くれなゐ」は変色褪色しやすいので、心変わりの色と見立てたのである。参考歌「紅はうつろふものぞつるばみのなれにし衣になほしかめやも」（万葉集・四一三三・大伴家持）「紅にそめし心もたのまれず人をあくにはうつるてふなり」（古今集・一〇四四・読み人知らず）。**○もとより**　以前より。私に想いを懸ける前から。この「もとより……なりけり」の一文は左注で、31番歌の背景的説明であるというばかりでなく、28番歌から引き続く宣孝の求愛に応じた返歌4首を総括する左注と言うべきものである。**○人のむすめをえたる人**　人の娘をものにしていた人。人の娘と結婚していた人。**○なりけり**　説明語。私に求愛する前から、よその娘さんをしっかり手に入れていた人なんですよ。なのに、もう心変わりして私にまで手を出してきて！　の想い。

〔補説〕　これも式部の返歌で、宣孝の贈歌は書かれていない。宣孝の文に歌の無い筈はない。編者の意図に出た記述であることは必定。28歌より連続4首はいずれも同様で、式部の返歌ばかりを連ねている。男の求愛の挙動を述べて、それに対する自分の返歌のみを列挙している。相聞相互の経過記録ではなく、手を替え品を替えて言い寄る男に向けての、式部主体の手厳しい論難・拒否の羅列である。自撰家集説を裏付けるものである。男の使う多様な手管にも、また、それに対する式部の対応の鋭さにも注意したいが、反発・拒絶・揶揄・非難を投げかける中に、その意図の外に、許容・軟化・同情の色合いが滲んでいる。

男の手管の方も、さらに磨きが掛かってきた。前の線画の歌絵から、手法を替えて、今度は紅涙という色仕掛けの恋文となる。

紅涙といえば、式部の父為時が越前守の顕職を射止めた機縁とされる詩「苦学寒夜紅涙霑襟　除目後朝蒼天在眼」（「今昔物語」巻二四）が思い出される。堅物の為時の詠む「紅涙」もあれば、情人宣孝の弄ぶ「紅涙」もある。

かりに為時の詩徳逸話が事実とすれば、その直後のこととて、宣孝はその一句をもじって、為時の得た僥倖にあやかり、その娘式部を手に入れようとした悪戯だったかも知れない。「すぐ色変わりするあなたの紅涙など、父の紅涙と一緒にしないで！」式部は不満だったに違いない。私は宣孝のこの新趣向に関心を持っている。

家集では、この歌の後、思いがけなくも二人のうち解けた夫婦喧嘩歌のやりとりに急変する。この飛躍には、背景的情況の決定的な改まりが推測される。しかし、清水「新書」は、

「もとより人の女を得たる人なりけり」の一行は、あとの詞書につづく文の勢いがある。そして、「唐人見に行かむ」に始まる婚前の贈答の歌4首から新婚早々にかけての断絶のない一連の歌群によって、すなわち、現存の式部集の排列順に従うことによって、宣孝という存在がしだいに大きく息づいてくる様相を見るのである。

という。多情な宣孝との交際の一層の深まりを軸に編集されているとする見方に異論はないが、「断絶のない一連の歌群」とは到底言えまい。そこには、急変、大転換、抜きがたい断層がある。何が31・32番両首の間で起こっているか、「集」の現況のままでは見えてこない何かがある。しかしまた別面で、「集」の現況は、その隠された一面をも暗に示唆している。

ここで本読者にお願いしたい。[解説]の考察四を是非読んで頂きたい。その上で、32番歌以下を読み進めて頂きたい。

ふみちらしけりときゝて、ありし文
どもとりあつめてお《〔を〕》こせずは返
事かゝじと、ことばにてのみいひや
りければ、みなお《〔を〕》こすとて、いみじく

32

ゑんじたりければ、む月十日ばかりの
ことなりけり

とぢたりしうへのうすらひとけながらさはたえねとや山のした水　D

〔校異〕　ことはにて―ことはにそ（陽）　いひやりけれは―いひやりたれは（陽）

〔現代語訳〕　（驚いたことに）私の手紙を他人に見せびらかしているそうだ、と聞いて、「以前に送った手紙をかき集めて返して下さらなければ、今後手紙は書きません」と、専ら口頭で言いやったところ、全部返して、大変な恨み言を言ってきたので（詠んだ歌）。それは正月十日ごろのことでした。

凍り付いていた山川の水面の薄氷はどうやら融けたのに、古い私の手紙をまた全部つき返されたところを見ると、やっと流れ出した山下水はまた凍り付いてしまえとでもお考えなのでしょうか。

〔語釈〕　**○ふみちらしけり**　私の手紙を人に見せているそうだ。式部からの恋文を、宣孝が得意で他人に見せ回っている、と聞き及んだのである。「けり」は、今まで知らずにいたことにはたと気が付いた、という驚愕の思いを示す。**○ありし文**　前に送り届けた手紙類。婚前に取り交わされた恋文の類。**○返事**　かへりごと。ここは文通・手紙のやりとりを指す。18番歌〔語釈〕参照。**○ことばにて**　手紙の形を取らないで、（使いによる）口頭言で。**○みなおこすとて**　全部返却する手続きを取って。旧文殻を全部返して。**○む月十日ばかりのこと**　「礼記」月令「孟春之月……東風解凍」を念頭に置いた年時指定の詞。歌の二、三句を引き出す。**○とぢたりし……の歌**　この歌が掲出されているのは、旧文殻の返却された証になろう。宣孝から返却されたので、「返事かゝじ」と言い張っていた式部も、思い余ってこの歌を送ったのである。結婚関係になっているからこそあり得る対応と言ってよかろう。**○うへ**　山川の水面。上水。**○うへのうすらひとけながら**　春になり、上水に張った薄い氷は融けかかったのに。その実意は、心が和み結婚に踏み込んだのに。**○さは**　「さ」は、「みなおこす」つまり古い文殻を全部送り返してきたこと、を指す。**○たえねとや**　下水は凍り付いてしまえというのか。その実意は、また凍り付いた昔の疎遠な関係に戻ろうというのか。夫婦の縁を切ってしまおうとの思いか、の意。「ね」は完了の助動詞「ぬ」の命令形。**○山のした水**　山川の下水。山から流れ出したばかりの水。山下水。やっと通じ始めた二人の関係を暗示する。

〔補説〕　この歌から以下は、今までの求愛求婚歌とは相貌を替え、二人の結婚後の歌（と読まねばならぬ歌）が並ぶ。この歌から35番歌までの贈答4首は新婚早々に起こった一波乱と読める。

この32番歌。「旧文殻を返さねばもう以後のやりとりはご免、手紙は書かぬ」と相手に迫って返却に成功し、手紙が返ったので「それならば今一言」と詠み送った歌で、「全恋文の返却は今後の絶交の意志表明と読んでよいか」と難癖を付けたのである。纏めて返せと迫り、返せば返したで三行半（みくだりはん）かと又迫る、結婚している夫婦にしてこそ可能なやりとりであり、底意地の悪い式部の投げかけたゆさぶりである。それほどまでに腹に据えかねたのである。「式部が下手に出てご機嫌を取った」歌（全評釈202頁）などではない。

勿論、式部は、自分の手紙が宣孝に大事に所持・秘蔵されることを望んでいた。返してもらいたくなどなかったのである。宣孝とて、同様に返したくなかった。それが自分の不用意から叶わなかったので返すことになり腹を立て「うらみごと」になり、式部は式部で返させるだけでは収まらず離婚宣言かとなじり絡んだのである。この夫婦喧嘩特有のしつこさから見ても、この二人が恋愛未婚関係である筈もなく、又、この式部の手元に返却された「ありし文」が並の恋文であろう筈はない。

「ふみちらしけり」とあり、式部を怒らせた、その「ありしふみ」とはどんな「ふみ」を指すのだろう。核心はここにあろう。物語や日記の類に頻出し、本集にもまま見られる月並な求婚や拒絶の相聞歌ではなかろう。宣孝が得意げに他人に見せ回っている所を見ると、ようやく情の融けた式部が見せた好意・受容・愛情のこもる恋文、結婚生活に向けて一歩踏み出した記念すべき歌と言うしかないものではなかろうか。それは二人のほかには見せられぬ蜜月秘情の文だったからではないか。であってこそ宣孝が人に得意げに見せる価値のある文であろう。その文がどんなものか、「集」に直に示されることはない。いや、正確に言えば、その痕跡だけは確かな形で残したまま、式部は、これを紛揉して隠してしまった。ここに「集」編集上の重要な鍵が隠されているように思われる。自撰編集者式部の手腕の問われる場面が出てきたのである。これについては別の視点から述べる。（〔解説〕考察四。その結果、本書各歌の下部に付した英字群による推定原序列が誕生する。）

　すかされて、いとくらうなりたるに、
　〔を〕おこせたる

33 こち風にとくるばかりをそこ見ゆるいしまの水はたえばたえなん　D

　いまはものもきこえじと、はらだち
　たれば、わらひて、かへし

34 いひたえばさこそはたえめなにかそのみはらのいけをつゝみしもせん　D

〔校異〕　はらたちたれは―はらたちけれは（陽）

〔現代語訳〕　私のゆさぶりに乗せられて、（以前の手紙は返させられ、その上、大事な文を手放したことをなじられて、為す術なく追いつめられて）暗くなった頃、送ってきた便りで、

「薄氷が融けたとおっしゃるが、それは（二人の心とは関わりなく）春になり東風が吹いたので氷は融けただけのことなのに、こんな底の見える石間の水のような浅薄な意地悪な貴女の心情であっては、凍り付き途絶えるというならそれもやむを得ない。貴女の心はまだ十分に融けていないようだ。意地悪メ。

　こうなった今は、文通を止めるばかりか、ものを言うのも止めようと思う。」と腹を立てているので、お

かしくなって、次の返し歌をする

話もしないとおっしゃるならば、それもいいでしょう。どうしてあの原（はら）の池の堤（つつみ）のように、あなたのお腹立ちを気遣い包み止めなどいたしましょうか。大いに腹立ちなさったらいかが。止めなどしませんわ。

〔語釈〕　**〇すかされて**　式部の策に乗せられた末。「すかす」は相手に勧めてその気にさせる、巧みに言いくるめる、の意。**〇いとくらうなりたる**　日も暮れて暗くなった頃になって。返事がかなり遅くなったことをいう。宣孝は厳しい式部の抗議に遭い、思案に窮したのであろう。**〇おこせたる**　新しく返事を詠んで送ってきた。式部の古い手紙の返却を指しているのではない。**〇こち風にとくるばかり**　春の暖かい「こちかぜ（東風）」に融けただけのこと。前歌「うへのうすらひとけながら」に応ずる語。参考、『礼記』月令「孟春之月、……東風解凍」。**〇そこ見ゆる**　水底の見えるほどに浅い。**〇いしまの水**　岩石の間を流れる水、の意で、底浅く凍り付きやすい属性を持つ。ここでは、相手式部の心に喩えて言った。参考、源氏・朝顔「こほりとぢ石間の水はゆきなやみ空すむ月のかげぞながるる」。**〇たえばたえなん**　途絶えるということなら、途絶えるのもやむなし。**〇いまはものもきこえじ**「こち風に」の歌に続けてここまでが宣孝の返事の文面。式部の前歌詞書「返事か、じ」を受けている。「書き絶ゆ」どころか、自分は「言ひ絶え」む、の意。**〇わらひて**　式部の秘策にまんまとはまった宣孝の苦渋の応対に、式部はほほえんだのである。**〇いひたえば**　物言いを止めるということなら。宣孝の返事にある「たえばたえなん」の絶交宣言部分には直答せず、そらして、「ものもきこえじ」の言辞を受けたのである。当然「おぼしきこといはぬは、げにぞはらふくるる心ちしける」（大鏡・序）の感懐気分を引き出し、三句以下の表現を導く。**〇みはらのいけをつつみしもせん**「みはらのいけ」は未詳。「枕草子」や「曽丹集」その他の家集に見える上野国（武蔵国とも摂津国ともいう）の歌枕「原の池」か。「全評釈」は「み」を美称とする。あるいは、「みはら」は、御腹とひやかしたのか。「つつみ」には、包み（又は、慎み）・堤の両義をかける。「はら（腹立ち）」―包む・慎む、「いけ（池）」

―堤、は縁語関係。

〔補説〕 この一連の騒動は、一体何年のことか。33番歌の上句により、立春到来の現実は明らかである。因みに立春は、長徳三年……前年十二月二十日、同四年……一月一日、長保元年……一月十二日、同二年……前年十二月二十二日である。32番歌詞書「む月十日ばかり」の特記に従うと、長徳三年及び長保二年は、ともに前年十二月中の立春（年内立春）なので、該当しなくなり、この騒動は、長徳四年か長保元年のいずれかであろう。更に、「ばかり」は、日時に付く場合、……のころ、……のほど、……前後という、おおよその範囲を示す概数表示なので、「む月十日ばかり」は、一月十二日立春の長保元年の可能性が断然高い。長徳四年立春の「一月一日」を指して「む月十日ばかり」とは言うまい。長保元年は恐らく動かない。

　式部のいささか底意地の悪い出方に対して、宣孝は腹を立て、絶交もやむを得ぬ、と言い出した。が、式部はその宣孝の第五句「たえばたえなん」の表現形式のみを生かし、「ものもきこえじ」の、宣孝の添え言葉だけを受ける形で応え、歌意はそらして、形を伴い後にも残る文殻の「かきたえば」でなく、無形で口頭の「いひたえば……」と答えた。式部とて本気で絶交まで考えている訳でないことは明らかである。これ以上の深入りは控え、引き時は心得ている。それが夫婦喧嘩というものであろう。

35

　夜中ばかりに、又

たけからぬ人かずなみはわきかへり見はらのいけにたてどかひなし　D

〔校異〕 ナシ

〔現代語訳〕 夜中になって、又相手から手紙が。

　気の弱い、人数にも入らぬ私なので、（みはらの）池に波立つように内心沸き返り腹が立つけれど、どうしようもありません。まいりました。

〔語釈〕 **○たけからぬ**　勢いのない。心弱い。強くない。**○人かずなみはわきかへり**　「人かず無み（人数にも入らないので）」に「波はわきかへり（波は立ち上がり）」を掛け合わせている。**○見はらのいけ**　前歌〔語釈〕参照。**○たてど**　「波立つ」と「腹立つ」を掛ける。**○かひなし**　抵抗するだけの甲斐がない。

〔補説〕 結局のところ、宣孝は虎の子の「ありし文」を取り上げられて、式部の軍門に下った。大人の宣孝はこれ以上のこだわりは見せない。32番～35番の4首は式部と宣孝の忌憚のない応酬である。結婚後の、気を許しあった二人のいさかいである。人に見せ回るほどの得意満面の宣孝にしてみれば、意中の妻式部と切れることなどあり得る筈もない。件の文（ありし文）を即刻返し、式部の腹立ちを適当にうまく治めた老練な寛容をみるべきだろう。

それにしても、我々読者としては、式部が伏せて語らぬ「ありし文」の全容を是非見たいものである。「集」中には、その痕跡さえも残していないのだろうか。残しているのなら、どこに残しているのだろう。なお暫く読み進めたいと思う。

　　さくらをかめにさしてみるに、とりもあへずちりければ、もゝの花を見やりて

36　を《お》りてみばちかまさりせよもゝの花おもひぐまなきさくらを《お》しまじ　D

　　返し、人

37　もゝといふ名もあるものをときのまにちるさくらにもおもひおとさじ　D

〔校異〕 さして―たて丶（陽）　ちかまさり―ちりまさり（陽）　さくらにも―桜には（陽）

〔現代語訳〕 桜の枝を折り取り、（手元の）瓶に挿して見ていると、たちまちに散ったので、（庭先の）桃の花を眺めやって、詠んだ歌

桃の花よ。（この桜のように）折り取って身近に置いたら、近く置いただけの良さを是非見せておくれ。いくら思いを掛けてもすぐ散ってしまって、その思いの届かぬ桜など、惜しむのはよしましょう。

返し歌は、あの人が。

「もも（百）」という名も付いているものね。一時で散ってしまう桜と引き比べて、桜以下と桃を見下げるようなことは止めようと思います。

〔語釈〕 **○かめにさしてみる**　身近な花瓶に挿して観る。立木から枝を折り取って身近に鑑賞する態度。「枕草子」「源氏物語」を始め、平安朝作品に多く見られる。歌書類での実用例の頻度からも、「立てて」の陽明本より底本「挿して」に分があること、「全評釈」の指摘する所である。なお、「かめ」には、長寿の「亀」の齢が祈り込められていると思われ、それに挿す事で、桜の長命を願ったのであろう。なのに、「とりもあへずちりければ」、36番歌が生まれたのであろう。**○とりもあへず**　忽ち。早々と。すぐさま。**○見やりて**　遠くに眺めやる、の意。遠望して鑑賞する態度。**○をりてみば**　折りて見ば。「見」は「見る」の未然形。「ば」が添って仮定条件を表す。今手元の瓶に挿した桜の枝のように、あの庭の桃の花の枝を折り取って挿したなら。「をり」に「居り」の意をも読み取り、男の来宅を促した歌とする木船「解釈」説には無理がある。もしそうなら「ちかまさりせよ」でなく、「ちかまさりせむ」とあるべきだろう。**○ちかまさり**　近くで見て、その長所・美点の目立つこと。手元に引き寄せれば引き寄せるほど、その良さが増すこと。**○おもひぐまなき**　思いやる心がない。思慮・思量が足りない。「おもひぐま」は思いを寄せる余地。思いを掛ける余裕。「くま」は隅・物陰の意。**○人**　歌順配列から判断して、宣孝であろう。**○もゝといふ名**　「桃」に「もも（百）」を言い掛けて、「ときのま（一時）」に対比する思いを寄せる。永

続性を言い込めるのである。**○ときのま**　一時（いっとき、今の二時間）。ごく短い時間の意。

〔補説〕　式部の方から詠み掛けている。式部と夫宣孝の唱和歌と思われる。歌順および「桃」「桜」の登場から見て、長保元年春三月であろうか。はかなく散る桜を見て、桜花ほどに見栄えのしない桃の花への心寄せを見せる式部に対し、唱和した返し歌には、その賛同・増補の協調姿勢が窺われ、夫宣孝の広量と読み取るのが穏当であろう。しかし又、桃の花を桜花以上に持ち上げなかった点も、また、くせ者宣孝らしい一面である。夫婦になった二人の余裕の会話と見て良かろう。「をりてみば」が仮定表現だから結婚前の歌だ、などと深読みするには当たらない。底本の歌順配列が尊重される。

なお、今井「叢書」は、このやりとりの寓意として、宣孝が妻の一人と別れた後に式部と結婚したかという背景情況を推測している。その推測が当たっていたとしても、返し歌の宣孝の内心はともかくとして、詠み掛けた式部の心にそうした自卑の思いがあったかどうかは疑わしい。寓意説には再考の余地があろう。むしろ、従来、呪的対象として見られることの多かった歴史的経緯から見て、新しい美的対象として、「桜」に劣らぬ評価を「桃」に与えた式部の見識、審美眼（全評釈）に注目したい。新婚後の春景賛歌と取っておきたい。「桃」にも桜なみの評価を、のこころであろう。

花のちるころ、なしのはなといふも、桜
も、ゆふぐれの風のさわ《〔は〕》ぎに、いづれと
見えぬいろなるを

花といはゞいづれかにほひなしとみむちりかふいろのことならなくに　D

〔校異〕 ナシ

〔現代語訳〕 花の散る頃、（無名の）梨の花というのも、（有名な）桜の花も、夕暮れ時の風に吹き乱されて、どれが梨、どれが桜と見分けられぬ白一色の落花なので、かりにも「花」と呼ばれる限り、どの花を指して美しさなしなどと見咎められましょう。混じり散る夕暮れ時の花の色合いを見ていると少しの違いもありませんもの。

〔語釈〕 **○なしのはな** 梨の花。「梨」に「無し」を響かせている。名無し・色無しの「なし」の花、世に評判の良くない花をイメージしての表現であろう。枕草子「木の花は」の段でも、紅梅・桜・藤・橘を高く持ち挙げた後、「梨の花。世にすさまじきものにして、近うもてなさず、はかなき文付けなどだにせず。愛敬おくれたる人の顔などを見ては、たとひにいふも、げに、葉の色よりはじめてあはひなく見ゆる……」と批判的評価を見せるが、続けて、中国では高く評価されている文例を挙げて見直している。**○いづれと見えぬいろなるを** どれが梨、どれが桜と見分けられぬ白一色の落花なので。**○花といはゞ** 花と呼ばれぬものなら別だが、かりにも花と言われる限りは、の意。**○にほひなし** 「にほひ」は美しさ、美点の意。「な（無）し」に「梨」を響かせる物名歌的詠み口。**○ちりかふ** 散り交ふ。混じり合って散る。**○ことならなくに** 異なることなどないのに。

〔補説〕 「貫之集」及び「古今集」所収の貫之歌の中で、「にほふ」と詠んだ事例は十九首あるが、いずれも「花」に関わって詠まれている。（拙稿「紀貫之に見る仮名散文の試み」『金城学院大学論集』国文学編四二号所収）その色についても香についても詠まれており、「○○の花にほふ」「にほふ○○」はいずれも美しい開花を指している。「花」は「にほふ」、それが平安時代一般の用法であった。だから、「なしの花」とて「にほひなし」ではなく、「にほひあり」だ。この主張がこの歌の眼目である。清少納言は漢詩での梨花賞揚に引かれて、「せめて見れば、花びらのはしに、をかしき匂ひこそ心もとなうつきためれ」と、あくまで微彩色を求めて、その美に気付く。「をかしき匂ひ」とは、味な色合い（彩色美）を指す。式部は、この歌で、桜花と一様に散る夕暮れ時の落花の白色（色無き色）

に、その「美」を見付けて、梨の花を評価する。梨の花を再評価する二人の微妙な共通点と差異を気付かせる歌である。「全評釈」は、この二人の違いを静態美（少納言）と動的美（式部）の発見に見ているが、どうだろう。むしろ、とことん花弁に微色を追求する少納言と色無き美を見つめようとする式部の違いと見たいと思う。源氏物語・朝顔の巻での、光源氏の次の言葉を思い出す。「時々につけても、人の心をうつすめる花紅葉の盛りよりも、冬の夜のすめる月に雪の光りあひたる空こそ、あやしう色無きものの身にしみて、この世の外のことまで思ひ流され、おもしろさもあはれさも残らぬ折なれ。すさまじき例に言ひ置きけむ人の心浅さよ。」無色（白）の美の発見である。桜ばかりが花ではない、と詠む。

　なお、前出36・37の唱和歌との関係は不明だが、桜ばかりが花ではなく、桜以外の花々に寄せる深い想いは類同する。ともに比較的近い時期の詠であろうか。

39

　　とほ《を》きところへゆきにし人のなくなりにけるを、おやはらからなどかへりきて、かなしきこといひたるに

いづかたのくもぢときかばたづねましつらはなれけんかりがゆくへ《ゑ》を　D

〔校異〕　ゆきにし―ゆきし（陽）　はなれけん―はなれたる（陽）

〔現代語訳〕　遠い地方に離れ去っていた友はそのまま亡くなってしまったが、その親兄弟などが帰京して、臨終の様などを伝えてきたので、

どの方角の雲の中に消えていった、と聞けたら訪ねて行きもしましょうものを。（それが判らぬので探しにも行け

ません）　群れから離れて姿を隠したとか聞く、その雁を追いかけて。

〔語釈〕　**○とほきところへゆきにし人**　地方官として赴任した人の子弟で、式部の友を指すものと読める。前出の友を受けているとすれば、①2歌の正暦四年（九九三）離別の友。②6歌の正暦五年筑紫下向の宣孝後任者筑前守藤原某の娘。③8歌の正暦五年地方下向の友。④11歌の同じく正暦五年離別の友。⑤15・16歌の長徳二年（九九六）筑紫に西下した肥前権守為義の娘、または肥前守平惟時の娘、が該当するが、「遠き所」との限定を重視すれば、④は外れよう。また、①②③の可能性（岡説・「評釈」・「解釈」などに言い触れる）は無しとしないが、任期のある地方官の下向年次を勘案し、かつ、歌詞の「かり（雁）」の語のやりとりに注目すると、⑤が最有力になろうか。**○おやはらからなどかへりきて**　家族帯同の国司の解任上京であろう。**○かなしきこと**　訃報や臨終の折りの様子。または葬送などの話題。**○いづかたのくもぢ**　どちらの雲の中。どの方面の大空の路。**○たづねまし**　探しに出かけようものを。「まし」は反実仮想の助動詞。現実には「いづかたの雲路でのこと（離脱）」と聞き出すことができないので、訪ねて行くこともできず悲しい、の意。**○つらはなれけんかり**　仲間一行から離脱・逸亡した雁。「つら（連）」は並び連なる仲間。雁行する群れ。集団飛行する雁の習性からの類推表現。「けん」は、親族から伝え聞いたことなので使った過去推量。

〔補説〕　親兄弟から話に聞くのみで、友の死を確認する術もない悲しみを詠んだ式部の歌。〔語釈〕で述べたように16番歌の友であるとすれば、「おやはらからなどかへりきて」とあるところより西国国司解任による帰京と見られ、この歌は長保二年（一〇〇〇）頃のことと推測され、歌順の面でも首肯されよう。15番歌詞書にあるように、式部が亡き姉の代わりと慕った親友の死とあっては、しかもその臨終にも立ち会えぬ遠地での死別と言うことであってみれば、その悲嘆はまた格別であったことであろう。同じ年に「おのがじし遠きところへ」と袖を分かち離京したのに、式部は無事帰り、友はその辺地でそのまま消えてしまったのであった。

長保三年四月二十五日逝去の夫宣孝の訃報に先立つ、終生忘れられぬ悲しい思い出として、この歌は、以下に拡がる哀傷歌群を引き出す。

こぞよりうすにびなる人に、女院かくかくれさせたまへるはる、いたうかすみたる夕ぐれに、人のさしお〔を〕かせたる

40 くものうへも物おもふはるはすみぞめにかすむそらさへあはれなるかな　D

返し

41 なにかこのほどなきそでをぬらすらんかすみのころもなべてきる世に　D

〔校異〕 こぞより―こその夏より（陽）　うすにびなる―うすにひきたる（陽）　かくかくれ―かくれ（陽）　させ―ナシ（陽）　はる―又の春（陽）　うへも―うへの（陽）　返し―返しに（陽）　なにか―なにし（陽）

〔現代語訳〕 去年から喪に服している人（私）に、女院様がお亡くなりになった（正月節入りの）春、ひどく霞み渡った夕暮れ時に、ある人が使いの者によりそっと届けさせてきた歌

雲の上の宮中でも亡き女院様の服喪に沈むこの春は、薄墨に霞む空までしみじみと淋しさでいっぱいです。（まして喪中のあなたですもの。どんなに悲しい日々を送っておられることでしょう）

返し歌

どうして私ごとき低い身分の者が、しかもこんなに狭い袖を人並みに濡らしているのでしょう。諒闇となって宮中のどなたも墨染めに身をやつして悲しんでおられるのに。（お恥ずかしうございます。）

〔語釈〕 **○こぞよりうすにびなる人**　去年より薄鈍の喪服を着ている人。夫の宣孝に先立たれた式部のこと。宣孝

の死は長保三年四月二十五日。亡き夫の服喪は一年なので、この詠歌時点は長保四年の初頭ということになる。「うすにび」は薄いねずみ色の服、喪服。**〇女院**　東三条女院詮子。円融帝の后・一条帝の母・道長の姉。**〇かくれさせたまへるはる**　お亡くなりになった春。「させたまへ」は二重敬語。「る」は完了の助動詞「り」の連体形。詮子の逝去は長保三年閏十二月二十二日。この逝去時点を「はる（春）」と呼んで長保四年に取り込んで言ったのは節月による表現。長保四年は旧年立春の年だからである。〔補説〕欄参照。**〇いたうかすみたる夕ぐれ**　ひどく霞の立ちこめた夕暮れ時。女院の諒闇に宣孝の喪が重なった時期の、心象風景でもあろう。**〇人のさしおかせたる**　この「さしおかせたる」の用語例は、諒闇中の、しかも喪中の式部に送る手紙故の、「人」の心遣いを示している。「さしおく」は、こっそりと届ける。目立たぬように付け届けする。控えめな送呈を指す。（参考）「帥の女の五節、あいなく人知れぬ物思ひ醒めぬる心地して、まくなぎつくらせて（目クバセシテ、源氏ノ御前ニ手紙ヲ）さし置かせけり」（源氏物語・明石）。**〇くものうへも**　雲の上に、宮中を重ねた表現。おそらく、歌の送り主は宮廷人であろう。**〇物おもふはる**　故女院追懐の悲しみに暮れる春。**〇すみぞめにかすむ**　薄墨色の霞が立ち渡る。霞に喪服色を重ね見ているのである。**〇なにか**　なにゆゑか。「ぬらすらん」に掛かる。**〇ほどなきそで**　わが身の狭い袖。身の程の謙辞。**〇かすみのころも**　霞の広がりを衣に見立てる手法は一般的だが、「かすみ」に「すみ」を掛けて、「すみのころも（墨衣・喪服）」と詠む手法は源氏物語にも見られ、木船「解釈」は、式部独自の詠み口とする。出羽弁（出羽弁集・三・四）や光頼（桂大納言入道殿御集・一八）らも詠んでいるが、式部の先発性は認められよう。**〇なべてきる世**　喪服一色になる諒闇の世。

〔補説〕「かくれさせたまへるはる」の「はる」の部分を、実践本を底本とした注釈書でも、陽明本らの「又の春」によって校訂する（また、それに引かれて「こぞ」も陽明本流の「こぞの夏」と校訂する）事例が多い。その理由として例えば南波「全評釈」は次のように説く。

　定家本系には「又の」がない。それでは長保三年の春となり、「去年の夏より」云々の詞書と照応しなくなるので、「又の春」（古本系）がよい。

つまり、底本実践本の「女院隠れさせ給へる春」では、長保三年の春となり、その時点に「去年より薄鈍なる」では、長保二年に式部は夫を亡くしたことになり、（長保三年夏四月に夫を亡くした）実態に合わなくなる。従って「又の春」の本文を採用して照応させせようというのである。また、この推論より、底本「こぞより」よりも「こぞの夏より」と季を明確に出した方が、続く「又の春」の現時点表示に即応し、論理構造が一層確かになると判断して、「こぞの夏より」の古本本文を可とし、校訂したものであろう。こうして、論理的整合の面から、実践本原本文は消し去られてしまった。

この推論と校訂は果たしていかがなものか。（検討の詳細は［解説］考察二参照。）要は、その推論の基底が現代人の太陽暦感覚であり、平安朝文学に見られる節月観を含み込んだ二元的四季観に意を向けていない点にある。この二元観を色濃く抱え持つ式部では、『又の』がないと長保三年の春のことになる」とは、必ずしも言えないのだ。つまり「長保四年の春」にもなり得るのである。長保四年は旧年立春の年であったからである。前年の長保三年の暮れ、閏十二月十五日が立春であった。その日から節月正月の春になっていた。従って女院崩御の日の二十二日は、れっきとした春のことである　暦月ではまだ十二月だが、翌長保四年一月、二月に続いていく「春」季での出来事である。「女院隠させ給へる春」で、表現として過不足は全く無い。改める必要は無い。長保三年閏十二月二十二日以降であれば、年を越えて四年一月、二月になっていても、そこで詠まれたこの40番41番歌の詠歌時点は、「女院隠れさせ給へる春」となる。

従ってこれに連動して施された「こぞの夏より」とする校訂も、無用なさかしらである。「こぞより」で何の差し障りもない。差し障りが無いどころか、底本実践本の詞書本文にこそ、二元的四季観を身につけた紫式部自身の紛れもない筆跡がそのまま伝えられている。古本系陽明本は、この項に関する限り、式部ならざる別人の手が加わっている。

なお、この41番の歌は、亡夫追慕の思いに昏れる式部の、『集』中最初に見せる哀傷歌である。しかし、みずからが直接に悼む挽歌でなく、この社交上の儀礼の歌を最初に置いたことに疑念を抱き、この贈歌の主が後年の式部の宮仕えに関わりがあったのではないかという推定を出しているのが、清水「新書」である。式部集の性質に関わる重要な提言であろう。

42

なくなりし人のむすめの、おやの
てかきつけたりけるものを、見て
いひたりし

ゆふぎりにみしまがくれしをしのこのあとをみる〳〵まどはるゝかな　D

〔校異〕　まとはるゝ―まととはるゝ（陽）

〔現代語訳〕　亡くなった夫宣孝の遺娘が親の筆跡をなぞって書いたすさび書きを見て、つい口ずさんだ（私の）歌

夕霧に紛れ、見え隠れに消えてしまった鴛鴦（夫）の子が書きなぞった（その）筆跡を見るに付けて、（亡き夫を思い起こし）私は心を戸惑わせるばかりです。

〔語釈〕　**○なくなりし人**　夫の宣孝と見たい。①前歌41に宣孝の逝去に言い触れていること。②式部の体験的表現助動詞「し」が使われていること。の二点による。**○むすめ**　宣孝の遺した娘。その母親の名は判らない。式部の産んだ娘賢子は長保初年では嬰児なので論外。**○おやのて**　父親宣孝の筆跡。**○かきつけたりける**　ちょっとしたことを書き付けたもの。宣孝の筆癖などをなぞって、手習いとして似た筆遣いで書いたものか。木船「解釈」は、「手書く」の源氏用例は「文字を書く」意だとして、「親の手書きつけたりけるもの」は宣孝が生前書いておいたも

のと判じ、42番歌は「それを見ていひたりし」宣孝の遺娘の歌だという。しかし、「かきつけたりける」の本文を採る限り、「すさび書き」の意と思われ、「（親の）手（ヲ）書き付け」たものと見るのが穏当。主語は宣孝の遺娘。参考、源氏・橋姫「姫君、御硯をやをらひき寄せて手習のやうに書きまぜ給ふを、「これに書き給へ。硯には書きつけざなり」とて、紙奉り給へば、はぢらひて書き給ふ」 **○見ていひたりし** 「いひ」は、ことばとして表現する（言う・語る・話す）、口にする、つい、口に出す、口ずさむ、の意。主語は式部。「式部集」の用語「いふ」には、人に贈る歌を詠み出す（意識的詠出・詠歌）の意はない。（13歌の〔語釈〕〔補説〕参照。） **○ゆふぎりに** 夕霧時に。夕霧の立ちこめるさなか。宣孝の逝去時描写というより、死別時の迷妄環境の暗示語。 **○みしまがくれし** 「をし（夫宣孝）」に掛かる。「み島」の「み」は美称。島のかなたに身を隠してしまった。また、「見し間」も掛けていよう。見ている間に消えてしまった。 **○をしのこ** 「をし」は鴛鴦。夫婦仲の睦まじい鳥として知られる。亡き夫宣孝の遺児を意識した、式部の追懐表現。 **○あとをみる〳〵** 「あと」は、足跡に筆跡の意を掛ける。父を思い起こさせるような「をしのこ（継娘）」の筆遣い。「をし（夫宣孝）」の「あと」ではない。 **○まどはるゝかな** その生前の夫を思い起こして心が昏れる、というのである。

〔補説〕 これは、式部が、継娘（宣孝の娘）のすさび書きを見て、つい口ずさんだ心内歌・独詠である。尊卑分脈・公卿補任等の資料によって、藤原宣孝には、式部以外に、何人もの妻が居たことが明らかになっている。曰く、藤原顕猷女・同朝成女・平季明女ら。その他にも母不詳の子が複数居るので、妻の数は更に増えよう。右文中に見える「むすめ」がどの妻の所生にかかるか不明だが、血筋をたどれば、朝成女が最も近しい。式部の父為時の母は、朝成の姉妹に当たるからである。即ち為時の従兄弟に当たる朝成女も宣孝の妻であり、為時女の式部もまた宣孝の妻になっていたのである。そして前者は隆佐・明懐ら（右の「むすめ」を含む）を、後者は賢子を産んだのである。岡説はこの朝成女の娘を挙げ、後に伊周の長男道雅の妾になり、上東門院中将の母になった人であると述べた。その可能性はあろう。式部は、どんな経緯でこの娘の文書を見たのか不明だが、こうした血縁であれば、なんらかの機会があったことであろう。継娘と継母の交信は、菅原孝標女の例を待つまでもなく、いくらもある。

ところで、この42番歌は誰の歌か、諸説がある。①継娘の歌とする説。今井・清水・山本・木船・鈴木。②式部の歌とする説。岡・南波。③両説併記。竹内。私は②説を採る。理由は、次の通りである。

(1)「見ていひたりし」は、「見ておこせたる」ではない。「式部集」での「いひ」の用語例を調べると、意識的に贈歌を詠み出すの事例は無い。さらに「し」は体験的叙述。従って、この主語は私(式部)が妥当。

(2)「をしのこのあとをみる〳〵」で、「をしのこ」は宣孝の娘。それに続く「の」を主格の格助詞と見ると、詞書そのままの散文的な歌ということになり、式部集にしては平凡極まりない歌になる。更に「あと」の一語で父の筆跡を指し示す用法にも疑念が湧く。やはり、「の」は連体修飾格と見るべきもの。「をしのこ(子、継娘)」の「あと(筆跡、宣孝流の筆跡)」を式部は見て、心惑いをしたのである。

(3) 42歌と43歌の両歌を一対の贈答歌と見なす見解については、語句の対応関係の全くない点から見て、賛成出来ない。即ち、次の式部の43歌を、42歌の返歌と見て、この42歌を継娘の歌と見ることは出来ない。また、42歌は返歌を、43歌は贈歌を意図的に消したとする見方も、はたして当時の家集一般として評価される方法だろうか。

43

おなじ人、あれたるやどのさくらの
おもしろきこととて、を《〔お〕》りてお《〔を〕》こせ
たるに

ちるはなをなげきし人はこのもとのさびしきことやかねてしりけむ　D

おもひたえせぬと、なき人のいひける
ことを、思ひいでたるなり

〔校異〕 思ひいてたるなり―思ひいてたるなりし（陽）

〔現代語訳〕 同じ人（継娘）が、父を失って荒れはてた屋敷の桜がみごとに咲きましたと言って、折り取って送ってきたので、

散る桜を嘆いたあの人は、落花の木の下の寂しさばかりか、遺された子の淋しさにかねがね気付いていて、そう言い続けていたのでしょうか。

この歌は、あの「おもひたえせぬ」の歌を亡きあの人がいつも口にしていたことを思い出したので、詠んだのです。

〔語釈〕 **○おなじ人** 前歌に出た宣孝の遺娘。**○あれたるやど** 「荒れたる」は、人の気配が消え荒涼とした様子をいう。父を失って活気を無くした家庭で、人の出入りの消えた幽寂の家。宣孝が主としてそこに居続けた家の可能性が強い。継娘の母、藤原朝成女は宣孝の正妻だったのであろうか。**○ちるはなをなげきし人** 落花を見ては嘆いていた人。ここでは宣孝を指す。**○このもとのさびしきことや** 「こ（木）のもと（下）」に「こ（子）のもと（許）」を掛ける。散る木の下の侘びしさばかりか、遺児の周辺の淋しさも、の意。「や」は疑問の係助詞。**○かねて** 生前から。前もって。以前から。**○おもひたえせぬと、なき人のいひける** 故人宣孝が生前よく口にしていた、の意。「いひける」の用法（42歌の〔語釈〕参照）から、それは宣孝の詠歌でなく、愛唱歌であろう。とすれば、従来言われているように、中務の「子にまかりおくれて侍りけるころ、東山にこもりて。咲けば散る咲かねば恋し山桜思ひ、た、え、せ、ぬ、花の上かな」（拾遺集・春・三六）などを指すのだろうか。**○思ひいでたるなり** 主語は私（式部）。この「ちるはなを」の歌を詠んだ契機を述べて、「左注」としたのである。

〔補説〕この宣孝の遺娘が、庭先に咲いた桜の枝を折り取って贈ってきた。贈答の出来るような近しい関係を取り結んでいた継母子間ではあろうが、継母式部にまで幾度も手紙を書くところに父を失った淋しさが滲んでいよう。父を亡くし灯の消えたようなわが家にも、美しい桜が咲いたと報告してきた。歌が添えられていたと思われるが、それは記録されない。ここで読むべきは、その歌自体の出来よりも、贈られてきた物が「爛漫の桜」というのでなく、「寂寥の家の桜花」であったということであろう。寂しい家にもこんな美しい桜が咲きましたという、メッセージは、その花が美しければ美しいほど、一層寂しげな雰囲気を伝えて余すところがない。式部の心を揺り動かしたのは、その継娘の心底に見え隠れする、その空洞の深さであろう。贈られた桜花の美しさとそれを見はやす人の不在、落花を惜しんだ人と後に遺されたその子の嘆きの二面を見抜いて、「木の本」と「子の許」の寂寥を、「このもとのさびしきこと」と集約させて、故人は生前、その物寂しさを読み取り見通していたのか、と詠み上げて、その機縁として、咲けば咲いたで、咲かねば咲かないで、散る桜・咲かぬ桜に思いを寄せ、また、それに託して子に寄せる「思ひ絶えせぬ」想いを詠んだ中務の歌などを、常々口ずさんでいた宣孝を思い出していたというのである。
　式部の産んだ賢子が宣孝の数多くの子の中で最も幼少だったので、宣孝はその幼女の行く末を一入案じてくれていたことを式部は思い出していたのだろう、と説く「全評釈」説には説得性がある。

ゐに、もの丶けつきたる女の見にくき
かたかきたるうしろに、おに丶なりたる
もとのめを、こほ〔う〕ふしのしばりたるかた
かきて、を〔お〕とこはきやうよみて、もの丶

けせめたるところを見て

44 なき人にかごとはかけてわづらふもお〔を〕のがこゝろのおにゝやはあらぬ　D

返し

45 ことわ〔は〕りやきみがこゝろのやみなればおにのかげとはしるくみゆらむ　D

〔校異〕 ゑに—思に（陽）　もの、け—物のけの（陽）　こほうし—こほし（陽）　かことは—かことを（陽）

〔現代語訳〕 物語絵に、物の怪の取り付いた女の醜い姿が描かれ、その後ろに、鬼（物の怪）になって現れた元の妻を護法神が縛り付けている絵が描かれ、（そばで）男が経文を読み上げて、物の怪を調伏しようとしている場面を見て、（私の詠んだ歌）

女君に物の怪が憑いたのは、亡き妻のせいだと、男君は言い掛かりを付けて悩んでいるが、それも男君の心の生んだ鬼（良心の呵責）ではないかしら。

（友の）返歌

いかにもごもっともですわ。男君のお心自体が闇夜のような暗さなので、闇夜に跳梁する鬼の影とはっきり見えるのでしょう。（あなたのお心とて今は闇の暗さなので、一層そう見えることでしょう。）

〔語釈〕 **○ゑ**　物語絵。又は歌絵。ただし、「うたゑ」（30番歌）とはなく、詞書の様態からしても、「物語絵」の可能性が濃い。**○もの丶けつきたる女**　物の怪に取り付かれて正常体を失い苦しむ女君。画中の男君にとっては現在の妻である。**○見にくきかた**　正視するに耐えぬような絵。**○おにゝなりたるもとのめ**　物の怪となって、憑坐《よりまし》に駆り移され現れ出た元の妻。**○こほふしのしばりたるかた**　護法神がその物の怪（鬼になり憑坐に駆り移された元の妻の霊）を縛り上げている姿。「こほふし」は、「護法神」の仮名表記で、仏法を守る神。単に「護法」ともいい、使役する「護法童子」をも指す。ここはその例。病人から憑坐に駆り出された物の怪を、真言を唱えて仏力の加持を得て、退散させると考えられていた。**○をとこはきやうよみて**　男君（苦しむ女の夫）は、仏力の加持を頼んで経文を読み。**○せめたるところ**　物の怪を調伏しようとしている場面。退散させようと責めたてているところ。**○かごとはかけて**　言いがかりを付けて。責任を押しつけて。**○わづらふ**　物の怪退散に心を遣う。物の怪の憑いた妻の介抱に腐心する。妻に取り付いた物の怪を調伏しようとする。**○おのが**　男君自身の。**○こゝろのおに**　疑心暗鬼。心の迷いが生み出す妄執。気のとがめ。**○やは**　「や」は疑問。「は」は副助詞。**○返し**　この返歌の主については諸説がある。①親近の女（侍女や女友達）（岡・竹内・山本・木船・南波説）②宣孝（清水説）③式部心内の人（画中の元の妻や物語登場人物）（木村・鈴木）。私は女友達説を採る。**○ことわりや**　おっしゃるとおり、筋の通ったお言葉よ。前歌の推論に対し全面的に賛同した詞。ただし、若干の余意を含んでいよう。〔補説〕参照。**○きみ**　男君。絵の中に出る経文を読む男君。三人称表現である。この表現から、返歌の主は前歌の主ともども、「物語絵」に出る人物たちについての批判を歌に詠み上げていることが判る。ただし返歌では、二人称の「きみ」（あなた）の意をも掛け含ませている。

〔補説〕　宣孝追懐の歌に続けて、突然、この44番歌以下物語絵の類の歌が数首並んで配列され、読む者を驚かす。なぜ、この歌群がここに置かれているのか。特に45番歌の「返し」の理解に連動する課題である。「返し」の歌主は誰か。〔語釈〕にまとめたように、三説があるが、私は、女友達を採る。つまり、物語絵を見ての式部と友とのやりとりと考える。理由は、贈歌44番歌「おのがこゝろ」と「やはあらぬ」、答歌45番歌「きみがこゝろ」と「みゆらむ」の客観的第三者表現、突き放して推測する表現にある。物語絵の中の「をとこ」の「こゝろ」をめぐり忖度推量する二人の思いが両歌に流れている。式部の客観的考察歌と、その結果に同感しながらも、その上今の貴女の心の闇のせいもあるのでは、という、友ならではの返歌の応酬である。式部の失意の闇を確実に見通した親友の歌である。この絵をめぐる歌群については、「全歌（鈴木）」や前田敬子（「『紫式部集』絵をめぐる歌群と『源氏物語』

夕顔の巻」『国語国文学』第36号）に論があり、ここでの両歌は、式部個人の自問自答歌、つまり絵の「男」と「鬼になりたるもとの妻」になり変わっての式部の心内唱和として読み、源氏物語夕顔巻から若菜下巻に至る六条御息所構想を含んでいる、とする。つまり両歌とも後の源氏物語の構想に生かされていると主張している。注目すべき見解であるが、「集」所収のこの両歌がともに式部単独の心内歌であるとするのは、①「ゐ」に画かれた「をとこ」に向けての「きみ」という45歌の表現、②この両歌が宣孝逝去歌群のこの位置に配置されていること、の二面及び、物語創作に動き始めた式部の寡婦時代の心境記述（『紫式部日記』）等を併せ考慮する時、にわかに賛同しがたい。寡居の日々にあって、心友と交信して傷心を慰め合っていた事実にもっと注目したい。

　いかにやいかにとばかり、行く末の心細さはやるかたなきものから、はかなき物語などにつけてうち語らふ人、同じ心なるは、あはれに書きかはし、すこしけどほきたよりどもを、たづねてもいひけるを、ただこれをさまざまにあへしらひ、そぞろごとにつれづれをば慰めつつ……

この心の友との文通の証跡をここ「集」にも留めているものとして読みたいと思う。以下に続く物語絵についての歌も同類であろう。いずれも同心の友と書き交わした手紙に残された詠草の数々であろう。思わぬ人生の挫折の中で、慰め合ったり深め合ったりして労り合う友情も、今は亡き宣孝追懐の日々の一齣と考える。

ゐに、むめの花見るとて、女、つまどおし〔を〕
あけて、二三人ゐたるに、みな人〴〵
ねたるけしきかいたるに、いとさだ
すぎたるおもとの、つらづゑついて、なが

めたるかたあるところ

春の夜のやみのまどひにいろならぬこゝろにはなのかをぞしめつる　D

〔校異〕　女―女の（陽）

〔現代語訳〕　物語絵に、梅の花を見ようとして、女が、妻戸を押し開けて、内に、二、三人起きている絵に続き、ほかの女たちは寝ているさまが描かれている中に、かなり高齢の老女が頬杖を突いて独り物思い顔に花を眺めやっている図の描かれた所に（私の書き付けた歌）

春の夜の闇の暗さについ気を許して、（見られぬを幸いに）容色を失った老女が、（似合わぬ）心に梅の香りをすっかり独り占めしていることです。（年甲斐もなく。）

〔語釈〕　**○ゑ**　物語絵。物語に添えられた絵の場合も、絵に説明文の添えられた場合もあろう。短文・長文に関わらず、下絵や和歌が添えられるのが物語の属性であったらしい。**○むめの花**　梅の花。平安期には紅梅が特に愛好された。その色に触発されてこの歌は生まれている。**○つまど**　妻戸。寝殿造りの建物の四隅に設営された両開きの戸。**○ゐたるに、……ねたるけしきかいたるに、……かたあるところ**　「ゐ」は「居」で、座るの意。ここでは、続く「ねたる」に対応し、起きているの意である。伊藤「新大系」は、「二場面以上の絵であろう」とする。賛成したい。妻戸を開けて花見する第一場面に続き、全員寝込んだ絵が描かれ、その中で老女がただ独り起きて眺める図を見ての詠、というのであろう。**○さだすぎたる**　盛りを過ぎた。峠を越えた。**○おもと**　女房の敬称。**○つらづゑついて**　肘を突き、頰を掌で受けて腕を杖にして支えること。**○ながめたるかた**　物思いがちに眺めやっている図柄。紅梅の艶と自分の現況との落差に思案の体。**○春の夜のやみ**　躬恒の「春の夜の闇はあやなし梅の花色こそ見えね香やは隠るる」（古今集・春上・四一）を踏まえる。**○やみのまどひ**　闇の暗さに心惑わされて。「あやなき」振舞いをする「春の夜の闇」に幻惑されて、つい油断して、の意。**○いろならぬこゝろ**　花の色を失った女心。

若々しい色恋の薄れた老女の心。「いろ」は花の色、容色の美。小町の「花の色は移りにけりないたづらに我が身世に経るながめせしまに」（古今集・春下・一一三）などを踏まえる。**○はなのかをぞしめつる**　花の香を独り占めしている。花の香に酔いしれている。「はなのか」は花の香、ほのかな艶情。

〔補説〕　これは、物語絵を見ての式部の心内感想歌である。次の47歌と春秋一対の絵か。これも心友に贈られたものか。「さだすぎたるおもと」は、「伊勢物語」で言えば、つくも髪の老女、「源氏物語」で言えば、源典侍などの類であろうか。人目に見える色には出さず、心の花の香りとして発散する老女の艶情を暗夜の梅の風情に見立てる辛辣な批評家的考察がこの歌の眼目である。物語作家としての眼が窺われる。

あるいは、若くして夫を失い、自らも花の色を失いながら、花の香ならぬ若々しい心の純愛を求める物語（紫のゆかり系）創作に身をゆだね、残んの色香を惜しむ沈淪の自画像に重ねて詠んだのかも知れぬ。歌順から見れば、まだ三十歳を越えて間もないのに、自分を凝視したその目線は「さだすぎたるおもと」にまっすぐに向いている。

47

おなじゐに、さがのにはな見る女ぐる
まあり。なれたるわらはの、はぎの花に
たちよりて、を《〔お〕》りたるところ

さをしかのしかならはせるはぎなれやたちよるからにお《〔を〕》のれを《〔お〕》れふす　D

〔校異〕　おりたる―おりとる（陽）

〔現代語訳〕　同じ物語絵に、嵯峨野に、秋の花見に繰り出した女車が描かれている。物馴れた童女が、萩の花に近づき、折り取っている場面に（私の書き付けた歌）

さ雄鹿がいつもそんなに立ち寄る萩の花だからでしょうか、童女が近づき寄ると、萩は自分から進んで身を屈め投げ出し折られます。（この花は折られることにすっかり馴れていることです。）

〔語釈〕 **○おなじゑに**　前の46番歌詞書の「ゑ」に同じ、の意。すなわち、春の梅・秋の萩を賞美する「花見る女」の絵が二枚並ぶ。一連の物語絵か、同種の歌絵か。**○さがの**　京都府右京区嵯峨野。都西郊の原野。**○はな見る**　花見に繰り出した。出かけて花見をする。前歌の春の花に対し、ここの「はな」は秋の草花。**○女ぐるま**　女性用の牛車。**○なれたるわらは**　近づき馴れた童子。折り採ることに馴れた童女。**○さをしかの**　さ雄鹿の。「さ」は美称。第二句の「しか（然）」（＝そのように）を引き出す序として使われている。**○しかならはせる**　この絵のように近づき慣らしている。萩は鹿の妻と見る慣習があった。「秋萩にうらびれをればあしひきの山下とよみ鹿の啼くらむ」（古今集・秋上・二一六、詠み人知らず）など。**○なれや**　なればや、に同じ。「や」は疑問の係助詞。**○たちよるからに**　「たちよる」の主語は、さ雄鹿乃至「さをしか」のような絵になる男。「からに」は、と同時に、するやいなや、の意。萩の花に立ち寄ると、直ぐとっさに。**○おのれをれふす**　自分の方から身を折り屈めて、身を差し出す。

〔補説〕　これも物語絵を見て詠んだ歌。嵯峨野の「萩の花」に視点を向けた歌である。進んで折り採られる「花」を詠んでいるが、その花を見に来る女にもその目は及んでいよう。「さ雄鹿」は秋の野のヒーロー、高名な風流男を示唆していよう。秋の嵯峨野はその男の行動勢力圏である。そこには、はかなく移ろいやすい「荻の上風、萩の下露」の艶なる秋の趣向が充ち満ちている。その花見に出かける女車の絵である。お付きの童女も「なれたるわらは」とあって、新入りの女車ではない。車中の女主人も風流にうとい人とは思えない。式部は童女の折り採る「萩の花」に女車の主を見ている。靡きやすい萩花の心情を見抜くような女の想いがほの見える。透徹した視線がある。絵解きのような面白さを持つ歌である。絵には車の主の姿もなく雄鹿（貴紳）の影もないが、恋物語の舞台はできあがっている。光源氏賛美の物語もこの延長線上に拡がろう。

あるいは、この歌もまた前歌同様、自分から折れ伏す「萩」に、亡夫に慣らされたおのれの姿を重ねて詠み上げた、式部の辛辣な自省自照歌だろうか。両歌ともに、物語絵を見、物語世界に思いを潜めつつも、他方、さだ過ぎて寡婦となった自分を見詰め直す、不安定に揺れる心が覗いている。

48

世のはかなきことをなげくころ、みちのくに名あるところ〴〵かいたるをみて、しほがま

みし人のけぶりとなりしゆふべよりなぞむつましきしほがまのうら　D

〔校異〕　かいたる―かいたるゑ（陽）　けふりと―けふりに（陽）

〔現代語訳〕　この世の無常を嘆いていた頃、陸奥の名所の数々が（絵に）描いてあるのを見て、塩竈のところに（書き付けた歌）

亡き夫が火葬の煙となって立ち昇り消えてしまった、あの夕べから、なぜか陸奥の「塩竈の浦」の名は私にとって身近なものに思われてなりません。（立ち昇っては消える「塩焼く」煙のせいでしょうね。）

〔語釈〕　**〇世のはかなきこと**　老少不定のこの世。**〇なげくころ**　夫宣孝の死に遭い、無常の嘆きに沈んでいる頃。**〇みちのくに**　陸奥に。「みちのく」は、道の奥（東海・東山両道の奥）の謂いで、大化の改新後、白河関以北の地域（今の福島・宮城・山形県）を統括する国名。「陸奥」とも「道奥」とも書かれて、後には「むつ」とも呼ばれていた。奈良時代初期以降、山形は新しく出来た出羽国に分属し、陸奥国は福島・宮城を中心として北方に国境を広げ、国府は多賀城に置かれた。**〇名あるところ〴〵**　名所の数々。**〇かいたる**　続く体言の省略表現。かいたる（も

の）。描いた（絵）。陽明本には「画いたる絵」とある。**○しほがま**　東北地方の歌枕。塩竈浦。松島湾岸の地名で、国府多賀城の外港。製塩の地として知られ、塩を焼く煙が常にイメージされていた。**○みし人**　「見る」は男女が見合い連れ添う。夫婦の縁を取り結ぶ。「し」は体験的過去表現。夫宣孝を指す。**○けぶり**　火葬の煙。参考、古今集・哀傷「君まさで煙絶えにし塩竈のうらさびしくも見えわたるかな」（貫之）**○なぞ**　疑問の意を表す「何ぞ」（どうして、どういうわけでか。参考、土佐日記「なぞただごとなる、とひそかにいふべし」、源氏・東屋「なぞかくいやめなる、と憎くおこにも思ふ」）に、歌枕として広く知られる名声の「名（ぞ）」の両義を掛ける。**○むつましき**　睦ましき。身近なものと思う。親近感を覚える。立ち昇り消え去る「煙」が連想の媒介をするのである。塩竈浦の国名「むつ（陸奥）」が掛けられている事は言うまでもない。

【補説】　陽明本詞書には「かいたるゑをみて」とあり、それによれば、この歌も先行する物語絵を見ての歌群に属することが一層明確になろう。底本のままでも、〔語釈〕の通り、歌絵・物語絵と読める。ただし、ここの「かいたるを見て」は絵ではなくて、歌枕名所歌集の類である可能性もある。

さて、見ていた名所絵の中に、塩焼く地として著名な塩竈の浦が式部の目に留まる。塩竈浦→塩焼く→煙→火葬→夫の死の連鎖でこの歌は生まれた。立ち消える煙の哀愁感が拡がる。宣孝とは、結婚前「塩焼くあま（海士）」を歌絵としてやりとりがあった（30番歌）が、その「あま」に扮した宣孝が新婚三年で急逝し、煙となって大空に立ち消えた。爾来その歌枕の地が「煙」を介して身近な機縁になったと詠む。

源氏物語夕顔の巻に極めて類似した歌が現れる。

> 夕暮れの静かなるに、空の気色いとあはれに、御前の前栽かれがれに、虫の音も鳴きかれて、紅葉のやうやう色づく程、絵に画きたるやうに面白きを見渡して、

と、侍女右近とともに、源氏が亡き夕顔をしみじみ追想する場面に、

> 空のうち曇りて、風冷やかなるに、いといたくながめ給ひて

見し人のけぶりを雲とながむればゆふべの空もむつまじきかな

と口ずさむ。

この「集」と「物語」の両歌の先後関係は不明だが、ともに式部の歌として注目を集めてきた。「源氏」の歌は、夕べの「雲」に火葬の「煙」を直に重ねるのに比し、「集」の歌は、「名所の煙」と、より抽象化・概念化されて多様なイメージが詠み込まれている。絵や名を見ても亡夫を想う式部の孤独感、喪失感が伝わってくる。式部が夫を亡くした悲しみを直に詠み出した唯一の歌である。多弁饒舌でないだけに余計に痛ましい。

49 世と、もにあらき風ふくにしのうみもいそべになみはよせずとや見し　B

かどた、きわづらひてかへりにける
人の、つとめて

とうらみたりけるかへりごと

50 かへりてはおもひしりぬやいはかどにうきてよりけるきしのあだなみ　B

〔校異〕　なみは―波も（陽）　とうらみ―うらみ（陽）

〔現代語訳〕　わが家の門を叩きあぐねて帰ってしまった人が、その翌朝、

いつの世も荒い風の吹き巻く西の海でも、その磯辺に波を寄せ付けぬことなど見たことがあったろうか。（波は、いつでも磯辺に届いていたのに）

と恨み言を言ってきた、そのやりとりで詠んだ歌

都にお帰りになって後に、むしろ逆にお判りになりましたか。岸辺の固い岩角に向けて、浮いた気持ちで寄っ

たために、空しく引き返すしかない波もありますことを。（浮気なあなたのような。）

〔語釈〕 **○たゝきわづらひ** 戸を叩き来意を告げたが、明けないので、叩き疲れて。**○かへりにける人** ここは夫になる宣孝であろう。〔補説〕参照。**○世とゝもに** 昔から今に至るまで、いつの世においても。つねに。**○あらき風ふく** 荒々しい風の吹きすさぶ。都から見る西海の総体的印象。「全評釈」は、長徳・長保年間の太宰府管内の諸事件の発生を示唆すると説く。**○いそべ** 岩石累々の海岸。**○なみはよせず** 波をば寄せ付けない。近付かせない。引き返させる。**○とや見し** 「や」は反語。寄せ付けないことなどあっただろうか、いや、波を磯辺に寄り付かせないことはなかった。磯辺に波はいつも押し寄せ届くものなのに、の意。荒れ狂う西海でさえそうなんだから、ましてや穏やかな都周辺のこと、「寄りつきもならぬとは…」の愁嘆である。**○かへりごと** 手紙のやりとり。18番歌〔語釈〕参照。**○かへりては** 「（都に）帰りて」の意に、「（今では）却って」の意を掛けている。**○おもひしりぬや** 「や」は疑問。**○いはかどに** 岸辺の岩角に向かって。「岩のごとき門」（堅く閉ざされた門、式部の邸の家門、引いては式部の固い拒絶）を暗示する。**○うきてよりける** 「水面に浮きて」に「浮いた心で」を掛ける。**○あだなみ** 騒がしいばかりの波。いくら岸に打ち寄せても空しく返すしかない波。「あだ名」（浮気な評判、空しい浮き名）をも言い込める。

〔補説〕 この歌を境に、40番歌に始まり前歌まで続いた亡夫宣孝急逝後の哀傷歌の流れが急変する。この一対の贈答歌は、求愛の男とそれをはねつける女との掛け合いである。西海道を経巡ってきた受領風情の男と、その求婚を受けた都の女、と読める。

現行歌順を尊重すれば、夫宣孝の死後に、式部に言い寄った受領上がりの男の登場と読めよう。ただしここでは、筆者はこの読みを採らず、宣孝と式部との婚前の贈答歌と見る。［解説］考察四を是非参照されたい。

それによれば、次の51番歌を含めた、49・50・51の三首は、本来ここに位置する歌群ではない。すなわち、この49・50番の贈答二首は、式部の越前在住中、長徳三年後半期のことではないか、と思われる。又従兄弟の為時を越前に訪ねた宣孝が式部との縁組みを打診して来た折の記録と見るべきものである。宣孝は西の海の経験者（前筑前守）であり、前年の長徳二年末に「としかへりて、からびと見にゆかむ」と越前来訪を予告していた。（28番歌〔語釈〕参照）

波（男）が寄せれば無条件に迎え入れる磯辺（女）と見る西国の田舎とは違いますよ、とはねつけた京女のプライドが覗いている。相手の浮いた仇名を咎める、その調子は、長徳三年頃と推量される29・30・31番の求愛歌群に類同することにも注意したい。

としかへりて、かどはあきぬやといひ
たるに

51

たがさとの春のたよりにうぐひすのかすみにとづるやどをとふらむ　B

〔校異〕 ナシ

〔現代語訳〕 新しい年が開（あ）けて、（あの人まで）貴家の御門も新しく開きましたかと言ってきたので、
どなたのお里からの春の誘いを受け、それにかこつけて、この鶯は、まだ霞に閉ざされた私の家まで訪ねて来たのかしら。（浮気な鶯さん！）

〔語釈〕 **〇としかへりて** 年が改まって。新しい年が開（あ）いたのである。通説は、長保四年とするも、従えない。**〇かどはあきぬや** 年が「開（あ）い」たので、それに因み、門も「開（あ）い」たか、（私を受け入れてくれますか）と言い寄ったのである。「かどは」の「は」は限定の副助詞で、「貴女の家の門」を特定強調している。49番歌の詞書「かどたゝきわづら」った男の言。**〇たがさとの** どなたのお里からの。「た（誰）」は、私以外の他の女を暗示する。多情な浮気な相手をなじる気持。**〇春のたより** 「たより」は、①縁、つて、好機。②消息、音信、

手紙。ここは両義を響かせている。春になったので出ていらっしゃいとの誘いを指す、と同時に、そのつてに乗じて、の意。**○うぐひす** 「かどはあきぬや」と言いかけてきた人（男）を示唆する。**○かすみにとづるやど** 霞に閉ざされている家。①「かすみ」に「すみ（墨）」の意を読んで、服喪中で暗いイメージを持つ（岡・竹内・南波）、②喪中の意味はなく、明るいイメージである（木船）の両説がある。服喪中を示すような言辞は、当該の49・50・51の三首中には見られず、「とづる」は「あきぬ」に対して使われたものに過ぎず、その他諸般の読みから、後者を採りたい。

〔補説〕 この歌も、前歌同様に、宣孝死後の歌と見るには大いに疑問がある。「かどはあきぬや」と言い掛けてきた者は、前歌の「かどたゝきわづらひてかへりにける」男と見るのが自然な読み方だし、また、そう読んでこそ、「としかへりて」と歌の並びも良い。男は宣孝であろう。従って、この歌もまた宣孝死後のこの場所に位置する歌ではない。別の論拠（［解説］考察四）により、この歌を含めた三首のB歌群（49～51）には、意図的配列換えの影が色濃い。「としかへりて」とは、長徳四年春先であろう。これらを含め［解説］考察四に詳述した。

〔家集構成に関する注記〕

底本実践本では、第51番歌と次の第52番歌（きえぬまの身をもしる〳〵あさがほの）の間において、何の異常も空白もなく、連続して書かれている。しかし、古本系の重要写本陽明本では、その間に、次の通りの独自異文（一行の空白を挟んで、前に詞書のみの残簡、後に詞書と「おりからを……」の歌一首）の纏まりが存在し、あるいは実践本での欠脱とか改変という事態も想定可能なので、参考までに、ここに一括して取り上げ、注解を施しておく。

〈前半部〉

さしあはせて物思はしけなりときく人をひと

につたへてとふらひける　　本にやれてかたなしと

〈一行空白〉

〔現代語訳〕 いろいろのことが重なって物思いに沈んでいると聞く人を、人に託してお見舞いをした時の歌。

元本には「(以下ハ) 破れて形を留めない」と(記されている)。

〔語釈〕 **○さしあはせて** いろいろのことがひとつに重なって。二つ以上の物事がさし合って。ぶつかり合って。別離のことばかりか、いろいろのことが同時に起こって。「集成」「新大系」は「私と同じ不幸に出会って」とするが、その語義はもう少し広かろう。**○物思はしげなり** 物思いをしている様子だ。色恋事にも、心痛落胆にも、弔事にも言う。**○ひとにつたへて** 人に伝え代理を立てて。**○とぶらふ** 訪れる、訪問する、見舞う、弔問する。**○本に** 元本には。書写原本では、の意。以下の一文は、陽明本では小文字書き。書写者の注記とも、作者の虚構ともとれる。**○やれて** 破れて。破れ落ちて。**○かたなし** 形をなしていない。あるべき形を失っている。

〔補説〕 残った隻句から忖度するに、この残存部分は、内容上、前歌(51番歌)に全く接続せず、(従ってその左注ということはなく)、むしろ内容的には、後続の歌群に近い。

なお、続く〈一行空白〉は何を意味するか明らかでない。「やれてかたなし」と注記された歌一首の単なる欠脱を示すものと見るか、あるいは、その前半部と後半部との段落意識の現れと見るか、であるが、後者の見方も捨てきれない。次歌の〔補説〕欄で再論する。

〈後半部〉

八重やまふきをおりてある所にたてまつれたる

にひとへの花のちりのこれるを丶こせ給へり
おりからをひとへにめつる花の色はうすきをみつ丶うすきともみす（陽52）

〔校異〕　丶こせ給へり―をこせたまへりけるに（松平文庫本）

〔現代語訳〕　八重咲きの山吹の花を折り採って、ある所に使いを立てて献上させましたところ、散り残った一重咲きの花の枝を贈り届けてくださいました。（そこで私は）独りになりました私に相応しくひたすら一重に咲き匂うこの花の色は、薄い色ながら決して薄い色とも思われません。（深いお情けをありがとうございます。）

〔語釈〕　**〇八重山ぶき**　八重咲きの山吹の花。晩春から初夏にかけての花である。**〇ある所**　「たてまつれたる」「をこせ給へり」等の敬語の使用から見て、貴人邸を指していよう。式部のまたいとこに当たる倫子（道長の妻）（南波）、彰子の意を体する彰子付きの上﨟（木船）や、中務の宮具平親王（伊藤）とする説が出されている。**〇たてまつれたる**　使いの者をして奉らせた。使いを遣わして奉った。**〇ひとへの花**　一重咲きの山吹の花。ただし必ずしも山吹と限ることはない。「ひとへ」が肝要なのである。**〇おりからを**　この歌は式部の返歌と見る。折に相応しく。「を」は間投助詞。「折」は夫を失って寡婦になった時期を指している。**〇ひとへにめづる**　一重に美しく咲く。「ひたすら・ただただ」の意の副詞「ひとへに」も掛けられていよう。なお、諸先学に従い、「めづる」と翻刻したが、陽明本文の字体は「めくる」に近い。ならば、「一重に咲き拡がったこの花の色は」の意となろう。**〇うすきをみつゝ**　贈られた花が一重なので、多弁花に比べ色が薄い。**〇うすきともみず**　込められた私に対するお志をば「うすきとも見ず」の意。

〔補説〕　この歌（陽明本歌順では52番）は、底本実践本にはなく、古本系にのみ見えるものである。読んできた底本でいうと、48番歌に続くものと考えられるので、長保四年晩春と考えてよかろう。

賑やかな重ね咲きの花を贈ったのに対し、寡婦となった式部を意識してか清楚な一重の花を送り返してきた貴人の心遣いに寄せた式部の返歌であろう。散り残った一重の花に寄せて貴人の見せた「ひとえ（一重、ひたすら）に心強くあれ！」の励ましへの答礼歌であろう。ご同情を頂きありがとうございます、と素直に応じたものである。注目すべきは、「集」中に初出の貴人の登場である。親近感の漂う貴人の姿がちらついている。そして、更に取り上げるべきは、前半部の「ひとにつたへてとふらひける」、後半部の「八重やまふきをおりてある所にたてまつれたるに」、次の52番歌詞書「あさがほを人のもとへやるとて」という式部の能動的な態度である。式部の方から働きかける姿勢である。これは、それまでの受動的な態度から大きな踏みだしを見せる。無常観にうち沈む中で、使いを送り、山吹や朝顔を贈り、更にその後には三首を並べ置いて出仕歌に続ける家集構成から推して、恐らく宮仕えに連なる人物と見て大誤はないだろう。陽明本に見える〈一行空白〉は、この式部の変革の事態を暗示する空白の可能性がある。

この歌に先立つ「さしあはせて」の欠脱残存部分といい、〈一行空白〉といい、この「おりからを」の歌に込められたやりとりといい、続く52番「きえぬまの」の歌の詞書に見える陽明本「おなじ所」と実践本「人」との異同といい、この一纏まりの問題箇所には、実践本に先立つ素本の原態らしきものが、わずかに姿を見せている。喪失・悲哀・孤独の消極姿勢から、ある貴人乃至その周辺者の縁故を介して、外部の世の中に目を向け始める今一人の式部の立ち上がりを暗示しているようである。次歌〔補説〕を見られたい。

52

世中のさわ《（ほ）》がしきころ、あさがほ
を、人のもとへやるとて

きえぬまの身をもしる〳〵あさがほのつゆとあらそふ世をなげくかな　E

〔校異〕 人のもとへやる―おなし所にたてまつる（陽）

〔現代語訳〕 世の中の無常がひとしきり身にこたえた頃、朝顔の花を人のもとへ届けようとして、詠んだ歌

私とて所詮消えぬ間の短い寿命の身であることを知りながらも、朝顔に降りた露と争うように消えて行くはかない人の世を嘆いております。

〔語釈〕 **○世中のさわがしきころ** 疫病流行や天変地異など想わぬ災害に戸惑うことの多い頃。長保三、四年。式部個人としては夫の死別に遭っている。**○人のもとへやる** 陽明本の「おなし所にたてまつる」の異文に注目。そこには、底本ら以前の本文が覗いている。同本らに残存する「おりからをひとへにめづる花の色はうすきともみず」（前掲）の詞書に見える「ある所」を指していることは言うまでもない。使われている敬語「たてまつる」から推して、底本では「人」と改められているが、高貴な相手が予測される。しかし、実践本では、その待遇関係をはずし、「人」と改め、「やる」と替えているところに、底本の持つ整備形態としての特徴がある。**○きえぬまの身** はかなくも命を留めるばかりの短い寿命の我が身。下の句の「つゆ」の縁で「き（消）え」と言う。**○あさがほのつゆ** すぐに消滅するはかないものの事例として、朝顔の花とその上に降りる露を挙げたもの。**○あらそふ** 先を争い合うように消えて行く儚い人の世。

〔補説〕 朝顔を折り採って、人（貴人）のもとに送り届けた時の、添え歌である。夕べを待たずに萎み落ちてしまう花。また、その上に降りた露。折しも夫に先立たれた頃だけに、それらのはかなさが格別身にしみる。人の身のはかなさ、花の命のはかなさ、降りた露の脆さ、夢幻泡影の思いを貴人に贈ったのである。前の欠脱歌（八重山吹）ともども、歌集の中で、式部にしては珍しく素直な詠み口であり、相手は、世の定めに従順な、率直な物言いを誘うような人品のお方なのであろう。

底本実践本で読むと、この52番歌は、51番以前の歌に引き比べ、歌の情調・気分は替わらぬものの、式部の行動様式に異同を見せる。51番歌までは、式部の娘時代と宣孝との結婚・死別という私的個人的な内向き生活の諸相で

綴られていたが、この52番歌からは、そうした中から、世、世の中、外部の世間に連なる生活意識が揺動し始める。実践本で読む限り、本歌は、以下の後半生詠歌群の始発であり、宮仕え歌に連なる形になる。陽明本らに残る、その間を取り結ぶ縁故の貴人の残像はやや薄れ、式部自身の変化の断層も緩やかに、その変貌は一般化されて、自然な流れとして整備された跡が色濃い。世の無常を嘆きつつも、その流れには逆らえない自分を見詰めるしかない思いをこの歌に寄せている。

実践本で読む以上は、歌の相手が誰であるかということよりも、式部自身が世に向け始めた目の積極性、またその思いの深さこそ読むべき点であろう。

53

世をつねなしなどおもふ人の、を《〔お〕》さなき人のなやみけるに、からたけといふものかめにさしたる女ばらのいのりけるをみて

わか竹のおいゆくすゑをいのるかなこの世をうしといとふものから　E

〔校異〕　女はら―女房（陽）

〔現代語訳〕　世の中の無常を嘆く人（私）が、幼い娘が病みついた時、唐竹というものを身近な瓶に挿して侍女たちの祈る姿を見て

生い出た若竹（娘）の行く末遠い無事な成育を祈るばかりです。（私ばかりか我が子も生きる）この世は憂し辛しと厭わしく思いつつも。

〔語釈〕 **○世をつねなしなどおもふ人**　世の中は無常と思い嘆く人。身近な人を亡くして世の無常を思う人、即ち、式部自身。自己客体化表現である。**○をさなき人のなやみける**　「をさなき人」は娘、賢子。長保元年の生まれとすれば、同四年〜寛弘元年は、四歳〜六歳。病づいた幼児に、式部の無常感の不安が一層募る。**○からたけ**　唐竹。漢竹。中国から渡来した竹。その生命力の強さにあやかりたいとの思いから身近な瓶に挿し、延命息災を願った。呪術として使われる。なお、「かめ（瓶）」には長寿の「亀」の齢が祈り込められていること、36番歌参照。**○さしたる**　挿して飾ったが、その女ばらが、というくらいの気持ち。**○女ばら**　侍女たち。「ばら」は複数を表すことが多い。誰と人を特定しないで粗略に取り上げる場合に用いる。**○この世**　現世。「こ」に「子」を掛ける。「よ（世）」には、竹の縁語「よ（節）」を込める。**○うし**　思いのままにならなくてつらい。無情でやりきれない。**○いとふものから**　嫌うものの。いやだと思うものの。「ものから」は逆態接続。嫌う世なら、そんな世に生きながらえることなど求めたくない筈なのに、の思い。

〔補説〕 夫の逝去に直面して世の無常をやりきれなく思い嘆き、世を恨む作者だが、その遺児賢子の急病に遭ってみると、無情な世にもかかわらず、その世に無事な成育を祈る自分を見る。「亀」齢にあやかる「瓶」に挿した唐竹の活力に縋ろうとする女房たちの思いは、当然主人公たる式部の思いでもある。世の無常を一層恐れおののく姿である。同時に、それはまた、自分は寡婦の深い落胆沈潜の中にありながらも、春秋に富む愛児の将来に漸く目を向け始めたけなげな母の姿でもあろう。「源氏」にも頻出する、子を思う親心の惑いは健在である。愁傷の彼女を突き動かす新しい胎動が伝わってくるような独詠歌である。

　こうして、漸く、（52番）贈る朝顔の花に事寄せて無常な世に、また、（53番）病む子を介してその将来に、と、外の世上や先の行末に目を向け始めた式部の像が浮かび上がる。第四句に詠み込んだこの世を「う（憂）し」とするの情は、「家集」中での初出歌で、この時点以前には全く見られなかった点に留意したい。その憂情の核心は次の歌に示される。

身をおもはずなりとなげくことの、やう〳〵なのめに、ひたぶるのさまなるをおもひける

54 かずならぬこゝろに身をばまかせねど身にしたがふは心なりけり　E

55 こゝろだにいかなる身にかゝなふらむおもひしれどもおもひしられず　E

〔校異〕 なりと―なり（陽）

〔現代語訳〕 思いも寄らず心外なわが身の上よと嘆く思いが、次第に人並みに戻り、更にはひどく深くなっていることに思い到って詠んだ歌

人数にも入らぬ私ですもの、そんな取るに足りぬ心に我の生き方を任せているわけではないが、身分境遇に情けなくも流されてしまっている我が心です。（身分に見合う心しか残念ながら立ち現れません。身分を替えれば或いは心も変わるかも。）

せめて心の中なりと、どんな身分境遇になったら思い通りになるだろう。（たとえどんな身分になったとて思いの通りにはならぬと）思い知っているけれど、さてまたそう思い切る事も出来ずあれこれ思い巡らすことです。

〔語釈〕 **○身をおもはずなりとなげくこと** 「身」は身分境遇。処世上の外的諸条件で、人目に見えるもの。式部に関して言えば、母を早く亡くし、学者風情の受領家庭に育った子女であることや、夫宣孝に早々に先立たれて幼児を抱えた寡婦になっていること、など。「おもはずなり」は予期しなかった成り行きを見る、人からは心外な評価を受ける、などの意。予想外のわが身の変転を総括しての嘆き。出自・結婚・外聞・出仕の誘いなどを受けていようが、その中核には宣孝との結婚・死別情況があろう。「こと」は、心、我が心。**○なのめに** （やっと）人並み

に。世間並みに。それ以前は、脱俗的な悲嘆に沈み、世間からかけ離れ閉居して、孤愁の心境にあったことを示唆する言辞。**○ひたぶるのさま**　一途な様。しゃにむに深くなる様子。それまでの死別の悲しみがやや遠のき、世俗的な嘆きが漸く募ってきたことを示唆する言辞。**○なのめに、ひたぶるのさまなるを**　「なのめに」から「ひたぶる」へと、悲傷の服喪期をやり過ごして、生身の処世上の嘆きが人並みに戻り、更に深化・深刻化したと段階的に読むのが穏当である。初期段階（岡・今井）という解釈は見直され、現今では、「身を思はずなり」の嘆きが、「一通り日常化し」「しだいしだいに緩み穏やかになって」いつか「臆面なき振る舞いをなす心の状態」であると気付く（工藤重矩「紫式部集解釈のあゆみ」『国文学』平成17・4）というところまで、ここの解釈は深まってきている。**○かずならぬこゝろに**　かずならぬわが心に、の意。人数にも入らぬ者だからという私の思い。「物の数にも入らぬ」とする私の心。卑下表現。**○まかせねど**　従順に従って諦めてそれにまかせて生きているわけではないが、の意。自分の思いのままに今の生きざまを選択しているわけではない、という。**○身にしたがふは心なりけり**　私の心（思考・判断・心情）は身（身分・境遇・身の上）の制約範囲を出ることはないものだ。今の身分境遇、今の生活の中にある限り、それから外れた心遣いはなかなか難しい、の意。今の寡居生活の中にあって、出仕という新たな選択の難しさを指しているのであろう。とすれば、心を変えるには、いっそのこと、身分の方を改めてみるのも一法かも知れぬ、との思いを言外に持つ。**○こゝろだに**　せめて心の中なりと。心の外のこと（例えば、待遇とか世評）は別として、の意。**○かなふらむ**　思い通りになり、満足できるだろうか。懐疑的な問いかけである。**○おもひしられず**　この下の句は、上の句「どんな身分境遇になったら心の満足は得られるか」「どんな身分になったとて心の満足は得られないのでは……」の表裏一体の提案を受け、理性ではそれを「思い知る」が、さて実行に移そうとすると、率直な感性では「思い知る」事叶わず、判断が背反し、戸惑っている。出仕の判断に迷っている体の言葉か。

〔補説〕　長い籠居生活の中にあって、外の世上に、先の将来に、と、眼を向け始めると、否応なしに眼に飛び込んでくるものがある。相対的な自分の姿である。54・55の連作は、底本の配列を基に読む限り、宣孝死別の悲しみに永らく落ち込んでいた寡居期間にあって、やはり向かい合って生きるしかない世を問う対外意識の発現や、娘の将来に目を向けざるを得ぬ未来意識の胎動を経て、漸く現実の世に関わって生きていかねばならぬような段階になった時の独詠歌であろう。次に続く宮仕えの詠草群に先立つ、式部の心境をよく表している。避けたい閉じこもりたいと思う現世、避けたり閉じこもることの叶わぬ現世、この二つの相克がこの両首に込められている。要請された彰子中宮家出仕は目前に迫っている。長保末年から寛弘初期の感懐であろう。工藤説は出仕後とするが、南波「全評釈」が説くように、出仕勧誘を受けて、心の揺れる出仕直前の詠草と見る方が、歌の内容に相応しく、又、集中の配列からも妥当性が高い。この憂き身の自覚と心の戸惑いはそのまま出仕生活に持ち越される。

56

はじめてうちわたりをみるにも、
ものゝあはれなれば

身のうさはこゝろのうちにしたひきていまこゝのへぞおもひみだるゝ　E

〔校異〕　みるにも―みるに（陽）

〔現代語訳〕　初めて宮廷内部をまのあたりにするにつけ、あれこれ物思いがされるので
我が身の上に纏い付くみじめさは、心の内に貼り付いたまま宮の内にまでついて来て、（今までのそこはかとない心寄せもどこへやら、）今、その九重の大内に似つかわしく幾重にも幾重にも思い乱れていることです。

〔語釈〕　**○はじめてうちわたりをみる**　初めて宮中に参入する。一条天皇中宮彰子のもとに出仕したことを指す。その年次については寛弘二年・三年・四年説があるが、寛弘二年（一〇〇五）を最適と判断する。論拠は、続く

57・58、59番歌の項で述べる。**○もの〻あはれなれば**　頻りに物思いを余儀なくされるので。今までの自分の環境や生き方と、新しい宮仕え生活との落差の大きさに衝撃を禁じ得ないのである。**○身のうさは**　わが身（身分・環境）についての憂さ・苦しみは。「したひきて」「おもひみだる〻」に掛かり、総主語的に働く。**○こ〻ろのうちにしたひきて**　心の内に貼り付いたまま、内裏にまで付いて来て。「うち」にうち（内裏）を響かせている。「したひきて」の主語は勿論「身の憂さ」で、身の憂さが付きまとい、絡みついて離れずについてくることを言っている。「したひ」後を追い掛ける意の「慕ふ」の用例は、源氏・澪標「かねてより隔てぬ仲とならはねど別れは惜しきものにぞありける　慕ひやせまし」など。なお、「した（慕）ひ」の語には、まだ見ぬ「ここのへ（内裏）」に向けての心の憧れがそこはかとなく込められているようである。**○いま**　いざ参入してみると。**○こ〻のへぞ**　こ〻のへにぞ、の意。幾重ねの意の「九重」と宮中・内裏の意の「九重」の両義を兼ねる。身分・環境に貼り付く従来からの苦悩、思いがけぬ宮廷出仕の要請、そして実際に参入してみて思い知らされた新たなとまどい・辛さ、と二転三転する思いの堆積を「こ〻のへぞ」と強調して、宮中の意の「こ〻のへ」に重ねた。

〔補説〕　式部初出仕の歌。時の内裏は、その前月焼亡のため、東三条院里第である。前歌の「身にしたがふは心なりけり」と嘆く思いが、出仕早々に作者の心を襲う。境遇・身分がら、初めて見る宮中への憧れもあったろう。しかし、その心の中には、また従来からの身分意識や非社交性から来る憂さ・嘆き・苦痛が付いて来て離れず、その落差をいやが上にも味わわされたのである。宮廷内を立ち馴らす人々の挙措・振舞・服装・持ち物を始め、行事・しきたり・規則・慣習から調度・小道具・装飾類に至るまで、目の前に拡がる別世界は、今まで心のどこかで慕い続けてきた憧れの宮廷なのに、生来の「身の憂さ」が、ここまで、消えることなく一緒に付いてきてしまって、安らかな心などどこへやら、ただ躊躇し、驚き、思案し、圧倒され、葛藤し、立ち竦む。これこそわが「身」に従う「心」の実態なのだ。心の悩みは拡がるばかり。その本源をなすわが「身」のつたなさよ。出仕した途端、早々と「身の憂さ」の思いが立ち上がって来たのである。それも九重の宮廷らしく幾重にも幾重にも惑乱するばかりの自分を突き上げる。このつまずきの内実は、続く数首に引き継がれる。そして人々からの誤解が拡がり里居が延びる。

まだいとうひ〔ゐ〕〳〵しきさまにて、ふるさとにかへりてのち、ほのかにかたらひける人に

57 とぢたりしいはまのこほりうちとけばをだえの水もかげみえじやは　E

かへし

58 み山べのはなふきまがふたに風にむすびし水もとけざらめやは　E

〔校異〕 ナシ

〔現代語訳〕 宮仕えに参入して間もないうちに、自宅に引き下がって、その後、いくらか言葉を交わした宮仕えの友に宛てて詠んだ歌。

（立春も過ぎたので）凍り付いた岩間の氷も春風に融けたなら、途絶えていた水も流れ出して、物影の映らぬ事がありましょうか。いいえ、私もいずれ出かけて姿を見せ影を映し出すことでしょう。（また参りたいと思っております。）

その返歌

奥深い深山の花を吹き撒く春の谷風にあえば、凍り付いた水も融けぬ事などありましょうか。（春にもなったのだから）あなたの心の氷結もきっと融けるでしょう。（ここは暖かい春風の吹く中宮様のもとですもの。一日も早いご帰参を。）

〔語釈〕 **○まだいとうひ〱しきさまにて**　新しく宮廷にお仕えしたばかりの者として。新参者としての新入り風情のまま。**○ふるさと**　自邸。自宅。出仕した「みや（宮）」に対して言う。**○ほのかにかたらひける人**　気を許し、少し言葉を交わした同僚女房。「式部に言い寄る異性」と見る恋人説（『評釈』他）は、配列上、妥当な解とは言い難い。**○とぢたりしいはまのこほり**　凍り付いた岩間の氷。凍り付いた心の氷、を指す。前56番歌に見るように、出仕前からの我が身の負い目に関わって、出仕早々何か不可避のトラブルか、自意識の縺れがあって、傷ついた心の葛藤が想像される。岩間の「いは」に「言は（ず）」が響かせてあり、封じ込められた思いを示唆する。ある女房（個人または集団）との間に、口に出さぬ反目感情が起こったか。**○うちとけば**　氷が融けたならば。暗に心の傷に和《なご》みの時が来たら、の意を込める。その寓意は「あなたがお心を開いてくださるなら」（『新書』説）という対人関係より、「結ぼおれた私の心の整理がつきましたら」という自己制御の問題であろう。なお、「うちとけば」は未然形接続で仮定条件文だが、「氷解」を仮定するもので、「春来ること（立春）」を仮定するものではない。立春を迎えた現実と矛盾する事はない。**○をだえの水**　氷結して流れの途絶えた山川の流れ。こだわり結ぼおれたおのれ、を寓する。**○かげみえじやは**　物影（人影）が映り見えぬことなどあろうか、いや、ない。「やは」は反語。心和んで姿を見せることでしょう、の意を含む。自分の姿を謙遜して「かげ」と卑称したのである。**○かへし**　「ほのかにかたらひける人」からの返歌。**○み山べの**　み山辺の。深山の中の。奥まった宮仕え所、宮中後宮の中宮の御座所を指す。**○はなふきまがふ**　花を吹き乱す。花々に吹いて燎爛の美を見せる。春の絶景である。**○たに風**　谷風。「谷風に解くる氷のひまごとにうち出づる波や春の初花」（古今集・春上・源当純）を引き歌とする本歌取り。山河に春の初花ならぬ波の花を咲かせる谷風の吹き渡る深山を一陽来復の中宮家にイメージしての詠草。「谷風」に中宮の慈愛・恩寵の思いが含まれていて、その力で、の意。現実の季節としては、立春を迎えていることを暗示している。**○むすびし水**　引歌「袖ひぢてむすびし水のこほれるを春立つけふの風やとくらむ」（古今集・春上・貫之）を介して、「凍り付いていた水」と理解される表現。

〔補説〕「日記」によれば、中宮家初出仕は十二月二十九日であった。右の詞書や歌詞より、初出仕後、日ならずして退出したものと見える。従ってこの贈答歌は、年改まり寛弘三年（一〇〇六）正月に入っていると見て良かろう。退出の因となった「岩間の氷」が何を意味するか、――個人的対立か、女房集団の冷眼か、環境的不適合か、或いは心情的動揺か――定かでないが、この歌の段階では、式部の心の傷は春も深まればあるいは参入も、という希望的観測が籠もっている。後続の歌から推すと、陰湿な反目を含む極度に緊張した人間関係をも暗示しているようであり、また、前歌56番歌によれば、本源的には式部自身に内在する「身の憂さ」ということにもなろうか。当時「岩間の氷」が融けるとは、立春の到来を意味する約束ごとであった。従って、立春の声を聞けば「氷解」の現象を想起出来るのである。58番歌「谷風」の詠出と合わせ、この両歌贈答の時点は立春後と推定出来よう。前年末の十二月二十九日（56番歌時点）が立春である。そこで式部は、わが「身の憂さ」の氷解を、「こほりうちとけば」と、万物融解の春の訪れ（乱れた心の整理期間）にかすかに期待したものであろう。その手紙を受け取った友は、宮仕え所中宮サロンにこそ、その「春」があると説いて、一刻も早い出仕を促したのである。しかし、これが式部の重い心に直ちに届いたとは思われず、この歌主は、式部にとって数少ない心友ではあろうが、やはり「ほのかにかたらひける人」以上に出る人ではなかったと言えようか。「全評釈」は、この返歌の主を、中宮を立てて応える物馴れた女房として、「宮の弁のおもと」（60番歌）とする。

なお次歌以降の詠出年次を考慮に入れると、この情況はその後改善されぬまま宮廷復帰を一層困難にしたようである。

正月十日のほどに、はるのうたゝてまつれとありければ、まだいでたちも

59

みよしのは春のけしきにかすめどもむすぼほ〔こ〕れたるゆきのした草　E

せぬかくれがにて

〔校異〕　かくれか―かくれ（陽）

〔現代語訳〕（年が明けて）正月も十日のころ、春の歌を奉れということでありましたので、いまだに出仕もせず自宅に籠もったまま、（詠んで奉った歌）

名所吉野山（晴れの宮中）は今や春の気配に包まれてまさに霞の中にありましょうが、（山奥の奥に隠れ住む）私のもとではまだ凍り付いた雪に閉ざされた下草の日々でございます。

〔語釈〕　**〇正月十日のほど**　結論から言えば、寛弘四年と見るのが妥当である。寛弘初年の立春日を列記すると、二年は前年十二月十九日、三年は前年十二月二十九日、四年は一月十日。五年は前年十二月二十一日である。四年以外はすべて旧年立春に当たる。四年のみ「正月」になってから立春を迎える。しかも「十日」と、「春の歌奉れ」という本詞書に日まで符合する。この客観的事実を基に、式部の初出仕は、前年の寛弘三年十二月とする加納重文「紫式部の初出仕年時」（『古代文化』昭47・7）が出た。その前提論拠は妥当であり、従ってこの59歌は寛弘四年と見るべきものだが、出された「三年初出仕」という結論には従えない。何故なら先立つ57・58贈答歌は既述の通り立春後の歌であり、立春当日にあたるこの59番歌と同年詠とは思われず、57・58歌は前年寛弘三年の初春歌と読むべきだからであり、従って、式部の初出仕はその前年末即ち寛弘二年十二月二十九日（この日も立春であった）とするのが至当である。**〇はるのうたたてまつれ**　春を題材として詠み上げた献上歌の所望である。命令を受けて奉る「奉命歌」は、年中行事や冠婚葬祭等、特定の時・所・事由のもとに求められるのが常で、この場合も時の外れた不特定日と見るより、立春など特定日の所望である可能性が極めて高い。節月の春を迎えた寛弘四年正月十日のことと見る。**〇いでたちもせぬかくれが**　まだ里居している自邸。身を寄せた山奥の隠れ家の風情に見立てている。

「全歌（後藤）」では、「かくれが」は古今集・雑下「み吉野の山のあなたに宿もがな世の憂き時の隠れ処にせむ」（読み人知らず）によった表現だろうという。この表現意識が、続く歌詞「みよしのは」に連動していよう。**○みよしの**　み吉野。吉野山。「み」は美称。「全評釈」は、「御代（みよ）の意を含ませている」と注を付けるが、「御代（みよ）」を読むより、天徳四年内裏歌合の「ふるさとは春めきにけりみよし野のみかきのはらを霞みこめたり」（平兼盛）の本歌取り表現と見るべきだろう。「みよしの」で「みかきのはら（宮中ヤ貴人邸ヲ指ス）」を言い当てている。58番歌「み山べ」と同じく宮仕え所を示唆していよう。続く二、三句「春のけしきにかすめども」も、この兼盛歌から生まれている。**○春のけしきにかすめども**　「春の歌」を所望されるほどに、きっと春めいていようという羨望の詠み口。**○むすぼゝれたる**　（糸や紐が）固くからみついてほどけない。ここでは凍り付いて融けない雪の意に使っている。鬱屈して晴れぬ心の形容を重ねている。**○ゆきのした草**　雪の下に閉じこめられた草。この第五句も、兼盛の「しら山の雪の下草我なれやしたにきえつつ年をのみ経る」（兼盛集・四七）に依っている。

〔補説〕　東三条院内裏に初出仕の翌々年、寛弘四年（一〇〇七）正月の詠。前々年末の初出仕で傷ついた身の憂さは容易に晴れぬ日々が続いた。身の憂さに耐えきれず籠もった自邸は、まさに山奥の隠れ家というべく、「いでたちもせぬ隠れ家」には、籠もったままで出ない奥山の山家のイメージを込めていることだろう。従って、この歌は「正月も十日、立春にもなったので、名所吉野（宮仕え処）では春一色の気配で霞の中でしょうが、そのかなたの奥の奥地の隠れ家に住む私はまだ氷結したままの雪の下草のような日々を送っております」ということで、〔語釈〕に挙げた古歌や兼盛歌の本歌取りの歌と見てよいのではないか。本歌「世の憂き時」という想いが、歌の底にどっしりと腰を据えている。次歌にあるように、三月になってもいまだに出仕しかねている。里居は一年を超えている。

なお、「奉命歌」にしては、晴れの歌らしくない詠み口との印象は避けがたいが、「はるのうたゝてまつれ」とあるので公式の下命ではあろうが、いかにも出仕早々で退出し、しかも里下がりして一年余にもなる式部であってみれば、式部に特命の下知とも思われず、一般的なお触れとして、同僚から伝えられたものとみてよいのではなかろうか。友が公式の触れを利用して式部に再出仕の意向を打診したものであろうか。あるいはまた、「奉命歌」は別に差し出し、取り持ってくれた同僚に対する私信歌なのかも知れない。

なお、寛弘四年正月のこの時点、中宮は一条院内裏に移っている。

やよひばかりに、宮のべんのおもと、
いつかまゐ《〔い〕》りたまふなどかきて

60 うきことをおもひみだれてあをやぎのいとひさしくもなりにけるかな　E

返し

61 つれ〴〵とながめふる日はあをやぎのいとゞうき世にみだれてぞふる　E

〔校異〕 61番歌―歌本ニなし（陽）

〔現代語訳〕 三月の頃、宮に仕える弁のおもとが、何時になったら参内なさいますかなどと書いたあとに、

身の憂さをあれやこれやとお悩みになっているうち、青柳の枝が長く伸びるとともに、時も随分長く経ってしまいましたね。

（私の）返事は、

所在なく思い詰めて送る春の長雨の日々は、青柳の枝は乱れ伸び、私もまたいよいよ辛いこの世に心乱れた日送りを致しております。

〔語釈〕 **○やよひばかり** 前歌を受けて、寛弘四年三月を指していよう。**○宮のべんのおもと** 「宮」は出仕先の彰子中宮家。女房の「弁」については、諸説があり、未定。「日記」の弁内侍（内裏女房、藤原義子。源扶義の後妻）

はかなり有力だが、「集」106番歌の弁宰相君（女房、藤原豊子。藤原道綱の娘。敦成親王乳母）は疑問である。「おもと」は同位の尊称で、同僚と思われるからである。58番歌を詠んだ「ほのかにかたらひける人」（同僚女房と見る）とは同一人であろうか。ここまで永い閑居を続ける式部の心中を知る人が複数居るとは考えがたいからである。**○いつかまゐりたまふ**　式部に中宮家帰参の時期を打診してきたもの。**○うきことを**　弁の君の歌。「うきこと」は式部が弁に見せていた「身の憂さ」を指していよう。**○あをやぎのいとひさしく**　青柳の枝が長く。「いと（糸）」は、副詞「いと」を引き出す序詞として働き、「いと久しく（＝大変長い間）」の意を引き出す。**○つれ〴〵とながめふる日**　「つれ〴〵とながめふる（眺め経る＝何することもなく物思いしながら日を送る）」に、「ながめふる（長雨降る）」を掛ける。類歌「つれづれと思へば長き春の日にたのむこととはながめをぞする」（道信集・三八）**○あおやぎのいとゞ**　青柳の「いと（糸＝枝）」は「みだれて」に掛かると同時に、副詞「いとゞ」を引き出して「うき世に」以下を修飾する。**○みだれてぞふる**　心乱れて経る。「ふる（経る・降る）」は「ながめ（眺め・長雨）」の縁語。「みだれ」は「いと」とともに「柳」の縁語。

〔補説〕　寛弘二年末の初宮仕に始まった式部の「物憂さ」は、翌々年三月になっても依然里下がりをしたままであって、解消していない。よほど強い衝撃だったに違いない。又、心の闇の拡がりも身に応えていよう。同僚の弁の君だけがその心の傷を知っている趣である。詞書きの「宮のべんのおもと」とは、「宮の」「宮仕えの」「彰子中宮に仕える」という公的身分を打ち出しており、全くの私人ではない。が、一方「おもと」は同僚・同輩に付ける呼称なので、私的なやりとりと理解されよう。宮仕え人の私信という形式である。「ほのかにかたらひける人」（57番歌詞書）と書かれ、式部が心の一端を開いている弁の君とは誰だろう。出仕のことに関わってある程度の本心をさらけ出せる数少ない同僚である。式部の心に纏わり付くその憂いの核心は何だろう。この返歌をしてもなお、式部は出仕の気配を見せない。一年余の里居の間、式部が何をしていたかは、大いに気になるところである。

　ところが、初出仕の折、その直前の憂悶を54・55歌に決断的に詠み出して出仕に踏み切ったのと似て、次の独詠歌が現れる。その重層した憂いの核心が決断的に提示されているように思われる。

62

かばかり思う《そ》しぬべき身を、いといたう
も上ずめくかなと、いひける人を
きゝて

わりなしや人こそ人といはざらめみづから身をやおもひすつべき　E

〔校異〕　かはかり―かはかりも（陽）　思う《そ》しぬへき―おもひくしぬへき（陽）　いひける人を―人のいひけるを（陽）

〔現代語訳〕こんなに思い過ごしもしでかしかねぬほど苦しむ我が身なのに、「えらくひどく上流ぶっているわね」と言った人のことを耳にして、

それは無理なご注文というもので。他人こそ（私を指して）並みの人と言わないでしょうが、私自身から我が身を思い捨てることなど出来ましょうか、出来ることではございません。

〔語釈〕　**○かばかり……身を**　地の文と見る。「上ずめくかな」までを一括して「人」の言葉とみる読み方もあるが、歌順の流れから見て、採らない。「かばかり」は、出仕に関わり、その直前（54歌あたり）より現れ、今の里下がりに及ぶ「身の憂さ」の詠出を受けている。これほどまでに……の我が身なのに、の意。**○思そしぬべき身**「思ひそす」とは、並以上に思い悩む。普通以上に気遣いをする。「そす」は、度を超して……する、しきりに……する、の意。ここは、式部が自分の身分（受領階級）や境遇（寡婦）や性向（才能）等について、度を超して気にする、気にし過ぎているの意。「ぬべき」は、……であるに違いない、……するはずの、の意。なお、底本で、ミセ

ケチにされた「思うしぬべき」も、「思ひ鬱《うん》じぬべき」と読んで採用することも可能である（「全歌（後藤）」）が、「思ひそす」の方が文脈の流れが良い。ひょっとすると思い過ごしかもと自省するまでに思い詰めている「わが身」の自覚である。**○上ずめくかな** 上流婦人ぶっている。お高くとまっている。身分境遇を越えて上衆めく。式部の長期の里下がりに対する非難である。**○いひける人** 批判する人。噂していた人。意地悪な反目を口にする人。**○わりなしや** 無理もないことだ。どうしようもないことですよね。そう判断する根拠を二句以下に詠み出す。**○人こそ人といはざらめ** 人様は私を人並みに見ないだろうが。「いはざらめ」は逆態接続で、下句に続く。**○みづから** 私自身が。「人こそ」の「人」と対峙する「私」。**○身をやおもひすつべき** 我が身を見捨てる事などとても出来ない。「や」は反語。

〔補説〕「かばかり思そしぬべき身を」は、今度の出仕に関わり、あるいは自分の思い過ごしかと自省するまでに思い詰め、身を引いている「わが身」の痛烈な自覚の言である。

一昨年末の初出仕の後、「憂き身」故の心理的衝撃を受けて早々に退出して後、口を交わした仲間の誘いにも乗ることなく、又その翌春の中宮からの歌の所望にも、出仕の心動かず、晩春になってもなお弁の君の出仕打診を拒絶している。すっかり籠居して、容易に姿を見せようとしない式部の挙動は、人目を引くに十分なものがあったろう。再出仕が危ぶまれるほどのものであった。

ところが、また、新たな情報が、どういうルートでか、籠居する式部の耳に届く。その噂の出所はよく判らないが、式部の身の振り方について身分不相応だという非難である。具体的には、前歌に見られる長期にわたる里下がりを指していると読むのが自然である。

「源氏」桐壺巻で、帝寵を妬む人々の虐めに遭って自室に下がり籠もりがちな上流人、桐壺更衣（大納言女）は、次のように書かれている。

初めより、おしなべての上宮仕へし給ふべき際にはあらざりき。おぼえいとやむごとなく、上衆めかしけれど、わりなくまつはさせ給ふあまりに、……おのづから、かろきかたにも見えしを……。

後宮の桐壺更衣は自室に籠ってこそ上衆なのに、寵愛の余り、上宮仕へに引き出されること多く、為に、軽く見られ、一層迫害される因を作ったとある。ここでの式部は、その逆で、上宮仕えせず、自宅に籠もり続けているので、「（上宮仕えを喜んですべき受領風情なのに）上衆めいた振舞いをして」と、また非難される。更衣のまねごとをしているような式部に映ったのであろう。当時、すでに桐壺巻が流布していれば、この非難はかなり意地が悪い。彼女の反発、抵抗は必至であったろう。

批判は二点。身分不相応な出仕と里下がり。必要以上に身を屈して引く式部に、重ねての悪口。式部は思う。上衆とは無論言えぬ、しかし、人並みに生きたい。身分・境遇は痛い程分かっている。だから必要以上に慎んで身を引いている。身の程以上に生きようとは思わぬ。しかし、また今度は逆に、身を引き籠もっている事を非難された。それでは出仕を止めることしか道はないことになり、身の程以下に生きることも我慢出来ない、である。ここまで言われては黙っておれない。式部の反発宣言であろうか。身の程以上の思いは胸中に畳み込み、身の程以下の思いは切り捨てる。大きな決断と言えよう。この内心の葛藤を秘めたまま、その三月末頃、ことばとして書かれては居ないが、再出仕に踏み切ったと思われる。何故なら、次の63・64歌は同年五月の歌と判断されるが、その歌内容はここまでの引き籠もり歌群と異質の贈答だからである。なお、次歌〔補説〕でも言い添えたい。

63

くすだま〔を〕おこすとて

しのびつるねぞあらはる丶あやめぐさいはぬにくちてやみぬべければ　E

返し

64

けふはかくひきけるものをあやめぐさわがみがくれにぬれわたりつる　E

〔校異〕ぬれわたりつる—ぬれわたりつゝ（陽）

〔現代語訳〕（友が）薬玉を送ってよこした時の添え歌

いつもは水の下にあって姿を見せぬ菖蒲草の根も今日ばかりは現れ出ることです。私も今まで籠めていた忍び音（ね）を上げ、胸の内をはっきり出したいと思います。このままでは菖蒲が沼に朽ちるように、言わないまま終わってしまうに違いありませんから。

　私の返事

五日の今日は、このように（私のために）菖蒲草を引き抜き出して、思いをあらわして頂き、ありがとうございます。我が身の方は、引き出して頂きながらも、水に漬かった菖蒲のように、相変わらず涙がちな日々を送っております。

〔語釈〕**○くすだま** 五月五日の端午の節句の日、邪気払い・不浄払いのために、室内の簾や柱などに掛けた飾り物。薬草や麝香・沈香など香料を玉にして錦の袋に入れ、菖蒲・蓬などに結び付け、長い五色の糸を結び垂らした。**○おこす** 送ってよこす。同僚・友達の所為であろう。**○しのびつるね** 水中に隠れていた菖蒲の根。それに心の中に秘めていた忍び音（声）を掛けている。**○あやめぐさ** 菖蒲草。季の物。サトイモ科。古代あやめ。花菖蒲とは別物。五月五日に、除厄・除災を願い贈答する。「あやめ（心の文目、白黒の分別）」を掛けている。**○いはぬ** 言わぬ、の「ぬ」に、「沼《ぬ》」を掛ける。**○くちてやみぬべければ** 朽ちはててそのままになってしまうに違いないから。「ぬべし」は、……に違いない、の意。**○けふはかく** 「かく」は薬玉に添えられた菖蒲草の送達を指す。私のためにこのように引き抜いて贈って下さった、の思い。**○ひきける** 菖蒲草を「引く」に、わが身を「引く（＝引キ出ス）」の意が掛けられる。式部の再出仕を示している。**○わがみがくれ** 「みがくれ」には、「我が身」と「水隠れ」を掛け合わせている。**○ぬれわたりつる** 草は水に、また、我が身は水（涙）に「濡れ渡る」の意。

〔補説〕くす玉に添えて贈られた63番歌の主は、家集の「おこす」の用例から同等同格の人（全評釈）と思われるが、前出の同僚女房「宮の弁」とは全くの別人である。宮仕えを慫慂する「弁」に引き比べ、心の憂えを式部に訴えかける人だからである。型としては後の70・71の贈答に近く、ある憂えごとをこころに秘めながらも言い出しかねていた心境を端午の節句の贈り物に託して披瀝し、式部に訴えたのであろう。

対して、式部の返事は、自分のために引いてくれた菖蒲草の送達に感謝しつつも、今なお内々、心沈む日送りの近況を詠み返し同調している。しかし、この友の愁訴は確実に式部に届いたと言えよう。この返し歌の詠出それ自体が、明徴している。

式部は、このくす玉をどこで受け取ったのだろう。式部の移動の跡を追うと、

56　「はじめてうちわたりをみるにも」と初出仕。

57・58　「まだいとうひ《ゐ》〳〵しきさまにて、ふるさとにかへりてのち」と里下がり。

59　「正月十日のほどに、はるのうたゝてまつれとありければ、まだいでたちもせぬかくれがにて」

60・61　「やよひばかりに、宮のべんのおもと、いつかまゐ《い》りたまふなどかきて」

そして、62「かばかり思そしぬべき身を」と承けての独詠があった。57以降は明らかにすべて自邸での詠である。

ところが、この63・64の贈答は「自邸」での趣は一切なく、また、続く65歌は「つちみかどのにて、三十講の五巻、五月五日にあたれりしに」とあって、それ以下には、寛弘五年五月の中宮の里、土御門邸出仕歌が並ぶ。従って、それらに先立つ63・64の贈答は、歌詞表現（端午節句）から見てその土御門第でのこととは思われず、その前年寛弘四年（一〇〇七）の五月のことになろう。そして、その場所は、五年四月十三日に一条院内裏から土御門邸に出御した中宮の動静から判じて「一条院内裏」と考えられよう。従ってすでに式部はこの寛弘四年五月時点で中宮のもとに再出仕していたのである。先立つ62番歌で居直りとも見える感懐を洩らし、内心の葛藤を秘めたまま、断固として出仕に踏み切ったのであろう。寛弘四年晩春三月末ごろと思われる再出仕の後、一条院内裏で初めて迎

えた五月節に、式部は新しい同僚から思いがけぬ友好・同憂の情を披瀝された。その歌主は誰だろう。式部の再出仕に当たり、彼女の前に新しく姿を見せ始めた人物である。詳細は不明だが宮仕えの憂えを抱き続けていたという。同様に「身の憂さ」に苦しみつつも再出仕した式部に、それを打ち明けてきた。それが63番歌である。後の70・71の贈答歌と内容上類似共通する思いが流れているので、あるいは、その贈歌の主、小少将かとも思われるが、今は、とりあえず、「同憂の友の出現」と読んでおこう。式部の宮仕人意識は、このあたりから自覚的になる。

つちみかどどのにて、三十講《かう》の五巻《くはん》、五月五日にあたれりしに

たへなりやけふはさ月のいつかとていつゝのまきのあへる御のりも　E

〔校異〕　陽明本付載日記歌

三十講の五巻五月五日なりけふしもあたりつらむ提婆品をおもふにあした山よりもこの殿のさためにや木のみもひろひをかせけむとおもひやられて

たえなりやけふはさ月の五日とていつゝのまきにあへるみのりも

〔現代語訳〕　土御門殿で、法華三十講が行われ、その第五巻の法要が丁度五月五日に当たっていたので、まことに霊妙な思いに取り付かれております。今日は五月五日ということですので、法華経至高の第五巻が丁度この日に宛てられた御修法という点につけましても。

〔語釈〕　**○つちみかどどの**　土御門殿は、藤原道長・倫子夫妻の居邸。もと、左大臣源雅信の第宅であったが、その長女倫子の婿となった道長が、雅信夫妻の一条第移居の後を襲い、移り住んで倫子と同居同棲を続けた。その長女の一条帝中宮彰子は懐妊のため、寛弘五年四月ここに出御して三十講法会に参列し、九月ここで皇子敦成親王を産んだ。土御門（上東門）大路の南、東京極大路の西に位置したので、上東門第とも、京極殿ともいう。この居宅

名称に関する考察は松村博司『栄花物語全注釈二』183頁に詳しい。**○三十講**　法華経八巻二十八品の前後に、開経・結経の二巻を加え、一日一、二品を三十日または十五日で講演論義した法会。この寛弘五年の三十講は、四月廿三日に始まり、五月廿二日に結講した。（御堂関白記）**○五巻**　法華経第五巻。女人成仏を説いて当時尊ばれた第十二品「提婆達多品」は、この第五巻に含まれており、それがこの五月五日に講じられたのである。**○たへなりや**　至妙極まりないことです。倒置法表現。**○いつゝのまきのあへる**　第五巻法要が、その日にぶつかった。その五月五日に執り行われる事になった。**○御のりも**　「御のり」は御修法。御誦経。御法会。御講会等、広く仏法及びその行事を指す。「源氏物語」第四十巻「御法」もこの意味である。助詞「も」は、第五巻は霊妙の経文だが、それが五月五日に講ぜられることになったことまでも尊い限り、と讃仰するのである。

〔補説〕　寛弘五年五月の道長邸で行われた法華経三十講供養を讃仰する歌である。当日の盛儀は、「御堂関白記」に詳しい。

この65番歌から71番歌までの、その三十講時の詠歌群については、資料に異同があって、容易に決着を見ない。

底本「集」	陽明本「集」	現存「日記」
65たへなりや	なし（日記歌トシテ付載）	なし
66かゝり火の	なし（日記歌トシテ付載）	なし
67すめるいけの	なし（日記歌トシテ付載）	なし
68かけ見ても	あり	なし
69ひとりゐて	なし	なし
70なへて世の	なし（日記歌トシテ付載）	なし
71なにことゝ	なし（日記歌トシテ付載）	なし

即ち、五月五日、六日両日にわたる右七首詠の内、陽明本では、六首が本行に無く、内五首は巻末に「日記歌」

として付載されている。ところが「日記歌」として記録されたその五首を含めて右の全七首すべて、現存「紫式部日記」には見えない。ならば、陽明本付載の「日記歌」の「日記」とは何か。寛弘五年秋七月より起筆する現行「紫式部日記」の首部欠落部分と見るか、または、それとは別の作品の一部か。従来より論議の絶えない問題である。底本では、とにかく七首すべて揃っている。

また、陽明本の本行中に見える唯一の「かけ見ても」の歌の詞書は次の通りである。

土御門院にてやり水のうへなるわたとの、すのこにゐてかうらんにをしかゝりてみるに

と簡略で、歌も身の憂さに終始し、法会の気配はほとんど窺われない。即ち陽明本本体では、この夏五月の法華三十講の記述が全く無いと言っていい。主家行事頌賛の歌は外したのかと見ると、この秋の中宮安産時の産養の折りの祝賀の歌は何首も挙げている。不審である。夏の法華法要が秋の安産祈願に直結していることは誰の目にも明らかなのに。

その点のみについて言えば、底本の記載はとにかく統一が取れている。彰子中宮家女房としてなすべき式部の役割は貫かれている。自身内面の深い思いは別にして。

その夜、いけのかゞり火に、みあかしの
ひかりあひて、ひるよりもそこまで
さやかなるに、さうぶのかいまめかし
うにほひくれば

かゞり火のかげもさわ《〔ほ〕》がぬいけ水にいくちよすまむのりのひかりぞ　E

〔校異〕　陽明本付載日記歌

いけの水のたゝこのしたにかゝり火にみあかしのひかりあひてひるよりもさやかなるを見おもふことすくなくはをかしうもありぬへきおりかなとかたはしうち思めくらすにもまつそ涙くまれける

かゝり火のかけもさはかぬ池水にいく千代すまむのりのひかりそ

〔現代語訳〕　その日の夜、池の篝火に、仏前の灯明の光が照り添い輝いて、昼間以上に池の底まで明るいが、その上菖蒲の香が、五月の節句らしく匂ってくるので

映る篝火の火影までそよとも乱れぬ鏡のようなこの池水に、今夜の法灯は、幾千年にもわたり、澄み切ったまま、明るく影を落とし続けることでございましょう。

〔語釈〕　**○その夜**　五月五日の夜。**○いけのかゞり火**　土御門殿南庭の池のそばに設置された篝火。池中に映る篝火も含めての表現。**○みあかし**　法会の仏事の灯明。仏前や回廊に掛け廻らされた釣り灯籠の類。**○ひかりあひて**　照り映え合って。**○そこまで**　池の水底まで。**○さうぶのか**　菖蒲の香り。菖蒲は、「あやめ・あやめぐさ」とも言い、よもぎとともに、邪気を払う効能ありと信じられて、軒に葺き、鬘として頭に付けた。63歌〔語釈〕参照。**○いまめかしう**　時機を得顔に。五月五日の端午の節句当日にふさわしく、の意。**○かげもさわがぬいけ水に**　波一つ立たない鏡のような水の面に。静謐な水面に、世の平穏と主家の安泰の相をイメージしている。**○すまむ**　「澄まむ」に「住まむ」を掛けている。**○のりのひかり**　法灯の光り。仏法の加護を思い描き、祈念している。

〔補説〕　引き続き、土御門邸三十講法会のありがたさを賛嘆する。宮仕え女房として、主家の平安を祈るのは必然。職務でもある。仕える彰子中宮の出産も控えているので、一層のことである。法要の盛大さ・規模の広さ・照度の明るさは、すべて道長、倫子家への祈りに向けられている。

65・66両首は、私情は伏せて、中宮家女房として詠み出した奉献歌である。続く次の67番詞書「おほやけごと」とは、それをいうのであろう。

なお、詞書の「さうぶのかいまめかしうにほひくれば」の一文は、歌に直接の関係がなく「不必要なもの」で、紫式部の文章らしくなく、別人の筆かと、清水好子「紫式部集の編者」(『国文学』昭47・3)は疑う。しかし、原「紫式部日記」を資料として書かれたともされている「栄花物語」初花巻の三十講記事にもこの一文は見えていて、直ちに別人の筆とも言えず、本家集にあって不思議ではない。「さうぶ(菖蒲)」に除災・除厄の効果を求める思いは、年中行事とはいえ、無事安泰のその一年が積み重なってこそ幾千年の長寿繁栄が期待されるというもの。その強い香りが今日五日の節句の夜に匂ってきたので、と詠歌の動機付けを強化したものである。「いまめかしう」の一語に意味があるのだ。「不必要なもの」ではない。また、次歌詞書の「おほやけごとにいひまぎらはすを」につき、なにを「いひまぎらはす」のか説明が欲しい、と清水は言う。「この左注はかなり唐突だ」ともいう。しかし、66・67両首を、こういう注釈書類のように一首一首を切らないで、連続した歌群として歌物語のように読めばこの疑問は解消する筈である。

67

おほやけごとにいひまぎらはすを、む
かひたまへる人は、さしもおもふことも
したまふまじきかたちありさま
よはひのほどを、いたうこゝろふかげに
おもひみだれて

すめるいけのそこまで〔こ〕てらすかゞりひのまばゆきまでもうきわが身かな　E

【校異】陽明本付載日記歌

おほやけことにいひまきらはすを大納言君

すめる池のそこまてゝらすかゝり火にまはゆきまても憂わか身かな

〔現代語訳〕 そのように（私は）お仕え人として私情を抑えて詠み上げましたが、向かいにいらっしゃるお方は、その容姿といい、外見といい、年齢といい、さして案ずることなど無さそうでいらっしゃるのに、ひどく心の奥深く悩み続けておられて（詠まれた歌）

澄み透った池に映り、その底まで照らし出している篝火の眩さですが、その光りに照らし出されて居たたまれぬまでに辛い我が身の上でございます。

〔語釈〕 **○おほやけごとにいひまぎらはす** 前の66番歌をうけての言辞。「おほやけごと」とは公務としての詠歌。女房として主君に寄せる献詠歌。奉献・披露されることを前提として詠み出す賀歌。「いひまぎらはす」は私情は抑えて表に出さぬことを指す。私は私心を抑え伏せたが、「むかひたまへる人は……心ふかげにおもひみだれて」、と続く文脈。**○むかひたまへる人** 同じく御前に伺候している同僚を指す。「たまへる」の敬語表現から、心置かれる同僚の趣である。陽明本付載の「日記歌」によると、大納言の君。（中宮の上﨟女房。参議左大弁源扶義の女、廉子。倫子の姪に当たる。敦成親王誕生の御湯殿儀では、迎え湯の役を務めた側近）**○さしもおもふこともものしたまふまじき** それほどお悩みになることもなさそうな。次の「かたち（容貌）」「ありさま（外見・容姿）」「よはひ（年齢）」について言う。**○こゝろふかげに** 心の底から。本心で。**○すめるいけの** 前歌と同様、「澄める」「住める」の掛詞。**○まばゆきまでも** この句は、篝火の「眩さ」を受け、「眩いまでの」憂き我が身に繋ぐ。

〔補説〕 盛明の法要を賛嘆する式部の前歌に対し、同座の友は、この法要の眩さを我が身に振り向けている。身の憂さを嘆く友の心は、式部とて共通感情を持ち続けていて、十分共感できるはずだが、その私情は抑えて出さず、「おおやけごとにいひまぎらはす」手法を身につけた式部の姿が浮かび上がる。本音と建て前をはっきり使い分ける意識である。式部の職掌や内面の考察にあたり、注目すべき一段と言えようか。あるいは、62番歌に割り切った再出仕の決意を思い返すべきかも知れない。身の程以上でも以下でもない。上も向かず、下も向かない。対外的には宮仕え人として振舞い、心内では「身」の程を受容するしかない思いが一層募っているようである。

対する歌主が陽明本にあるように大納言の君ということであれば、中宮側近中の側近の上﨟女房であり、現存「日記」によれば、中宮お産の二日前から、北廂の中宮産室の西側の部屋に近侍し、御湯殿儀では、若宮迎え湯の役を務め、五十日祝の折には、若宮のまかない役を果たし、宮中還御の折は、若宮を抱く乳母に次ぐ車に乗って参内している。また、人品も

　大納言の君は、いとささやかに、ちひさしといふべきかたなる人の、白ううつくしげに、つぶつぶと肥えたるが、うはべはいとそびやかにて、髪、丈に三寸ばかりあまりたるすそつき、髪ざしなどぞ、すべて似るものなくこまかにうつくしき。顔もいとらうらうしく、もてなしなど、らうたげになよびかなり。

とあり、「栄花物語」初花巻によれば、源則理と離婚後、中宮に出仕し、道長に寵愛され目立つ存在だったという。本集117番歌では、かつて御前近く共に近侍したこの君との思い出を、式部は里で恋しく懐かしく追想している。やや遠慮を置きながら深い親近感を寄せていた宮廷の上席同僚である。

底本で「むかひたまへる人」と具体名の明示を避けたのは、公私を使い分ける小賢しい自分と並べることに、遠慮・躊躇の気配りを見せた結果であろうか。次歌の小少将ほどにうち解けた親しい仲ではなかったとも言えようか。

やう〳〵あけゆくほどに、わたどのに
きて、つぼねのしたよりいづる水を、
かうらんをおさ《〔こ〕》へて、しばし見ゐたれば、
そらのけしき、はる秋のかすみにも

きりにもおとらぬころほひなり。
こせうしやうのすみのかうしをうちた、きたれば、は〔ゝ〕なちてお〔を〕しおろしたまへり。もろともにおりゐて、ながめゐたり。

68 かげ見てもうきわがなみだおちそひてかごとがましきたきのお〔を〕とかな　E

返し

69 ひとりゐてなみだぐみける水のおもにうきそはるらんかげやいづれぞ　E

〔校異〕 やう〳〵あけゆくほとに……なかめゐたり―土御門院にてやり水のうへなるわたとの、すのこにゐてかうらんにをしかゝりてみるに（陽）　返し　ひとりゐて……かけやいつれそ―ナシ（陽）

〔現代語訳〕 次第に夜も明けて行く頃になって、渡殿の自室に下がってきて、部屋の下から湧き出る泉を手すりに寄りかかってしばらく眺めていると、夏の朝空の景色は、春の霞や秋の霧にも劣らぬ素敵な頃おいです。

小少将の君の部屋の、隅の格子戸を叩いてみたところ、鍵を外して上の戸（半蔀）を押し出して私を見届け、引き下ろし閉じられた。そこで、誘い出して一緒に泉端に降りて座り、眺めていたことでした。

遣水に映った我が身の宮仕え姿を見ても、身の憂さを悲しむ涙が流れに零れ落ち添い、一段高まる滝の音が、あなたが泣くからよと言わんばかりに大きく聞こえることです。

小少将の返し歌

一人座り込んで涙ぐむ人影を映し出していた水面に、浮かび出て、憂さを添える今ひとつの影は誰のかしら。誰のでもない、私のよ。

〔語釈〕 **○わたどの** 寝殿から対屋（ここでは東の対）に渡された北の渡廊。式部は中宮御前よりそこに降りてきたのである。なお、式部の局は、この時点、東の対屋の西廂北端にあったか。渡廊の北側に設けられた三室の中間室にあったか。萩谷「全注釈」上67頁に詳細な検討がなされている。**○つぼねのしたよりいづる水** 式部の局の下にあたるところに庭の遣り水の泉源があった。**○かうらん** 渡殿の南側簀の子の欄干。**○はる秋のかすみにもきりにも** 霞の春景、霧の秋景は四季の佳景の代表。**○こせうしゃう** 小少将の君。彰子中宮付の上臈女房。源時通の女で、倫子の姪にあたる。大納言の君（廉子）とは従姉妹の関係。敦成親王生誕御湯殿儀の折りには、御佩刀持ちの役を務めた。**○すみのかうし** 隅の格子戸。小少将の局は、渡廊北側の三室の東端にあったか。**○ゝなちて** 放ちて。鍵（掛け金）を外して、の意。（参考）「格子はなちて入れ奉る」（源氏・末摘花）「右近、妻戸放ちて入れ奉る」（同・浮舟）**○おしおろし** 半蔀風の上部格子戸を押し出して、訪問者を確認して、また下ろす。女性でも操作できるような軽量の仕組みであろう。**○おりゐて** 渡廊より降りて、下を流れる遣り水のほとりに座り込み。「おり」は、「遣り水のほとりに」とも「簀の子に」とも考えられよう。**○かげ見ても** 式部の歌。水に映るわが姿を見ても。**○おちそひて** 涙が水の流れに落ち加わって。**○かごとがましき** 不平不満を訴えかけているような。流水の音の高く大きい様を言う。**○たき** 遣り水に造られた段差ある流れ。立つ音を聞いて楽しむ趣向。**○返し** 小少将の返し歌。**○ひとりゐてなみだぐみける** 紫式部の孤愁の姿を指す。**○うきそはるらん** 「うきそはる」は、浮いて加わる、の意に、憂さが加わるの意を添える。「らん」は現在推量。

〔補説〕 明ければ、五月六日の暁である。饗宴が果てて渡殿の自室に下がった式部は、夏の朝の美景に心奪われて、同じ渡廊の部屋に住む小少将の君を誘って、遣り水の泉のほとりに降り立つ。宮仕えする我が身の憂さを詠み合い、同調共感し合う。

従来、諸注の乱れ合う、「すみのかうしをうちたゝきたれば、はなちておしおろしたまへり」の部分は、南波「全評釈」の解が妥当であろう。「紫式部日記」寛弘五年十月下旬、中宮権亮、藤原実成が式部と同室する宮の内侍を訪ねてきた次の場面の記述が参考になる。

この渡殿の東のつまなる宮の内侍の局に立ち寄りて、「ここにや」と案内したまふ。宰相（著者注、実成）は中の間に寄りて、まださささぬ格子の上押し上げて、「おはすや」などあれど、いらへもせぬに、大夫（斉信）の、「ここにや」とのたまふにさへ、聞きしのばむもことごとしきやうなれば、はかなきいらへなどす。

すなわち、これは、外に居る宰相が、錠の掛けていない半蔀上部の格子戸を押し上げて、内部を確かめた事例だが、68番歌では、内に居る小少将が、内部から挿されていた錠を外して格子戸の上部（半蔀）を押し出して外の簀の子を覗き見、私の姿を確かめ、引き下ろし閉じた、と言うのである。

あかうなればいりぬ。長きねをつゝみて

70 なべて世のうきになかるゝあやめぐさけふまでかゝるねはいかゞみる　E

かへし

71 なにごとゝあやめはわかでけふもなほ〔を〕たもとにあまるねこそたえせね　E

【校異】 陽明本付載日記歌

五月五日もろともになかめあかしてあかうなれはいりぬいとなかきねをつゝみてさしいてたまへり小少将君

なへて世のうきになかるゝあやめ草けふまてかゝるねはいかゝみる

返し

なにこと、あやめはわかてけふも猶たもとにあまるねこそたえせね

〔現代語訳〕（そして）夜も明けはてたので、部屋に入りました。長い菖蒲の根を包んで、それに添えて詠まれた（小少将の君の）歌

いつも泥水の中を流れる菖蒲草ですが、五日を過ぎた今日までもこのように引き抜かれて懸けられる根のように、何に付けても世の中の憂さ辛さに泣かされて、今日もこんなに泣き続けるばかりの私を、あなたはどう御覧になりますか。

私の返事

なぜ泣けてくるのか訳も分からぬままに、六日の今日もまた、頂戴しました袂よりも長い菖蒲の根同様に、涙を袂に包みきれぬほど長泣きをし続ける私の声音は絶える間もございません（あなたと同じでございます。）

〔語釈〕　**○あかうなればいりぬ**　明かるくなったので局に入った。夜もすっかり明けはなれたので部屋に戻った。五月五日の翌朝のことである。前歌文に引き続き、日記文・物語文的な叙述形式。**○長きね**　菖蒲の根はその長さを賞美し競い合った。**○なべて……の歌**　陽明本付載日記歌では、小少将の君の歌とある。底本にその指示は無いが、前歌よりの流れで、小少将の詠歌と判る。**○うき**　うき（泥水）とうき（憂き）の掛詞。**○なかるゝ**「流るる」と「泣かるる」との掛詞。**○かゝるね**「懸る根」と「斯かる音」の掛詞。五日の節句で、菖蒲は軒端や床柱に懸けられた。**○なにごとゝ**　その原因は何事かと。なぜそうなるのかと。**○あやめ**「菖蒲」に「文目（模様・道理・区別）」を掛ける。「あやめを分く」は、区別する・判別する、の意。**○たもとにあまるね**「袂の長さを越えるような長い根」に、「袂に涙を包みきれぬほどに泣く声音」を掛けている。参考、源氏・明石「いともかしこきは、田舎びて侍る袂に、つつみあまりぬるにや、さらに見給へも及び侍らぬかしこさになむ」。

〔補説〕　五月六日の朝、時機遅れに引かれた菖蒲草の長さにこと寄せて、いつまでも引き続く身の憂さを共感し合

う二人の思いの贈答である。菖蒲草の根は通常空間的な長さを競うが、小少将は、それを時間的な長さにとりなして、一日伸びた憂いの思いを詠み上げ、あなたの思いは賞美・憂愁いずれぞと、式部に問いかけたのである。前日の法華三十講法要の賛嘆の歌（65番歌）に始まり、省みて我が身の憂さで閉じめる侍女生活の一連の歌群である。

小少将の君は式部の最も気の合った上席同僚で、「日記」にも「集」にも頻出する。出自として時通女説が有力だが、近く、扶義養女説も提出されている。（安藤重和「大納言の君・小少将の君をめぐって」〈『中古文学』63号所収〉。但し、大納言君については課題が残る。）

「日記」によれば、中宮お産の二日前から、北廂の中宮産室の西側の部屋に近侍し、御湯殿儀では、若宮御佩刀取り持ち役を務め、生誕五十日祝にも大納言君らとともに近侍し、内裏還御の折には、大納言君の車に続く上臈女房車に乗り、宮中細殿では式部と同室住まいして、続く敦良親王生誕五十日祝にもお仕えしている。

彰子中宮側近の上臈女房の一人で、同室することの多かった式部による人物評は次の通り。

小少将の君の、いとあてにをかしげにて、世を憂しと思ひしみてゐたまへるを、（中略）父君よりことはじまりて、人のほどよりは、幸のことなくおくれたまへるなんめりかし。

小少将の君は、そこはかとなくあてになまめかしう、二月ばかりのしだり柳のさましたり。やうだいいとうつくしげに、もてなし心にくく、心ばへなども、わが心とは思ひとるかたもなきやうにものづつみをし、いと世をはぢらひ、あまり見苦しきまで子めいたまへり。腹きたなき人、あしざまにもてなしいひつくる人あらば、やがてそれに思ひ入りて、身をも失ひつべく、あえかにわりなきところついたまへるぞ、あまりうしろめたげなる。

小少将の「身の憂さ」の根源となる家庭環境（幼少時に父を出家で失う）やその受動的で可憐な人柄について、このように直接に言い触れている。誰しも源氏物語の女三宮を想起する人物である。

うちに、くひなのなくを、七八日の夕づく夜に、こせうしやうのきみ

72　あま〔と〕・のとの月のかよひぢさゝねどもいかなるかたにたゝくくひなぞ　E

返し

73　まきの戸もさゝでやすらふ月かげになにをあかずとたゝくゝひ〔ゐ〕なぞ　E

〔校異〕　ナシ

〔現代語訳〕　宮中で、水鶏の鳴くを聞き、七、八日の夕月の掛かった夜、小少将の君から、

ここ宮廷では、大空を渡る月の出入り戸に錠も下ろしてないのに、（一向内に入らず、いつまでも叩く音が聞こえるが、さて）どちらで叩く水鶏でしょうか。（あなたの処かしら？）

私の返歌は

ご指摘の「天の戸」ばかりか、私室の真木の戸口も錠を下ろさず閉めかねているほどの、光り収まった美しい半月の夜なのに、「何が飽かず（飽キ足リズ）、何が開かぬ」と叩く水鶏でしょう。（妙な水鶏さんね！、私は一人で美しい空を見ているだけなのよ。）

〔語釈〕　**○うちに**　内裏で。宮仕え先の宮中で。式部らが土御門邸より内裏（一条院）に移っての事と分かる。**○くひな**　詩歌に詠まれた「くひな」は多くヒクイナ。夏の代表的な鳥で、繁殖期になると雄は戸を叩くような鳴き声を立てる。その戸を叩くような声音に女の家を訪う風流男を見立てるのは、王朝人の常識。枕草子「鳥は……あうむ……ほととぎす。くひな。しぎ」。**○七八日の夕づく夜**　月齢七日、八日ごろの夕月の出ている夜。夕月は、夕方には既に空高く掛かり、夜半には早々と沈む月。上旬の半月。**○こせうしゃうのきみ**　小少将の君。前

歌注参照。**○あまのとの**　天の戸の。「天の戸（門）」は、宮中の大門、に、大空の月日の行き通う門戸を掛ける。底本72歌初句「あまとのとの」は明白な衍字、ために「あまのとの」に改める。**○さゝねども**　錠を下ろしていないが。すぐに開けられて叩く必要もない筈なのに、の意。**○いかなるかたに**　どちらの方角で。暗に、あなたの処ではないか、と、恋人の来訪かと訝る思いを含む。「かた（方）」には水鶏の縁語「潟」が懸けられている。**○まきの戸も**　真木の板戸。「まき（真木）」は筋目の通った良木で、「かたき（片木）」の対。式部の局の戸を指す。**○やすらふ**　躊躇する。閉めかねている。半月があまりに美しいからである。また、歌の趣としては、恋人の訪れを待つ思いも含む。南波「文庫」は「君や来む我や行かむのいざよひに真木の板戸もささず寝にけり」（古今集・恋・六九〇）をふまえるとする。**○なにをあかずと**　「あかず」には、「飽かず」と「開かず」とを掛けている。何が不満で、の意と、何が開かぬとて、の意を掛け合わせている。

〔補説〕　内裏では、人の出入りが多い。戸を叩くに似た水鶏の鳴き声にこと寄せて、恋人の訪れを風刺し合うような詠み口は、さして珍しいとは言えぬが、ここは、宮仕え女房の二人が、互いに牽制の戯れを交わし合っているところに、うち解けた親近感が流れている。宮中住まいに移って、そこで近くの局に別れ住む小少将と式部との交流である。

ただし、次の74・75番の贈答歌を、右の贈答歌に続く詠と考える時、式部の返歌は、小少将の君に対しては、親しさ故のおとぼけの返しを、また内裏の仇男に対しては気の利いた痛撃をしたこととなろう。そして、この読み解きは詠歌年次の考察と連動する。

南波「全評釈」は、この両贈答歌を同じ内裏詠とは見ず、72・73歌については、「うちに」の語から内裏住まいの時、74・75歌については、陽明本「日記歌」や現行「日記」等に見える「わたどの」の語から土御門殿住まいの時と見、しかも両者に大きな時間的隔たりがないと認定する時とした上で、中宮の動静から、72・73の小少将との贈答歌は、寛弘五年なら、四月十三日から六月十三日まで中宮は里下がりなので、式部の内裏住まいは四月しかない。が、『御堂関白記』によると、四月七、八、九の三日間は「雨下」とあって、夕月夜賞美の条件に合わない。従って五年ではない。

寛弘六年は、中宮が六月十九日から十二月二十五日まで土御門殿に里下がりしているので、時期的に適当する。

右の前後の年はいずれも条件に合わない。

これに対して「全歌（後藤）」は、次の74・75の贈答二首は五年説が有力だからとして、その前に位置する小少将との贈答も「寛弘五年の可能性を検討すべき」かとする。

と判じて、南波「文庫」では、この小少将との贈答を寛弘六年六月七八日ころ（「全評釈」では、四月から六月の間のこととする。（74・75の贈答歌は、六年六月十九日以降とする。）

私は、本書の立論上、底本をさて措いて、陽明本付載「日記歌」や現行「日記」の記述（「わたどのにねたる夜」）を採用することはできない。従って、次段で詳述するが、次の74・75の贈答歌は、この72・73の「うち（内裏）」での贈答と一連で読まれるべきものであり、「土御門殿住まいの時」と読むべきではないと思う。従って74・75歌のやりとりは、寛弘六年のことと拘ることは一切ない。底本の叙述に従って読むのが正しい。そして、底本では、この部分の前も後も、ともに寛弘五年の記事であることにも留意しよう。

ただ、この段を寛弘五年と読む場合、右に掲げた南波推論、即ち、五年なら式部の内裏住まいは四月しかなく、しかもその七八日は雨のため条件に不適合、という一点のみが課題として残る。この推論は妥当で、従うしかないが、にもかかわらず寛弘五年と読むならば、七月七八日のことと読むことになる。「くひな」は一般に夏の風物として詩文に登場するので、七月では秋に入ってのことになる。節月で見ても、同年の立秋は六月二十七日で、すでに秋の季に入っている。従ってどう読んでも「初秋のくひな」を詠んだことになるが、夏が過ぎてもまだ旬日のことであり、六月の季題に上る自然生物「くひな」の鳴き声はあげつらうほどの条件齟齬ではなかろう。まして「あま・《〔と〕》のとの月のかよひぢさゝねども」「まきの戸もさゝでやすらふ月かげに」と美しい半月の夜を詠むやりとりであってみれば、七月七・八日、即ち七夕の夜の恋人の訪れを風刺し合う贈答と読むことも許されないことではないであろう。「御堂関白記」「権記」などを見ても、その夜の降雨の記事は無い。私は寛弘五年七月のことと読む。今夜は両星相逢う七夕の夜、となれば、右の女房二人の戯れの背景も整うことになる。

夜ふけて戸をたゝきし人、つと
めて

74 夜もすがらくひなよりけになく〳〵ぞまきのとぐちにたゝきわびつる　E

かへし

75 たゞならじとばかりたゝく、ひなゆゐ《〔へ〕》あけてはいかにくやしからまし　E

〔校異〕 陽明本付載日記歌

わたとのにねたる夜戸をたゝく人ありときけとおそろしさにをともせてあかしたるつとめて

よもすがらくひなよりけになく〳〵とまきのとくちをたゝきわひつる

返し

たゝならしとはかりたゝくくひなゆへあけてはいかにくやしからまし

〔現代語訳〕 深夜、私の部屋の戸を叩いた人が、翌朝になって

昨夜は夜通し、水鶏の鳴くより一層激しく泣き続けながら、あなたの部屋の真木の戸口で、いやというほど叩き続けたことでした。

私の返歌

とてもただ事とは思えぬ程に戸を叩くばかりの水鶏ですもの、それにつられて戸を開けたりしたら「ただ」の水鶏で人影はなく、夜が明けて後、どんなに悔しい思いをしたことでしょう。

〔語釈〕 **○夜ふけて** 深夜に及んで。夜も遅くなって。**○つとめて** 翌朝。早朝。**○けに** 異に。格別。**○なく〳〵ぞ** 水鶏が「鳴く」に、自分が「泣く」を掛ける。**○たゝきわびつる** 叩きあぐねておりました。**○たゞならじとばかりたゝくゝひなゆゑ** 戸の叩き方だけはただ事とは思われぬ水鶏だから。**○あけては** 戸を「あけては」に、夜が「あけては」を掛ける。**○くやしからまし** 「まし」は反実仮想の助動詞。「あけては（＝アケタナラバ）」の仮想に応じる。現実としては「あけなかった」から、悔やむこともなくてよかった、の意を込める。開けたら「くひな」ぐらいの「ただなる」人（水鶏程度のありきたりの色男、ましてや彦星とはとても言えぬような人）で悔やむことになったろう、の意を含むか。初句「ただならじ」の措辞に式部の万感の趣向が籠められた歌と見たい。かなり痛烈な「返し」である。

〔補説〕 この一対の贈答歌は、前の72・73番贈答歌を受けていると見れば、小少将の疑った式部訪問の人が、翌朝、現実に姿を現し、式部に恨みを寄せたことになる。そうして、底本実践本で読む限りは、そう読まねばならぬ。南波「全評釈」（417頁）でも指摘されていることだが、74番「まきのとぐちにたゝきわびつる」の訴えは、まさしく73番「まきの戸も……たゝくゝひな《（ゐ）》ぞ」と式部の揶揄したご当人の登場である。また、詞書「夜ふけて戸をたゝきし人、つとめて」は72・73の詞書をそのまま承けて、間然する所なし、である。時期、場所を同じくし、内容的にもごく自然に繋がっていて、これを別次元とする理由は全く無い。内裏での同一事件を二場面として取り上げており、その不審な挙動を聞きつけた前夜の小少将と、現実に戸を叩いた翌朝の仇男との、式部が交わした応答歌二組を家集に残した事になる。時期は寛弘五年七月七・八日。場所は内裏の中の式部の局である。七夕の夜、局の戸を叩いた仇男は誰だろう。人目の多い宮中でのことである。貴人の可能性もなしとはしないが、しかし、それは、式部の返答によると、「ただならぬ」叩き方だったが開けたら水鶏並の「ただの」人と冷笑される程度の人ということになろう。「人影はなく」と通釈したが、「人影」は「人並の人の姿」を指しており、それに及ばぬような「ただ」の水鶏と見下された、浮気であだな宮仕え人だったのだろうか。宮中にも遊び人はいくらも転がっていたのである。源氏物語作者の名のある式部がお相手なら尚更である。七夕にこと寄せた好色風流人士のいたずらと考えておこう。

なお、この贈答歌が、先立つ贈答歌を受けたものではなく、別時点での詠と見れば、年次も人も全く替わってくる。現行「日記」や陽明本巻末付載「日記歌」などを重視すれば、道長説も浮上することだろう。しかし、それは、次の76・77番歌の事例に徴して、こちらには敬語表現のない点がやはり気になる。そればかりか、時の人道長を「ただの水鶏」とは、いかな式部とて言えなかったことであろう。いろいろな形で世間に流布している艶聞道長説は、現行「日記」の末尾近く、梅の下の敷かれた紙に書かれた「すきものと……」の道長の戯れ歌とその返し「人にまだ折られぬものを……」の式部の応答歌の直後に、なんらかの事情でこの贈答歌が置かれた偶発事から生じた誤解ではないだろうか。艶聞の事実はあり得ないとも言えず神のみぞ知るだが、少なくとも「集」の74・75の贈答歌自体から道長を読むことはできない。次第によってはこの実践本「家集」から原「日記」などへの、別人による補入など、逆影響さえ考えられようか。

さて、この贈答のあった後の寛弘五年七月十六日、彰子中宮は、いよいよ出産のため、土御門殿に移る。式部らも付いて一条院内裏を退出することになる。（参照）「御産記部類」十六日甲戌、入夜中宮行啓上東門院、公卿以下諸司諸衛供奉如常。

　　あさぎりのを《〔お〕》かしきほどに、おまへのはなども、いろ〳〵にみだれたる中に、をみなへしいとさかりなるを、との御らんじて、ひとえだを《〔お〕》らせさせたまひて、きちやうのかみより、これたゞにかへすなとて、たまはせたり。

76　をみなへしさかりのいろをみるからにつゆのわきける身こそしらるれ　E

とかきつけたるを、いとゝく

77　しらつゆはわきてもお《〔を〕》かじをみなへしこゝろからにやいろのそむらむ　E

〔校異〕　さかりなるを―さかりにみゆおりしも（陽）　御らんして―いて、御覧す（陽）　おらせさせたまひて―おこせたまひて（陽）

〔現代語訳〕　朝霧が程よく立ちこめた頃、御前の庭の花々が、彩り美しく乱れ咲いた中で、真っ盛りの女郎花に、殿が目をお付けになり、その一枝を折り採らせなさって、几帳越しに、「これで一首を詠め」と下賜されました。（そこで）

この女郎花の最盛の色を拝見いたします（中宮様のおそばにお仕えしております）と、すぐさま、恵みの露も戴かず見る影もないみじめな我が身の程を思い知らされる事でございます。

と、（私は）書き付けて差し上げましたところ、（殿は）、すぐさま

白露は、花々の中からこの女郎花だけを選り好みしてその上に降りることはあるまい。（どの花にも等しく降り

るはず。きっと）この花自身が自ら求めてこんなに美しく染めあげているのでしょう。

〔語釈〕 **○あさぎり** 朝立ちこめる霧。秋の風物である。冷気のたまりやすい京都盆地では、秋霧が多く立つ。**○おまへ** 御前。土御門殿の中宮の御座所の前庭を指す。**○いろ〳〵に** 色々に。各種の色に。多彩な色に。**○をみなへし** 秋の七草の一つ。夏から秋にかけて枝先に黄色の小さな花を多く付ける。歌では「をみな（若い女）」によそえて詠まれることが多い。ここは彰子中宮を寓す。**○との** 殿。土御門殿の主、道長を指す。**○をらせさせたまひて** 「折らせ」の「せ」は使役、「させたまひ」は二重敬語。**○きちやうのかみより** 几帳の上より。この表現は、道長の手から式部に直接手渡された趣である。自邸の道長らしい振舞い。**○これたゞにかへすな** 歌を添えずに礼を言うな。この枝に歌を詠み添えて返せ、の意。献上歌の所望である。**○みるからに** 用言（みる）に付いた「からに」は、中古、慣用的に使われた接続助詞で、……と同時に、……とすぐに、の意。**○つゆのわきける身** 露が置き分けた身。露が置き忘れた身。差別されて露の降りることの無かった身。草花の美しい発色は置く露によって染め上げられたもの、という思想。**○いとゝく** すぐさま。殿（道長）の返歌の速さをいう。当時、返し歌は速いことが尊ばれた。**○わきてもおかじ** 選り好みして置くことはあるまい。（女郎花だけを）分け隔てすることはないだろう。**○こゝろからにや** 自分の意志で求めて……か。おのが心の判断から……か。体言（こころ）に付いた「から」は始発点を現す格助詞、「に」は指定の助動詞「なり」の連用形、「や」は疑問の係助詞。**○そむらむ** 染むらむ。「らむ」は現在推量。参考歌「白露の色は一つをいかにして秋の木の葉をちぢにそむらむ」（古今集・秋下・二五七・敏行）

〔補説〕 式部は寛弘五年七月十六日、中宮に供奉して土御門邸に入った。右の歌は、「日記」では、寛弘五年秋半ばの記事として記録されている。萩谷「全注釈」では、八月中下旬のことと考証している。「日記」では、道長の挙動として次のように書かれている。

　橋の南なる女郎花のいみじうさかりなるを、一枝折らせ給ひて、几帳の上よりさしのぞかせ給へり。御さまの

いとはづかしげなるに、わが朝がほの思ひしらるれば、

とあって、几帳越しに顔を覗かせて花を渡している。思わず恥じ入る程の偉容の道長に見つめられた式部は、起き抜けの「わが朝顔」を気にして、この歌を詠んだとある。これが事実とすれば、下の句「つゆのわきける身」は、専ら容姿容色を恥じる思いを指し示す。対比の対象は、「をみなへし」だが、一般女性ではない。目の前の、時の人道長の手から受け取った「をみなへし」である。「御さまのいとはづかしげなる」の前文に囚われると「をみなへし」に道長を読む誤読さえ誘う。「わが朝がほの思ひしらるれば」の詞を続けて読むと、道長と自分との容姿の落差に言い触れているような一層の誤解を深める危険な文脈を形成することになる。思わず「つゆのわきける」と、天与天恵の露の違いかと詠み上げる。しかし、相手は道長。花の美は花自身に帰すべき成果、美しさは本人の心掛け一つだと説く。

　本家集では、そのようには読めない。その詞書に、誤読を誘う文詞は何一つない。「をみなへし」は正に若い姫君、彰子中宮その人を指す。芳紀正に二十一歳。道長が差し入れた真っ盛りの女郎花を賞賛して中宮の栄耀を祝い、そこに仕える我が身の矮小さを述懐する式部、という図式であり、式部の詠むのは、「日記」のような容姿美の落差などではない。顕栄の中宮に仕えるにそぐわぬ我が身の貧しさを卑下するのであり、それは同時に道長の土御門一門に対する頌賛の歌でもある。応えて道長の返歌は、天与の不偏の恩沢と中宮自身の資性の成果を説き、併せて内発的な美の価値を持ち上げて式部の激励に廻っている。

「をみなへし」に男道長を読むのは、木船「解釈」・南波「全評釈」の指摘通り、やはり異常である。

なお、「解釈」は、75式部歌詞「たゞならじ」と76詞書の道長詞「これたゞにかへすな」が「ただ」で結ばれていると見て、式部と道長との踏み込んだ懸想のやりとりを読んでいるが、前述の通り、前者の74・75の贈答に道長を読まぬ本書の立場では、それに従えない。

ひさしくお《〔を〕》とづれぬ人を、おもひいでたるを《〔お〕》り

わするゝはうき世のつねとおもふにも身をやるかたのなきぞわびぬる　E

〔校異〕　ナシ

〔現代語訳〕　長い間無音のまま姿を見せぬ人のことを思い出した時に、

人忘れやご無沙汰は悲しい世のならいと思うにつけ（それならば、といって）、身の処しようとてなく、つらい思いはどうしようもないわ。

〔語釈〕　**○ひさしくおとづれぬ人**　長い間音沙汰なく訪ねて来ない人。以前は時々やって来ていて、昵懇の間柄であったことを言外に示唆する。**○わするゝは**　忘れることは。人忘れは。疎くなるということは。**○うき世のつね**　憂き世のならわし。無情な世ではいくらもあること。**○身をやるかたのなき**　身の振る舞いようもないこと。やるせない思いを行動で晴らしようもないことを指す。自分の方から便りをしたり、出かけていくこともままならぬことを指すか。**○わびぬる**　つらい限りだ。

〔補説〕　「おもひいでたるをり」とあって、今も音信は途絶え姿を見せぬかっての昵懇の人を思い浮かべての苦衷の歌である。訪れてきてくれていい筈なのに、と期待も希望も持てる人が想像される。自分にもよくある「人忘れ」かと思い、一旦は慰撫するものの、そのたまの来訪は心待ちされる人だけに、一層落胆を誘う。そこはかとない疑念も頭を持ち上げそうな歌である。「人」は誰か判らないが、かなり以前に心を交わし合った間柄で、今は再会の目途の容易に立たぬような人物であろう。でなければ、こんな歌は生まれない。式部は今も好意を向けている風情である。遠い昔の親友であろうか。あるいは入り組んだ利害や感情問題が介在する人か。相手の心の移ろいを嘆く恋の歌と読むことも出来ようが、「全歌（小町谷）」と同様、「おもひいでたる」の表現を重く読みたいと思う。

心移ろう異性の恋人よりも、今は心ならずも疎遠な旧知の心友の方が、歌の内実に相応しい。
なお、この歌は、前歌とも後歌とも断絶している。偶発的な独詠述懐歌の趣が濃い。次の79番歌が、この歌の返しという読みは成り立たない。

79

〈四行空白〉

返し

たがさともとひもやくるとほとゝぎすこゝろのかぎりまちぞわびにし　C

〔校異〕 返し―返し　やれてなし（陽）

〔現代語訳〕 （私の）返歌

ここ以外、誰の里をもあちこち訪ね廻る浮気な鳥ではなかろう、と、時鳥の訪れを、全身全霊を掛けて待ち侘びておりました。

〔語釈〕 **○返し**　歌の内容から見ても、78・79両歌は、ともに式部の歌である。従って、「返し」とあるのは、78歌「わするゝは」の返歌ということではなく、この歌に対する贈歌が欠脱している、と読むべきもの。〈四行空白〉はその証徴としてよいであろう。ただし、陽明本ではこの空白がない。従って同本の「返し　やれてなし」の表記は、78歌の返歌は毀損して伝わらないことの後人注記ということになろう。しかし、78番歌の独詠的な趣から見ると78歌番の「返し」の存在は本来疑わしい。陽明本の記述は不審である。なお、底本に見る、この79番詞書「返し」表記と、それに先立つ〈四行空白〉は珍重である。以下は〔補説〕で解説する。**○たがさともとひもやくる**　誰が里も訪ひもや来る。あの時鳥（人）は誰の里をも訪ねてくるだろうか、いや、私の許《もと》しか訪ねてくることは無かろう。「や」は反語。確信に近い判断である。式部にしては珍しい。この確信がこの歌の眼目であろう。「や」を単なる疑問の助詞と採ることは出来ない。すなわち、誰の里にも訪ねて来るのではないか、だから私の処にも訪ねてくるのでは、の意と採ることは出来ない。それでは、第四句の「心の限り」が全く無意味になるからである。**○ほとゝぎす**　恋人を指す。宣孝であろう。**○こゝろのかぎり**　思いのすべてを掛けて。全霊を籠めて。期待感の大きさを示す表現として注意。**○まちぞわびにし**　待ち侘びておりました。「にし」は、完了と過去の助動詞を重ねて、待ち続けたことでした、と持続を強調する。式部の結婚宣言と言えよう。

〔補説〕　欠脱していると見られる贈歌が、この歌の理解にとって重要であることは言うまでもない。しかし、その歌は、どの諸本にも伝わらない。書写伝承上の脱落か、編者の意図に出たものか。これも不明である。ただ言えることは、この式部の返歌が、不思議に確信に近い思いに満たされていることである。初二句の反語表現に見られる式部の確かな思いは、一体どこから来るものだろうか。また、そうした思いの確かさ故の、下の句の「心の限り」待ち続けた行為とは、どんなことに裏付けられているのだろうか。

詳細は一切不明と言わざるを得ないが、手懸かりは、この歌の在り様に秘められているように思われる。すなわち、先立つ四行の空白と、続く帰京の旅の歌群ではなかろうか。

一、先立つ〈四行空白〉は、その前の78番歌との隔絶を意味する。歌の内容からも、誰しも納得出来よう。

一、この79番歌に続く帰京の旅の歌群（80・81・82）がここに位置する蓋然性は全く無い。これについても大方の承認を得られよう。

一、更に、その後に続く、人（宣孝か）との贈答歌及び独詠歌三首（83・84・85）も、その後の宮仕え歌群（86以降）とは全く遊離している。

とすれば、79番歌を含むこれら一連の遊離歌稿、すなわち、〈四行空白〉から始まり、帰京の旅歌とその後の贈答歌までの、計七首（79～85）の纏まりは、本来ここに位置する歌稿ではない、と認定されよう。そして、その中核をなす79番歌が、「ほととぎす」と化した宣孝の受け入れを決意表明した式部の結婚宣言そのものと判ぜざるを得ないとすれば、なおさらのことである。この一連の遊離歌稿については、是非［解説］の考察四を見て頂きたい。
二人の結婚は、この79歌の時点で成立したものと見てよかろう。そして、以下は、都への二人の旅立ちである。

　みやこのかたへとて、かへる山こえける
に、よびさかといふなるところの、わりなき
かけぢに、こしもかきわづらふを、お
そろしとおもふに、さるの、この葉の中
よりいとおほくいできたれば

ましもなほ〔を〕をちかた人のこゑかはせわれこしわぶるたごのよびさか　C

〔校異〕　わりなきかけちに―いとわりなきかけみちに（陽）　たこのよひさか―たにのよひさか（陽）

〔現代語訳〕　京へ向かい上ろうとして、かえる山を越えた折、呼び坂とか言われる処が大変な難所で、輿担ぎも難渋する様子を見て、恐ろしいなと思っていると、猿が木の葉の中から沢山出てきたので

お猿さんたちも、私たちと同様、（声を合わせて）とかく離れがちな遠くの連れ人の声に応えて啼き交わしてほしい。険しくて私たちの輿の越えあぐねている、このたごの呼び坂という名にふさわしく。

〔語釈〕　**○みやこのかたへとて**　上京しようとして。式部帰京の旅の幕開けである。**○かへる山**　越前の「かへる山（鹿蒜山）」。越前国府武生から敦賀に向かい南下する時、越えなければならぬ山地山塊の総称。その主峰は鉢伏山（七六二メートル）。**○よびさか**　地名。行路ルートに諸説在り、現在地の特定はできていない。加納重文「紫式部越前往還の道」（『紫式部の方法』所収）に諸説についての言及がある。呼び合い、声を掛け合う坂。ともすると同

伴者と離散しがちな険しい坂道を指していよう。**〇といふなる**　「なる」は伝聞の意の助動詞。巷間人々の使う呼称・呼び名をいう。**〇わりなきかけぢ**　なすすべも無いほどの、険阻な山道。「かけぢ」は懸路。桟道。**〇こし**　輿。乗り物の一つ。柱付き屋根付きの台座に客人を乗せ、掛け棒を渡して、輿かきの男らがそれを肩に担いだり腰に抱えたりして運ぶ。目的や用途に応じ種類は多い。**〇かきわづらふ**　担ぎかねている。難儀して担ぎ惑っている。**〇ましもなほ**　「まし」は、汝《なんじ》。お前。同等か目下の者に向かっていうことば。それに猿《さる》の異称「まし」を掛ける。「なほ」は、やはり我々と同じように、の意。「ましも」の「も」に注目したい。**〇をちかた人のこゑかはせ**　離ればなれになった遠くの仲間と呼び交わし、所在を確かめ合ってほしい。道を迷いはぐれぬように、の意。参考「うち渡すをちかた人にものまをすわれそのそこに白く咲けるはなにの花ぞも」（古今集・旋頭歌・一〇〇七）。又、後世の歌だが「旅人の友呼び交わす声すなり夏野の草に道まどふらし」（新続古今集・二七六・隆信）等。**〇こしわぶる**　越しあぐねている。輿で越えるのに難渋している。「越し」に「輿」を懸ける。**〇たごのよびさか**　未詳。類歌「あづまぢのてごのよびさか越えかねて山にかねむも宿りはなしに」（万葉集・三四六一）との関係が考えられる。その万葉「てごのよびさか」の地名も特定できていないが、歌意により、容易には越えがたい宿もない山路を詠んでいる歌として、この歌を引用したものだろうか。その引用で、「手児《てご》」が「たご」に音転化したのだろうか。「手折る」を「たをる」と読むようになったように。あるいは類似の言葉として式部が造成したものだろうか。

〔補説〕　帰京の旅の歌の第一首。式部にとっては、待ちに待った上京である。（〈解説〉考察四参照。）季節はいつ頃のことだろうか。猿の出現も一つのヒントになろうか。深雪の年の春で、猿も餌を求めて人目に付く処に出没するようになっているのだろうか。次の伊吹の雪の遠景歌を勘案すると、仲春・初冬のいずれかとなれば、筆者の現住地（岐阜市）体感より推して前者を採るべきだろうと思う。

　次に、この歌に流れる心情だが、多くの説は帰京の喜びを込めた歌として、明るい歌とみているが、それだけだろうか。「猿」「遠方人」の歌語例から旅路の心細さや侘びしさを読む「全歌（小町谷）」説も無視できない。「けわしい山道の恐ろしさに、鳴き交わす猿の哀切な声から男女の語らいを感じ取って、しみじみとした詩情に浸りながら、心慰められていたのであろう」とする鑑賞は注目される。氏自身は、他の諸説と同様、式部の一人旅（しかも秋）を考えている模様だが、季節はともかくとして、式部の帰京が一人旅ではなく、宣孝同道を読み取る私には、折角一緒になったのに、別々の輿に分乗し、とかく離ればなれになりそうな難所越えの二人を結ぶ心情を巧みに言い当てているように思われるからである。

なお、年時であるが、長徳四年の春は動かぬとして、二月下旬あたりのことと思われる。岡「講座」（26頁）では、間直之助「比叡山の野生ニホンザル」なども踏まえて「長徳四年二月（陽暦三月上旬）」の上京を支持するが、「権記」によると、宣孝が同年三月下旬（二十三日）の石清水臨時祭の舞人になっているので、本集に見えるこの旅の記にそれらをも加えて勘案すると、式部と宣孝の上京は二月下旬（陽暦三月下旬~四月上旬）と見て良いのではなかろうか。

81

水うみにて、いぶきの山のゆきいと
しろく見ゆるを

名にたかきこしのしら山ゆきなれていぶきのたけをなにとこそみね　C

〔校異〕　ナシ

〔現代語訳〕　琵琶湖で、伊吹山の雪が目立って白々と眺められるが

白雪では名高い越路の白山のもとに行き通い十分見慣れて、いま伊吹山の美しい白装束を見ても格別の思いは湧きません。

〔語釈〕　**○水うみ**　近江の琵琶湖。**○いぶきの山**　伊吹山。標高一三七七メートル。美濃（岐阜県）と近江（滋賀

県）の国境に位置する。伊吹の残雪は、現代でも、立夏過ぎまで見ることが出来る。**〇名にたかきこしのしら山** 古くから、万葉集でも竹取物語でも、越《こし》の白山は白雪の霊峰として人口に上ることが多い。**〇ゆきなれて** 「行き馴れ」には、白山の縁語「ゆき（雪）」が籠められている。**〇いぶきのたけ** 伊吹の岳。わざわざ「たけ」を使ったのは、三句「ゆきなれて」の「ゆき」との縁語意識（丈―裄）が働いたものか。伊吹山の雪の山容を白衣の装束に見立てている。**〇なにとこそみね** 「なにとみず（格別の物と見ることはない）」の、係り結びによる強調表現。

〔補説〕 帰京の旅歌、第二首。帰京の途上、琵琶湖畔にあって、伊吹山の美しい白雪が目に飛び込んできた。大湖越しの見晴るかす眺望は人目を引くものであったろう。西岸沿いの海路か陸路か。遠い雪山の山容を白装束に見立てる女の意識が面白い。それとともに、「名にたかきこしのしら山ゆきなれて」と詠み、あれほど嫌った北国の深雪（例えば27番歌）も、見収めて上京の旅に出た今では、かえって見慣れ親しんだ愛着に変わってくる意識の移ろいも面白い。

伊吹山の雪の遠景を見下しているのではない。詞書「いぶきの山のゆきいとしろく見ゆるを」とあってその美装束に目は留まったのだが、その美景も越の白山に比べると比較にならぬという思いであり、「名にたかきこしのしら山」の印象は、伊吹のそれを遥かに凌駕するまでになっている。この急転ぶりは目を引くと言わざるを得ない。清水「新書」（66頁）でも、これを「別人のようだ」と評した。何がそれほどの変化を引き起こしたのか。帰京の喜びをそこに読む意見は多い。確かに雪の北国から脱出して来たばかりだけに、その感動は新鮮であろう。しかし、上京の喜びだけなら、都に近い伊吹山の優しい雪景色をこそ賞美すべく、見るのもいやだと駄々をこねていた北国の越の白山を持ち上げることは無かっただろう。もう開けることのない記憶の箱にしまい込んでおけばいいことである。

ここはやはり越の国に対する印象の好転、再評価を読まざるを得ない。越の国での宣孝との結婚こそその鍵であろう。満足感・幸福感である。彼女の人生を変えるこの経験は、外ならぬ越での所産である。そして、今その感動を体して二人で上京の旅に在る。今ならさしずめ新婚旅行と言うところであろう。帰京の喜びとともに、この体験こそが、式部の「越前」意識革命を引き起こした原因である。（〔解説〕考察四参照。）

なお一言、越前守の娘式部としては、婚前に対抗意識を燃やした近江守の娘（29番歌）に対する優越感を、この歌に詠み出していると言えるかも知れない。平安朝時代、北陸路の旅人の目には、白山は越前国、伊吹山は近江国に属している。

そとばのとしへたるが、まろびたふ《〔う〕》れつゝ、
人にふまるゝを

こゝろあてにあなかたじけなこけむせるほとけのみかほそとはみえねど　C

〔校異〕　そとはの―そとは（陽）　へたるか―へたる（陽）　かたしけな―かたしけれ（陽）

〔現代語訳〕　古びた卒塔婆が、転がり倒されて、道行く人に踏みつけられているさまを詠んだ歌

ひょっとしてどなたかの卒塔婆ではないかと疑い、ああ勿体ないことよと思うことです。苔が一面に生えていて、それが仏のお顔だとは見えませぬが。

〔語釈〕　**○そとば**　墓標。供養のために墳塚に立てる板、又は石柱。仏像、経文、梵字、年号月日等が書かれた。**○としへたる**　古びたことをいう。そこに人間の悲しい老衰の相を観ていよう。**○まろびたふれつゝ**　転がり倒れた上に。倒れ転がるままに。**○こゝろあてに**　宛て推量に。根拠はないが想像するに。それは卒塔婆のようだが……、と推量するのである。**○かたじけな**　忝なし、の語幹。倒した上に脚で踏みつけるなんて、恐れ多いこと、の意。**○そとはみえねど**　「ほとけのみかほ（ガ）、そ（＝それ）とは見えねど」（代名詞説、文庫・集成・新大系）。「（ほとけのみかほ）ぞ、とは見えねど」（終助詞説、全評釈）の文脈で詠み出しているかも知れない。なお、この末句

には「そとは（卒塔婆）」を、物名の歌として詠み込んでいる。

〔補説〕　帰京の旅歌、第三首。深まる旅路にあって、ふと見届けた一抹の寂寞の思い。行路の奇禍は数限りなくある。行き倒れの旅人、心ある人が供養に立てた卒塔婆、それもやがて朽ち果て、倒れ、苔むす。原形は留めないが、あるいはこれはそれじゃないの？　行路に果てた一人の旅人を想う。思わず手を合わせる。人の世の無常を思いつつ、生きて、しかも新婚の夫とともに帰京できる我が身の幸せが心の底に静かに流れている。この歌にも作者の心の、あるゆとり、落ち着きが揺曳している。目指す京はもう近い。

83　人の

けぢかくてたれもこゝろは見えにけんことはへだてぬちぎりともがな　C

84　返し

へだてじとならひしほどになつ衣うすきこゝろをまづしられぬる　C

〔校異〕　人の―ナシ（陽）

〔現代語訳〕　あの人が、

このように身近になってあなたも私もお互いの心は判ったことでしょう。（だから）こうなった限り、もう言葉が無くても心の通い合うような間柄でありたいものです。

私の返事

これからは心の隔ては持つまいと慣れ近づいていたうちに、もう言葉（歌）の遣り取りも止めようなんて！　今着込んでいる夏衣のように薄いあなたのお心がもう知られたことです。

【語釈】**○人の** 「人」は、一般的な汎称以外の用法として、①特定の人物を指示するが、属性を明示する必要のない具体的な人物。あの人。あの方。②特定の人物を指示するが、属性を明示することを憚る具体的人物。あの人。あの方。③特化しない創作的人物・物語的人物・伝承人物。ある人。あの人。その人。ここは歌配列上①で、宣孝を指していよう。**○けぢかくて** 身近な関係になって、の意。物や人を介さず直接対応する様態を指す。結婚を暗示する。**○たれも** 私もあなたも、の意で、この手紙の贈答者双方を指す。**○見えにけん** 見られた事でしょう。「に」は完了、「けん」は過去推量。この用語例により、二人の関係に決着が付いたことを暗示する。**○ことは** 「こと(事)は」には、上の句の「こゝろ」に対する「こと(言)」又は「ことば(言葉)」が掛けられる。「こと(事)は」は、「ことならば」と同意で、こうなったら、こうなった限り、どうせ同じことなら、の意。「かきくらしことはふらなむ春雨にぬれぎぬ着せて君をとどめむ」(古今集・離別歌・四〇二)。**○へだてぬちぎり** 歌主宣孝としては、主意として「隔てのない間柄」「心の見えるだけでなく、ツーカーの、心の通い合う関係」を言っているようだが、上の句の「こころ」に応じて掛けられた「こと」又は「ことば」へだてぬちぎりには、言葉が無くても通じる間柄、歌など詠み交わす必要のない関係をも示唆する。すなわち、宣孝は、ことば(言葉＝歌)の交換の打ち切りを暗に響かせ提言したことになる。**○へだてじとならひしほどに** 「へだてじ」は宣孝の贈歌を承けた表現で、心の隔ての壁を置くまいと、の意。求婚期に見せたような相手の求愛をはねつけるような返歌は詠み返すまいとすること。「へだてじ」は、同時に「衣をへだてじ」でもあり、現実に結婚生活に入っていることをも意味する。経験的過去表現「し」に、式部の「受け入れ」の意志的対応が偲ばれる。贈歌の上の句「けぢかくて」に呼応している。**○なつ衣** 「うすき(薄き)」を引き出す序。二句「ならひしほど」の過去を承けており、四月以降今も身に付け続けている夏衣、の意。十月一日の衣替えまで着る夏衣。**○まづしられぬる** 「まづ」は、何よりも先に。真っ先に。歌は愛情確認の手段でもあったのだ。その打ち切り提案と式部は読んだのである。

【補説】帰京後の、在京結婚生活での詠歌であろう。この贈答を見る限り、二人の関係は、越前在住期に比して大きく変わっている。一般恋歌通有の相手の不実・不誠実を咎める言葉の応酬、激しい遣り取りは姿を消している。「けぢかくて」の宣孝の認識は、式部も「へだてじとならひし」と受け止めて、共有されている。〔語釈〕に示したように、ともに夫婦になったことを表現している。宣孝が、それに乗じて和歌交換の切り上げを暗に仄めかした処から、式部に反撃されていて、二人に意識の格差は今なお若干あるものの、男女の愛情は確実に流れ合っている。贈歌にも答歌にも飾らぬ本音が窺えよう。夫婦の絆は確実に結ばれていると読める。「なつ衣」の歌詞より、必ずしも衣替えの四月と限定する必要はない。「ならひし」がこの「夏衣」にも掛かっていようから、その着用期の夏・秋を暗示していよう。長徳四年の夏・秋でのやりとりと読んで大過はないであろう。

85

みねさむみいはまこほれるたに水のゆくすゑしもぞふかくなるらん　C

〔校異〕　ナシ

〔現代語訳〕　（冬が来て）山頂は寒いので、谷川の水も岩間に凍り付いているが、流れゆく先では、きっと底も深くなり、凍り付くこともなく流れていることでしょう。途絶えることはないでしょう。

〔語釈〕　**〇みねさむみ**　山頂は寒いので。**〇いはまこほれるたに水**　谷川の岩間に凍り付いた水。前歌を承け、宣孝からの文通の途絶えを指す。**〇ゆくすゑ**　流れゆく先。下流。これからの先々をいう。二人の将来を示唆する。**〇ふかくなるらん**　底深くなっていることだろう。だから、凍り付かず、途絶えず流れて行くことだろう。「らん」は現在推量。

〔補説〕　前贈答歌に続く長徳四年冬期の歌かと推測される。式部の歌である。詞書は見えぬが、これは宣孝への「返歌」か、「独詠歌」か。直前の84番歌に続いているので「返歌」とも採れるが、夏衣と氷結の歌で内容は続かず、夏から冬へと時期の隔たりがあり、当然別時点での詠である。それでもなお「返歌」ということであれば、対する宣孝の贈歌が見えないことから推すに、その間、結婚を機に和歌交換の打ち切りを企てた宣孝の方からは、「ことはへだてぬちぎりともがな」の前歌詞通り、妻式部に歌を詠み贈らなかったのであろう。つまり、式部は「無言の贈歌に応えた返歌」を、冬になって詠んだことになる。しかし、それを宣孝に送らぬまま、懐中に収めたとならば、「独詠歌」とも言えよう。

いずれにせよ、この歌は、厳冬期ゆえの、目前の「凍れる谷水」を詠みながらも、下の句には、強意の助詞「しも」、現在推量の助動詞「らん」を用い、引き続く明日に向けて開けている実感が読み取れる。希望的、肯定的な詠いざまである。この前向きの姿勢を読むかぎり、結婚は既に確実に成立していると読める。二人はもう他人ではない筈である。進行形現在である。

以上の、79番歌からこの85番歌までの七首の歌群（C群）の遊離性については前述したところである。本来ここに位置する歌群ではない。31番歌と32番歌との間に位置すべき、結婚初期の歌群と認定できる。何故そういう移動が起こったのかについては、［解説］考察四の項に譲る。このC群を、そこに移して、32番歌以降のD群を読むと、その全貌が明確に見えてくる。そして、式部の編集意図も透けて見えて来る。

なお、ここで底本は、本来の歌順に立ち戻ることになる。78番歌に続く宮仕え歌に還る。

みやの御うぶや、いつかの夜、月のひかりさへことにくまなき水のうへのはしに、かむだちめ、とのよりはじめたて

まつりて、ゐひみだれのゝしりたまふ

さか月のを《お》りに、さしいづ

めづらしきひかりさしそふさかづきはもちながらこそ千世をめぐらめ　F

〔校異〕　いつかの夜―五の夜（陽）　くまなき―すみたる（陽）　千世をめぐらめ―千代もめつらめ（陽）

〔現代語訳〕　若宮の御生誕祝いの、第五夜、玉の御殿に満月の光まで照り添い、隅々まで明るく浮かび上がった遣り水の、上に架かる渡廊で、上達部たちが、殿を筆頭に乱酔し祝い騒ぎ立てておられるが、（私たちにも）盃が廻らされた折、（承けた盃に添えて）差し上げました歌は、

皇子様誕生の第五夜が十五夜とは！　この珍しくもめでたい満月の光まで映し浮かべる第五夜の祝盃は、この満月が姿を変えず大空を巡るように、お邸の方々の手から手へ受け継がれ廻り続けて、いつまでもめでたいお邸であってほしいものでございます。

〔語釈〕　**○みやの御うぶや**　宮の御産養。一条天皇第二皇子敦成生誕の祝宴。誕生三日目、五日目、七日目、九日目に行われた。**○いつかの夜**　産後の第五夜。寛弘五年（一〇〇八）九月十一日出生なので、同十五日に当たる。**○月のひかりさへことにくまなき**　「ことにくまなき」は照らさぬ隈（すみ）の全く無いさま。十五日月は満月。「さへ」は、道長邸の壮麗栄耀はもちろんのことだが、其処を照らす月まで、の意。**○水のうへのはし**　寝殿と東の対屋の間に渡された橋廊で、下には遣り水が流れていた。「日記」によると、当日、殿上では、この渡殿（橋廊）を中心に、道長を始め上達部たちが祝宴を張っていた。「御産部類記」の「不知記」には「杯酌被巡之後、上卿着渡殿座」とある。**○かむだちめ、とのよりはじめたてまつりて、ゐひみだれのゝしりたまふ**　「日記」には、各層の侍女の、供膳、陪膳の奉仕姿や、貴紳の遊技・饗宴の狂態が描写されている。ここは、その後者を指す。**○さか月のをり**　献盃詠歌を指す。公卿たちから差された盃を、承けた人が返す時、歌を詠み添えて返すのが作法である。

「日記」には「歌どもあり」と書かれている。「不知記」によると、「左衛門督公任卿、執盃献和歌。召紙筆賜左大弁行成卿書之。公卿一々読了」とある。**○めづらしきひかり**　続く産養のうち、道長主催の内祝の日に当たるこの第五夜が、丁度九月望の十五夜に当たっていたので、皇子生誕の祝宴に合わせるように現れ出た満月を賞美してこう詠んだ。**○さしそふ**　光が差し込んで映る、の意。**○さかづき**　指された「盃」の「つき」に、「月」を懸ける。**○もちながら**　盃を「持ちながら（手カラ手ヘト受ケ渡サレテ）」に、「望ながら（満月ノ姿ノママ）」を懸けている。**○千世**　長い間。いつまでも。**○こそ……め**　適当、妥当の意を示す係り結び。……であるのが望ましい。……であってほしい。

〔補説〕　この歌から後は、彰子中宮出産（寛弘五年九月十一日）以後のことになる。式部の出仕資格にどんな変化が起こったか詳細は分からぬが、中宮女房としての確たる立場に立ったことだけは疑う余地もあるまい。中宮御産日記「紫式部日記」の存在がその明徴である。従ってこの86番歌以降をF群と称することにする。

さて、この十五日の夜の産養のさまは、「紫式部日記」に詳しい。祝宴の果てに、

歌どもあり。「女房さかづき」などあるをり、いかがはいふべきなど、くちぐち思ひこころみる。

として、この「めづらしき」の歌が記録されている。「女房さかづき」とは、女房たちに盃を指して取らせ、返杯に際し、歌を詠ませ献呈させる趣向。しかし、その後、

事多くて夜いたうふけぬればにや、とりわきても（盃ヲ）差さでまかで給ふ。

とある。この記述の通りなら、実際にこの歌が奉献されたかどうか不明であるが、この折に式部の詠んだ歌であることは確かである。皇子生誕の祝意を、巡る盃に差し込む満月に託して、主家土御門第の栄耀の永続を願い詠み上げたのである。宮仕え女房としての「おほやけごと」である。

なお、この折の左衛門督藤原公任卿の歌一首、

中宮の御うぶ屋のいつかの夜

　あきの月影のどけくもみゆるかなこやながきよの契なるらん
が「公任集」（二四二）に残されていることは、萩谷「全注釈」の指摘するところである。

87

又の夜、月のくまなきに、わか人たち
　ふねにのりてあそぶを見やる。なか
　じまの松のねにさしめぐるほど、を《お》かし
　　くみゆれば

くもりなくちとせにすめる水のおもにやどれる月のかげものどけし　F

〔校異〕　みゆれは—見ゆれは（陽）

〔現代語訳〕　次の日の夜、月は隅々まで明るく照らし出しているので、若公達が池に船を漕ぎ出して遊び巡るさまを殿上から眺めやることです。その船が中島の松の根元のあたりを漕ぎ巡るとき、興が湧いてきて

曇り無く、末永く澄み続けるお邸の池の水面に、映り宿る月の光までも、穏やかで静かな今宵でございます。

（お邸の御静穏も御方々の御盛栄も、ついことほがれてなりません。）

〔語釈〕　**○又の夜**　翌日の夜。九月十六日の夜。**○月のくまなき**　十六日の月、いざよいの月である。月光はまだ明るい。**○わか人たち**　〔補説〕の通り、若君達及び若い女房たち。**○ふねにのりてあそぶ**　庭前の池での船遊び。前日の祝宴に続く舟楽管弦の遊びである。**○見やる**　殿上の簀の子より眺めやるのである。**○なかじま**　庭の池の中島。**○さしめぐる**　棹さし漕ぎ巡る。**○くもりなく**　明るく照らし出す十六夜の月の形容。**○ちとせにすめる**　永遠に宿り澄む、の意。「すめる」は住む・澄むの二義を懸ける。**○月のかげも**　月の光までも。「やどれる月」は

生誕皇子の象徴表現。「かげ」はその余沢、余慶、光景。「も」は、並列の意の副助詞。船遊びに興じる若公達・若女房や、中島の松の齢を念頭に置いた上で、それらを優しく包み照らす月の光の温容を捉えた表現。

〔補説〕引き続き、これも土御門邸の若い人々の船遊びに寄せる、皇子産養頌祝の式部の一首である。「日記」によると、

若き人は船に乗りて遊ぶ。色々なる折よりも、同じさまにさうぞきたる、やうだい、髪のほど、くもりなく見ゆ。小大輔、源式部、宮木の侍従、五節の弁、右近、小兵衛、小衛門、馬、やすらひ、伊勢人など、はし近くゐたるを、左の宰相の中将、殿の中将の君いざなひいで給ひて、右の宰相の中将兼隆に棹させて、船に乗せ給ふ。

若公達が若い女房たちを船に誘い乗せての遊びの一齣であることが判る。奏上歌か、独詠か、確かでないが、歌内容はこれも「おほやけごと」である。

御いかの夜、との、うたよめとのたまは
すれば

88 いかにいかゞかぞへやるべきやちとせのあまりひさしき君が御世をば F

との、御

89 あしたづのよはひしあらばきみが代のちとせのかずもかぞへとりてむ F

〔校異〕のたまはすれば―のたまはすれはひけしてあしけれと（陽）

〔現代語訳〕御五十日の祝いの夜、殿が「歌を詠んで奉れ」と仰せられたので、

この大事な五十日（いか）の祝いに当たり、老いた私ごときが、まあ、どのように数え取ってお祝い申し上げられましょう。八千年を越えるほど、あまりにも長く久しい若君様の御齢を。

殿の詠まれた御歌。

おたがい、鶴ほどの齢がありさえすれば、若君の千年の年齢をも数え取ることは出来よう。せいぜい長生きをしたいものよ。お前も長生きをして君に仕える縁にあやかってほしい。

〔語釈〕 **○御いか**　産後五十日の祝い。寛弘五年十一月一日に行われた。**○うたよめ**　道長からの五十日祝賀奉賛歌の所望である。**○いかにいかゞ**　「いかに」と「いかにか」との畳語。ともに「いか（如何）」「いか（五十日）」を掛け合わせる強調表現。「か」には反語の意が含まれる。**○やちとせのあまりひさしき**　「あまり」には、八千年に「余り」、の意と、副詞「あまり」にも久しき、の両義を懸ける。**○君**　誕生の若君。**○御世**　寿命。年齢。**○御**　御歌の略。**○あしたづのよはひしあらば**　もし鶴の千年の齢さえあれば。「あしたづ」は鶴の歌語。芦の生える水辺に多く居ることから、そう呼ぶ。「し」は強調の副助詞。誰のことと特定せず、仮定の一般論として言ったもので、したがって「私（道長）に」とも「お前（式部）に」、とも取れる理詰め表現。**○ちとせのかずもかぞへとりてむ**　千年までは数え取ることもできようものを、それ以上は無理だが、の意を含む。大事な孫親王の将来に寄せる道長の気負いが偲ばれる。また、式部に対しては、永く若君にも仕えてほしい、との願いを込めている。人を使う側の心配りである。

〔補説〕　生誕五十日の祝いは、「日記」によると、

御五十日は霜月のついたちの日。

とある。暦日を繰ると、九月十一日生誕から数えの五十日目は、十月三十日に当たる。寛弘五年の九月は大の月、三十日だからである。それを一日延ばして十一月一日（十月も大の月三十日である）にしたのはなぜか。松村博司『栄花物語全注釈二』には、「山中裕氏の示教による」として、次のように書かれている。

敦成親王の誕生五十日は、十月三十日のはずであるが、七十日弱に一回廻ってくる「没日」というものがあり、「没日」は「ない」（否定）を意味するところから、これを数の中に入れずに日を数える。そのため五十日は十一月一日になる。

とあり、陰陽の「没日」を一日延引の理由とする。また、「小右記」には、

今日、皇子ノ五十日　昨五十日ニ満ツ。而シテ日宜シカラズ。仍リテ今日此ノ事有リ。

とあり、凶日を理由とする。

なお、陽明本の詞書「ひけしてあしけれと」は、どんな意味だろう。「ひげ」は卑下で、積極的な奉賛を放棄辞退するような詠み口になって気が引けるが、の意であろうか。「日記」にその解答が見える。即ち、殿方たちの泥酔ぶりを見て取って、難を怖れ避け、宰相君とともに身を隠していたのに、見付け出されて強制的に詠まされた事情があったのである。

家集は、ここで、以上の宮仕え歌から急転する。その理由は先で述べる。

たまさかにかへりごとしたりけり、人、
のちに又もかゝざりけるに、を《〔お〕》とこ

90　を《〔お〕》り〳〵にかくとは見えてさゝがにのいかにおもへばたゆるなるらん　F

返し、九月つごもりになりにけり。

91　しもがれのあさぢにまがふさゝがにのいかなるを《〔お〕》りにかくとみゆらん　F

〔校異〕 したりけり―したりける（陽） 人―ナシ（陽） のちに―後（陽） おとこ―ナシ（陽）

〔現代語訳〕 時々は、手紙を交わすこともしていた間柄です。が、その人（女）は、その後、再び書くことはなかったので、、相手の男は、こう詠んだのです。

時たま懸けることありと見せながら、蜘蛛はどう考えてその網懸けを打ち切ってしまうのでしょう。同じように、折々ごとに書くと見せながら、あなたは何を考えて書くのを止めてしまっているのでしょう。

（女の）返事。九月も終わりになっていたのでした。

秋も暮れ、霜枯れの浅茅原に這い回る蜘蛛は、一体いつ巣を懸けると見ていらっしゃるのでしょう。枯れ野をさまよう蜘蛛同様の私は、一体いつ手紙など書くと御覧になっているのでしょう。書く気力とてない私ですのに。

〔語釈〕 **○たまさかに** 時折には。時々は。**○かへりごとしたりけり** 「かへりごと（返り言）」は、①手紙のやりとり、文通。②返事。返信。「返し」に同じ。ここは①。18番歌〔語釈〕参照。「けり」は、現在まで言い伝えられて来ている事実として用いられた過去の助動詞。伝承説明の助動詞ともいわれる。……ということです。**○人** その伝承の中の人物を指す。83歌〔語釈〕の③事例。後出の「をとこ」に対応する女性か。女化から脱した姿である。**○又も** 二度とは。再びは。**○をとこ** 「人」の相手役の「男」。従って、「人」は女ということになる。なお、この「をとこ」表記にも、物語（又、物語絵）登場人物の表徴がほの見える。男化した姿である。44番歌参照。**○かく** 「（網を）懸く」と、「（手紙を）書く」との掛詞。**○さゝがに** 「蜘蛛」をいう歌詞。蜘蛛は「い（糸）」を懸けるところより、「いかなる」の語を呼び出す。切れやすく絶えやすいもろさを暗示する語。類歌「風吹けばまづぞみだるる色かはるあさぢが露にかかるささがに」（源氏・賢木）**○らん** 現在推量。**○つごもり** ①月の無くなる頃、下旬。②月の末日。ここは前者。九月下旬は秋の暮れである。**○しもがれ** 降りた霜で枯れ果てること。**○あさぢ** 浅茅。まばらに生えた低い茅（ちがや）。**○まがふさゝがに** 茅の原にうろうろ這い回る蜘蛛に、衰え果てた自分

（女）の像を重ねる。

〔補説〕　当90番歌から98番歌に至る計9首の歌群は、一般的には、式部と相手の男（宣孝または某男）とのやりとりと見られているが、この歌群の前後の宮仕え生活の具象性・日常性を持つ歌群とはいささか異質であり、物語化されている。即ち、抽象的な非日常的な概念化された表現世界、構えた虚構世界であり、恋歌物語の世界と言ってよかろう。家集自撰の折、本来集前半部にあった恋歌群の一部を意図的に構成配列換えしたと見る今井説（「紫式部集の復元とその恋愛歌」『文学』昭40・2）があり、分析的に考察すると、そのように見えようが、詞書言説に注目すると、散見される物語意識は無視できない。「かへりごとしたりけり」「かゝざりける」「つごもりになりにけり」と書く解説調の「けり」の連用はその証左である。物語的語り口であり、「かけがねをこころみに引きあげ給へれば、あなたよりは鎖さざりけり」（源氏・帚木）「かくいふは、九月のことなりけり」（同・玉鬘）等と同じ。「人」「をとこ」という物語表現も同じである。

　この贈答は、物語歌習作、その一である。途絶えがちな文通の相手を咎める燃える男と応える醒めた女に仕立てた、二人のやりとりである。ともに式部の創作歌と見る。清水「新書」説は、晩年式部に言い寄った男と若くはない寡婦を自覚する式部との交渉実詠とし、「全歌（小町谷）」説は、その線上で、「単純な恋の気持ちではない」もっと精神的紐帯のようなものを求めている式部を読んで、物語的に記録した贈答歌と見ているが、私には、もっと客観化された創作的営みと思われる。（〔解説〕考察五参照。）

92

　なにのを《お》りにか、人の返ごとに

いるかたはさやかなりける月かげをうはの空にもまちしよひかな　F

返し

さしてゆく山のはもみなかきくもりこゝろもそらにきえし月かげ　F

〔校異〕　こゝろも—心の（陽）

〔現代語訳〕　何の折でしたか、人（女）がやりとりで詠みました歌

たどり入る先が私の家でないことがはっきりしている明月（あなた）の入来を、私は正気もなく空しくお待ちしておりました。

男の返事

目指す山の端は空同様どこも曇り果てて入る方も見えず、つい心もうつろになり、そのまま大空に立ち消えた月光（の私）でした。

〔語釈〕　**〇人の返ごと**　人との文通を指す。「返ごと」は90番歌の詞書と同じく、手紙のやりとり、文通、の意。**〇いるかた**　入る方。辿り着き入る方向。辿り入る山の端の方角と訪ね入る女の家、の二義を含み持つ。**〇さやかなりける**　①はっきりしている。分明だ。②明らかな。明るい。ここはこの二義を合わせ持っている。**〇うはの空にも**　無我夢中で、の意と、むなしくも、の意とを掛け合わせている。虚脱感を含み持つ。類歌「山の端の心も知らで行く月はうはの空にて影や絶えなむ（源氏・夕顔）なお、「いる」「さやか」「うはの空」は月の縁語である。**〇さしてゆく**　目指して行く。**〇山のはも**　空ばかりか、山の稜線も、の意。**〇かきくもり**　相手の心のくもり（不機嫌さ）を暗示する。**〇こゝろもそらに**　心も「空虚（そら）」になって。「そら」には、「大空」の義を掛け合わせている。

〔補説〕　この二首でも、先立つ90・91番歌の贈答と全く同じ形式を見出だす。即ち、「たまさかに」—「かへりこと」—「人」—「返し」と、「なにのをりにか」—「人」—「返ごと」—「返し」である。局面は異なり、この応答内容は、男の訪れを待つ女と不訪を弁明する男との、「待てど逢はざる恋」をめぐる物語人物二人のやりとりである。これらも、

ともに式部の創作的習作歌であろう。以下も同じと考えておきたい。(〔解説〕考察五参照。)

又、おなじすぢ、九月、々あかき夜

おほかたのあきのあはれを思ひやれ月にこゝろはあくがれぬとも　F

〔校異〕 ナシ

〔現代語訳〕 また、同様の筋書きで、九月の、月の明るい夜の歌

総じて秋の半面は「飽き」、あなたに顧みられない私の悲しい思いも思いやって下さい。美しい秋の明月に心を奪われなさることがあろうとも。(私どもの仲もどうやら終わりに近いようで……)

〔語釈〕 **○おなじすぢ** 前歌と同じ筋書き「待てど逢はざる恋」の線上で、詠まれた歌、の意。ここは、男の「飽き」の思いに傷つく純情一筋の女の立場にたって詠んだ歌。**○おほかたのあきのあはれ** 収穫と冷涼の秋の物事の多く見せる飽満の風趣の蔭に合わせ持つ哀愁の情。春の持つ盛・栄に対し、秋の持つ衰・枯の情を指す。ここは「男に顧みられない女の悲しみ」を指す。**○月** 秋の明月。この「秋の風物」に、暗に当の男の心を引く他の女、を言い込める。

〔補説〕 秋気・秋風とともに、人の心にさざめく秋＝明き・満足・満ち足りた思い・飽き・倦怠・離反の哀感を詠む。「おなじすぢ」とは、ここでは「逢わざる恋」、漸く相手に飽きられた人の心の秋の哀愁である。具体的には、人待つ女と来ぬ男の人物像が背景にある。男の二心を悲しむ女の歌である。これも式部の創作歌と見る。

源氏物語で「あきのあはれ」が熟した「ことば」として意識的に取り上げられる様になるのは、「薄雲」巻以降の地の文である。「女御は秋のあはれを知りがほにいらへ聞こえてけるも、悔しう恥づかしと御心一つにものむつかしうて悩ましげにさへし給ふを」(源氏・薄雲)。「もろこしには春の花の錦にしくものなしと言ひはべめり。やま

ところのはには、秋のあはれをとりたてておもへる」（同）。（〔解説〕考察五参照。）

95

六月ばかり、なでしこの花をみて

かきほあれさびしさまさるとこ夏につゆお《を》きそはん秋まではみじ　F

〔校異〕をきそはん―をきそむる（陽）

〔現代語訳〕（同じく）六月の頃、なでしこの花を見て詠まれた歌

（夏は終わりに近く）垣根の花も荒れ果て、淋しさが一際まさることです。このなでしこの花も、独り寝の床に涙の露の置き添う秋までは、とてももたないでしょう。（あの人の心変わりまで見たくはありません。）

〔語釈〕**〇六月ばかり**　前歌の「九月」に並べて詠んだ「おなじすぢ（待てど逢はざる恋）」の歌ということであろう。**〇かきほあれ**　垣根は荒れて。晩夏、夏の花は散り果て、なでしこの花だけが残り咲いている風情。**〇さびしさまさる**　声調としてはここで切れる。二句切れ。なでしこの花に寄せる孤愁の風情である。**〇とこ夏**　「なでしこ」の異称。「とこ」には、男女共寝の「床」を響かせている。なでしこの花は、夏から秋にかけ二季にわたって咲く。ここは、孤閨の歌主、女の像を寓している。**〇つゆおきそはん**　「つゆおきそふ」は露が降りて花の上に置き添う（加わる）、の意だが、「露」は涙の象徴。「ん」は推量の助動詞、連体形で、「秋」に掛かる。陽明本「をきそむる」は露が降り始める、の意。**〇秋まではみじ**　「秋（あき）」に、相手の心の「飽き」を言い込める。「見じ」の「じ」は、「なでしこの花」にとっては打消し推量。歌主（女）にとっては打消し意思。

〔補説〕六月は夏の終わり。秋は近い。秋の「なでしこ」に夏の「とこなつ」を併せ重ねて詠む。「あき（秋）」は、本来「明き（満足）」の意だが、満ち足りる「飽き」の意をも含み持ち、その思いが男の心に芽生え始めている。男の訪れも途絶えがちになっている。「かきほあれ」はその心象風景である。人気の途絶えの嘆きは、共寝をして

きた床にまで及ぶ。「なでしこ」の花の色香の淋しさと、「とこ夏」の孤独の淋しさと重なる。これがこの歌の眼目である。忍び寄る秋に向けて、孤愁空閨を傷む女の歌である。これもまた、式部の創作歌。その根底には次の古今集の二歌が据えられている。

　里は荒れて人はふりにし宿なれや庭もまがきも秋の野らなる（秋・二四八・遍昭）

　塵をだに据ゑじとぞ思ふ咲きしより妹とわが寝るとこなつの花（夏・一六七・躬恒）

なお、「なでしこ」に「子」を見て、賢子をイメージする解もあるが、「子」を意識する余り、歌意を曲げて解釈する惧れを憂え、敢えてここは男女の離反を主題とする一連の創作歌詠の試作と採っておきたい。（〔解説〕考察五参照。）

源氏物語での類歌「うち払ふ袖も露けきとこなつに嵐吹きそふ秋も来にけり」（帚木）「山がつの垣ほ荒るともをりをりにあはれはかけよなでしこの露」（同）。「なでしこのとこなつかしき色を見ばもとの垣根を人やたづねむ」（常夏）。特に常夏巻の歌は「なでしこ」「とこなつ」を併用した用例として注目される。「とこなつ」は源氏物語では初期に現れるばかりで、秋文学構想の色濃い六条院物語になると、地の文でも「とこなつ」の用例は消え、「なでしこ」例一色になるからである。

96

　ものやおもふと、人のとひたまへる返事
　に、なが月つごもり

はなすゝき葉わけのつゆやなに、かくかれゆく野べにきえとまるらむ　F

　わづらふことあるころなりけり

〔校異〕　つこもり―つこもりに（陽）　はなすゝき―をすゝきか（陽）　葉わけ―葉わき（陽）

〔現代語訳〕　何か心のお悩みごとでも、と人がおたずね下さった返事として、九月末の頃に詠まれた歌。（もう秋も終わり近く）穂の出た薄の葉を分けて降りた露（私）は、いまにも儚く散りそうなのに、なぜこんなにすべての枯れ行く野辺に、消えたり、留まったりしているのでしょうか。（葉の露は消え、露の身の私は留まっています）（これは恋の歌ではなく、歌主が、）体調を崩している頃の事でした。

〔語釈〕　○返事　返答、返信。90番歌〔語釈〕参照。○はなすゝき　穂の出た薄。○葉わけのつゆ　「中務集」一七八「みれどなほ野辺にかれせぬ玉笹の葉分けの露はいつもたえせじ」の用例に準じ、「全歌（小町谷）」の「葉を分けて下葉に置いた露」がよい。しかし、、「かれゆく」に宣孝の夜離れを読む点は従えない。すなわち、この歌を、集前半に位置すべき宣孝生前時代の歌と見るから、こういう読みになる。実在の宣孝と限ることはない。○や　疑問の意の係助詞。○なにゝ　何故に。○かくかれゆく野べ　これほどまでに万物の枯れ果てて行く野原。晩秋の野景。○きえとまるらむ　消えたり、残ったりしているのだろう。「きえ」と「とまる」は対概念。「消え残る（消エズ残ル）」の意ではないこと、木船「解釈」の解くところである。但し、その「露は消え、花薄はとまる」の解は誤り。消える露に対して、「消えず残る露（私）」のあることを言っているのである。「らむ」は現在推量の助動詞、連体形。○わづらふことあるころなりけり　左注。歌主が病床に着いている時の歌だ、の意。すなわち、「この歌に先立って二首、三首と続いた『おなじすぢ（待てど逢はざる恋）』の一連ではない、夜離れの恋の歌ではない」との注記であり、歌の背景説明の「けり」である。実詠ではなく、虚構歌であることの一証。

〔補説〕　「人のとひたまへる」の敬語表現が注目される。「人」は、敬語で待遇される女性の趣である。「全評釈」は、宮仕え前の式部寡居時代の、倫子を考証している。しかし、歌順から見て、この歌も創作詠歌群の一と見られるので、虚構人物であろう。年長の近親者からの心遣いの問い掛けを受けた女性という場面設定だろうか。

94歌九月・95歌六月・96歌ながら月（九月）と月次哀愁の羅列である。背景の物語の透けて見えるような歌が並ぶ。だが、すべてを結ぶ糸は見えない。又、見えなくてもよいのだ。「去ろうとする秋」「来ようとする秋」で、いずれも秋季の試作習作歌の羅列だから、である。

「消える露」「消えぬ露」を詠む、その「消えぬ露」とは、愁傷のわが涙の喩えか、儚いわが身の喩えか。恋の歌か、命の歌か。歌だけでは分からない。左注部分は、その答えで、種明かしである。即ち、後者「命の歌」が物語的に正解で、恋の歌ではなかったということになろう。この左注の存在意義についても注意したい。詠歌の物語的背景の指定である。（〔解説〕考察五参照。）

なお、源氏物語で、「葉分けの露」が歌詞に現れるのは、これも六条院物語の藤袴巻の蛍宮詠「朝日さす光を見ても玉笹の葉分けの露を消たずもあらなむ」の一例のみである。

かひぬまのいけといふ所なんあると、人のあやしきうたがたりするをきゝて、心みによまむといふ

97 世にふるになぞかひぬまのいけらじとおもひぞしづむそこはしらねど　F

又、心ちよげにいひなさんとて

98 こゝろゆく水のけしきはけふぞみるこや世にへつるかひぬまのいけ　F

〔校異〕 なそ―なと（陽）　へつる―かへる（陽）

〔現代語訳〕「かひぬまの池」と呼ぶ所があると、人が珍しい歌語りをするのを耳にして、私もこれを題材にして

試みに詠んでみようということで詠んだ歌

世を生き永らえるとて何の甲斐があろう、甲斐もないので生きていまいと思い沈むことです。が、その「かひ沼の池」に身を沈めるにしても、その池がどこにあって、どこまで沈むか、その底の深さも分かりませんが。

又（逆に）、この題材で、爽快な歌を詠みあげてみようとして詠んだ歌

いかにも満足そうに流れゆく水のさまを、今日この目で見届けることです。これこそ世に生きている甲斐もある「かひ沼の池」というもの。

〔語釈〕 **○かひぬまのいけ** 所在地は未詳。南波「文庫」は、陸奥の国新田郡貝沼郷の歌枕か、とする。又、同「全評釈」（513頁）や原田敦子「紫式部集『かひ沼の池の歌語り』私論」（『大阪成蹊女子短期大学研究紀要』24号所収）にも詳細な考察がある。しかし、この歌の在り様から推すと、あるいは式部ら仲間の虚構の池かも知れない。「といふ」「なんある」「あやしきうたがたりする」と、その実存を朧化させる言辞が並ぶからである。枕草子の類聚段がいい例である。**○人の** 物書き仲間の友人を指すか。**○あやしきうたがたり** 聞いたこともない貝沼の池を詠んだ歌語り。**○心みに** その題材を用いて詠めばどんな歌が出来るか、と思って。**○世にふるに** この世を生き永らえるとて。**○なぞかひぬまのいけらじ** 何ぞかひぬまの生けらじ。地名「貝沼の池」を物名として詠み込んでいる。「かひぬま」の、「かひ」に甲斐を読み取り、「甲斐の沼」「甲斐ある沼」として取り込み詠んだ。即ち、「世にふるになぞかひ……（生き永らへるとて何の甲斐かある）」と詠み掛け、甲斐もないではないか、の思いを引き出す。次いで、生けと池との掛けことば「いけ」に依って、「沼の池」より「生け」を詠み出し、「生けらじ」と続けて、生きていまい、生きておるまい、と詠み出す。「ら」は、完了助動詞「り」の未然形。**○おもひぞしづむ** 「思ひ沈む」の強調表現。「しづむ」に、投げる身の「沈む」意をも込める。**○そこ** 「其処」に「底」を懸ける。**○又** 別の半面を指す。**○心ちよげに** 喜悦・悦楽の方面から。**○いひなさんとて** その同じ題材を使ってなんとか詠み出そうとして。**○こゝろゆく水** 「こゝろゆく」は、満足する。「ゆく」に「行く水」の意が込められている。気持ち

よく流れ行く水。**〇世にへつる**　世に経つる。第五句「かひぬま」の「かひ」にのみ掛かる。

〔補説〕　この二首は題詠歌である。式部の題詠試作歌である。「かひぬまのいけ」という珍しい歌枕の存在を聞き知って、「処世」につき、哀楽二面から詠み挙げようとした試作歌の公開である。こうした試詠練習こそ、物語制作に必須の階梯であったであろう。珍しい地名・物名を耳にすれば、それを題材に歌を詠む事など、一般に行われていたことであろう。『枕草子』の類聚的章段に頻出する多くの物名・地名の類も、こうした詠歌の題材であった可能性が高い。

なお、生きる甲斐（生き甲斐）の有る無しは当時も人々の高い関心を引くテーマだったが、源氏物語歌では、明石尼君の「住の江をいけるかひある渚とは年経るあまも今日や知るらむ」（若菜下）が最も印象深い。

以上、90番歌以降、この98番歌までの歌群は、すべてこうした試作習作歌の類と私は読む。前後の日常実詠歌とは異質の詠歌群である。寛弘五年頃、こうした試みをしきりにしていたということで、ここに位置づけられていると思われる。源氏物語の執筆著作時期との関連も大いに注目されよう。（〈解説〉考察五参照。）

じじゅう《〔ちしう〕》さいしやうの五せちのつぼね、みや
のおまへいとけぢかきに、こうきでんの
うきやうがひと夜しるきさまにてありし
ことなど、ひと〴〵いひたてゝ、日かげをやる。
さしまぎらはすべきあふぎなどそへて

おほかりしとよのみや人さしわきてしるき日かげをあはれとぞみし　F

〔校異〕ちしう—まこの（陽）五せちの—「の」ナシ（陽）おまへ—かたへ（陽）けちかき—ちかくき（陽）いひたて、いひいて、（陽）をやる—やる（陽）さしまきらはす—さしまきはす（陽）さしわきて—さしわけて（陽）

〔現代語訳〕侍従宰相の藤原実成卿が奉った五節の舞姫のお部屋は、中宮様の御座所にひどく近いが、そのもとに、弘徽殿女御（実成の姉、義子）にお仕えする女房右京が、あの夜、人目に立つ姿で立ち交じって居たことを、宮の女房達が話題にして、日かげのかずらを送り届ける。広げかざせば顔を隠せるほどの扇などを（ひやかしに）添えて

数多かった豊明の節会の人々の中で、取り立てて目立った日蔭のかずらを付けたあなたを、私たちは感動して見ておりました。素敵でしたよ。

〔語釈〕**○じじゅうさいしゃう**　侍従宰相。「侍従」は、太政官中務省の官人で、天皇に近侍する。兼任の「宰相」は、参議の唐名。参議は大・中納言に次ぐ要職で、通常三・四位の中から任命され国政の審議に加わる。寛弘五年十一月時点、該当する人は、藤原実成（内大臣公季の子）。**○五せち**　五節。毎年十一月中旬に宮廷で行われた四人（御代替わりの年は五人）の舞姫による舞楽を指し、丑の日「帳台の試」、寅の日「御前の試」、卯の日「童女御覧」、辰の日「豊明節会の舞」の一連の行事が行われる。ここの「五節」は「五節の舞姫」の略称で、父実成が差し出した娘を指す。**○つぼね**　居室。控え室。ここは、一条院（里内裏）の東の対屋の北側。**○みやのおまへ**　中宮彰子の御座所。東の対屋の北、北の対の屋の東に設けられていた東北の対の屋。長保元年十一月入内以後、常に御座所として使用されていた。（萩谷「全注釈下」33頁）**○いとけぢかきに**　舞姫の控えの間と中宮の御座所との位置関係が庭を挟んで相対していることをいう。**○こうきでん**　弘徽殿。殿舎の主は一条天皇女御義子で、藤原公季の娘。

実成の姉に当たる。中宮彰子のライバルに当たり、帝寵を競い合っている。**○うきゃう**　右京。弘徽殿に伺候する女房名。「日記」では、左京馬とある。宮廷馴れした女房との評があった。対抗する中宮家に伺候する女房式部らにはとかく目障りな女房ということになる。**○ひと夜しるきさまにてありし**　右京が、宮廷伺候の実績を買われて、先夜、実成の奉った舞姫の介添え役を、目立って甲斐甲斐しく務めていたこと。〔補説〕の項参照。**○日かげ**　「日陰のかづら」の意。常緑のシダ類で長い蔓草。青い組紐で代用することもある。舞姫の頭髪に飾る神事冠の左右に挿し懸け垂らす。行事に奉仕する人々も冠に懸けた。**○さしまぎらはすべき**　翳して顔を隠せるほどの。その当日のことを言い当てられていることに相手が気付けば、恥じて顔を覆い隠したくなろうから、その用に立つように、とのひやかしの心を込めたものである。**○あふぎなどそへて**　「日記」には、蓬萊山の絵を描いた桧扇を「筥の蓋」に拡げて、日かげを「まろめて」贈ったとある。**○とよのみや人**　豊明節会に奉仕する宮仕え人。**○さしわきてしるき**　翳して特別目立つ。「さし」は「日かげ」の縁語。冷やかしの思いを込めた表現。**○あはれとぞみし**　感慨深く拝見しました。これも冷やかしの悪戯心が込められた表現。

〔補説〕　この段の背景については、「紫式部日記」に詳しく記述されている。

寛弘五年の五節の舞姫は、侍従宰相実成・右宰相中将兼隆・丹波守高階業遠・尾張守藤原中清の娘達四人で、妍を競い合った。舞姫・付添童女に寄せる人々の噂はかまびすしく、同座させられた式部は、幼い舞姫達の華麗さよりも苦しい心情を思いやって、深沈たる思いであるが、宮廷女房間の競争感情には、時として巻き込まれる自分（式部）でもあった。右の歌はその一例である。

侍従宰相実成の奉った五節の控えの間は、式部らの仕える彰子中宮御座所から眺め渡される程の近さにあり、人々の挙動も見え、声まで聞こえる程であった。「弘徽殿女御（義子。実成の姉）のもとには、左京馬が、物馴れたさまで交じっていたね」「あの夜、舞姫の介添えとして座っていた中の、東に居たのが左京さ」という公達の会話を耳にした中宮付きの女房達が、悪戯を仕掛け、以前内裏女房として宮中を立ち馴れた左京馬が、今は弘徽殿女御に仕え、その縁で、実成の奉った舞姫の介添え役に何食わぬ顔で立ち現れたのをとっちめてやりましょう、ということになり、嫌味の思いを不老不死の仙人の住む蓬萊山の扇絵に託して式部の詠んだ「おほかりし」の歌を送りつけたのである。しかもそれは弘徽殿女御からの手紙ということにして、中納言の君が使いの者に持たせて左京に届けるという仕掛けを施した。不変の仙境蓬萊山の扇絵に込めた身変わりの速い左京の変節を比べ咎める、中宮女房達の揶揄嫌味は、果たして左京に伝わったかどうか。底意地の悪い女房間の対立を思わせるが、こういうことも宮仕え人の遊び心の発現と見るべきものであろう。左京は、本「集」では右京になっている。

寛弘五年十一月五節の節会の折の詠。「後拾遺集」雑五には「詠み人知らず」として載せるが、「日記」等の記事からみて、中宮女房式部の詠であることに間違いはない。

100
中将せうしやうと名ある人々の、おなじほそどのにすみて、少将のきみをよな〳〵あひつゝかたらふをきゝて、となりの中将

みかさ山おなじふもとをさしわきてかすみにたにのへだてつるかな　G

101
返し

さしこえていることかたみゝかさ山かすみふきとく風をこそまて　G

〔校異〕 中将せうしやう―少将中将（陽）　へたてつるかな―へたつなる哉（陽）　さしこえて―さしこへて（陽）　ふきとく―ひきとく（陽）

〔現代語訳〕 中将の君と少将の君の召し名を持つ二人の女房が同じ細殿に局を構えて住み、その少将の君を夜な夜な私が訪ねて話し合っている事を聞きつけて、隣室の中将の君が

少将の君も私も同じ近衛の官名を持つ仲間内の身として三笠山の麓（主上のお近く）を分けて住んでおりますのに、（それにつけこみ）立つ霞に紛れて、どうやら谷間のあなたは私たち二人の間に、隔ての垣を作っていらっしゃいますね。私のもとだけを分け隔てなさって来て下さらぬなんて。

私の返し歌

霞のかかる間は、「私が作った」とあなたのおっしゃる隔ての垣を乗り越えて立ち入ることも難しいので、三笠山にかかる霞を吹き払ってくれるような風の訪れを待っているのです。霞が消えれば伺いも出来ましょうものを。

〔語釈〕 **○名ある人々**　召し名（呼び名）を持っている女房たち。**○おなじほそどの**　同じ細殿（宮殿中の細長い廂の間）に設けられた局。一条院内裏でのことである。**○少将の君**　中宮付女房、小少将の君。源時通の女。69歌〔語釈〕・70歌〔補説〕参照。**○となりの中将**　隣室の中将の君。南波「全評釈」は、「日記」（寛弘五、九、十一）の「小中将」と同一人と推定（詳細は未詳）。少将の君のもとばかりをしばしば訪ねる式部に注文を付けたのである。三人お互いに思いの通じる同僚女房と思われる。**○みかさ山**　三笠山（奈良市春日）は歌枕。天皇の御蓋《みかさ》となって近々に警衛に当たる大将中将少将など、近衛府の総称としても使われる。ここは、この二人の女房が、その官名を呼び名として持ち合っているので、この歌語を使ったのである。**○さしわきて**　二つ（の局）に分けて。「さし」は「かさ（笠）」の縁語。**○かすみ**　霞は春季の風物。それに重ねて、式部の介在に絡む、事の違い目とか疑心暗鬼、感情の行き違いなどを「霞」に喩えたものか。「霞」の「すみ」に「住み」の意（さしわきてすみ）を響かせる。**○たにの**　谷間のあなた（式部）が。「たに」は中将の君と少将の君との二人の間に位置する式部を喩える。**○さしこえて**　隔て（式部が作ったと中将に言い掛かりを付けられた中将・少将二人の間の隔て）の垣を乗り越えて。この「さ

し」も「かさ（笠）」の縁語。**○いることかたみ**　みかさ山に立ち入ること（訪れていくこと）は難しいので。現況のままでは改めがたい、の意。**○かすみふきとく風**　情況の良くなる機会、疎遠さ解消の機縁、の意。

〔補説〕　この100番歌で春の歌に代わる。霞の登場である。年度替わり（寛弘六年・一〇〇九）が考えられるので、以下を寛弘六年歌稿と位置づけて、便宜上、G群と称することにする。

歌に詠まれる「かすみ」の実体が不明なので、明解は難しい。単なる修辞か、一寸した事の違い目か、いわれのない風評か、感情的ないざこざ・対立か。返歌の「ふきとく風」とともに解決法も多様だろう。ただ、こういうやりとりを現実に交わしていることから考えると、ひどく深刻なものではなかろうと思われる。ともに宮中の細殿住まいの身、似た境遇の共通感情を持ち合った二人に加えて、式部のことだからである。少将の君が、「日記」に頻出する小少将であれば、なおさらであり、中将の君（未詳人物）を含めて、ここは、宮仕え生活での飾らぬ、気の置けぬ信頼関係を持つ、隣住の仲間同士の些細なトラブルと見ておきたい。

　こう梅を《お》をりて、さとよりまゐ《い》らすとて

むまれ木のしたにやつるゝむめの花かをだにちらせくものうへまで　G

〔校異〕　むまれ木―むもれき（陽）

〔現代語訳〕　紅梅の枝を折り取り、里から中宮様に献上するに当たり

人目に立たぬ木々の下に埋もれて咲く我が家のしがない梅の花です。（花の色はともかく）せめて香りなりと雲の上（宮中）まで届いて薫ってほしいものです。

〔語釈〕　**○さと**　自邸。私宅。**○まゐらす**　下の句及び次に続く二首との関連を考えると、贈る相手は中宮。**○むまれ木**　「むもれ木（埋もれ木）」に同じ。同行通音で転化したもの。人目に立たぬ我が家の雑木。謙遜語。「全歌

（小町谷）」は、「むもれ木の」を、「した」にかかる連体修飾語として採らず、比喩的に用いられていると見て、連用修飾語的に「埋もれ木のように」と訳す。気分的にはその可能性を含むと思うが、語法としては「した」に掛かっていると言うべきだろう。**○やつるゝ** 見窄らしく咲く。これも謙遜語。**○かをだに** 見栄えのしない花なので、表層の花の色や姿はむりとしても、せめて香りなりと、の意。**○くものうへ** 雲の上。宮中を指す。なお、「うへ」は、二句の「した」に対する対語でもある。

〔補説〕 里下がりをしての自詠歌。中宮に献上する自邸の紅梅の枝に添えて詠んだ。上の句の自遜の歌詞の連続は、105番歌詞書、「こよなうちりつもり、あれまさりにける」の叙述に通じ、改年の我が家にあってお上に届けられるものは、無形の色無き香りのみという。形は見えなくとも存在感を示す香りに、姿こそ御前に見せないが、目には見えぬ敬愛の気持ちばかりはぜひ中宮様に届いて欲しいという思いが託されている。謙遜しているが、恐らく奉献に値するような見事な紅梅なのであろう。早咲きか、枝振りか、色艶か。就中、薫香か。しかし、それとて中宮様への献納に値するほどのものではないが、せめて新春慶賀の気持ちばかりを届けられたら、という歌である。何よりも新宮母后になった彰子中宮に捧げる鑽仰敬愛の真情が溢れ覗いている。ささやかな新年の祝意を表す歌といえよう。

なお、家集としては、内裏での霞に続いて、里邸での梅である。後出の105番歌との連動にも着目したい。即ち、寛弘六年正月初頭（正月三日またはそれ以降）の歌と考えてよかろう。

以下は、中宮に成り代わって詠んだ旧詠の春の献詠歌二首だが、中宮献上の連想でここに挿入されている。

う月にやへさけるさくらのはなを、

内にて

こゝのへに、ほふをみればさくらがりかさねてきたるはるのさかりか　G

〔校異〕　内にて―うちわたりにて（陽）

〔現代語訳〕　四月に、八重に咲いた桜の花を見て、宮中で、

幾重にも、ここ宮中で美しく咲き拡がっている様子を見ると、桜を探し求めて、春の盛りが四月になってもまたまた巡ってきているように思います。

〔語釈〕　○う月　四月。寛弘四年（岡説）が妥当。四月は、陰暦の暦月では初夏である。しかし、節月でいうと、四月節立夏を迎えぬうちは「晩春」に当たる。寛弘四年の立夏は遅れて四月十三日であった。従って、詠者は、暦月四月に重ねて迎える「春」を想うのである。京の風流人士にとっては、春は長ければ長い方が良いのである。○やへさけるさくら　八重桜。幾重にも重ね咲きした桜。○こゝのへ　九重。幾重にも重なる、の意。幾重にも宮門の重なっていることから、皇居、宮廷、を指す。「八重（桜）」の重層美よりの連想。○にほふ　美しく咲き誇る。○さくらがり　桜狩り。桜を求めて徘徊すること。桜見物。「桜狩り雨は降り来ぬ同じくは濡るとも花の蔭に隠れむ」（拾遺抄・三一・読人不知）。○かさねてきたる　春三月に続いて、「春」が―四月の春として―再びやって来た。暦月観・節月観の二元的な四季観である。「かさ（重）ねて」は、初句「ここのへ（九重）」に呼応している。

〔補説〕　中宮への四月献上桜に春の再来を賞でる式部の頌歌。献詠歌であろう。

「伊勢大輔集」には、次のようにある。（『私家集大成』〈伊勢大輔Ⅰ〉による）。

女院の中宮と申ける時、内におはしまいしに、

ならから僧都のやへさくらをまいらせたるに、

こ年のとりいれ人はいまゝいりそとて、紫式部

のゆつりしに、入道殿きかせたまひて、たゝに
はとりいれぬものを、とおほせられしかは
いにしへのならのみやこのやへさくらけふ九重に
にほひぬるかな
との、御前、殿上にとりいたさせたまひて、
かんたちめ、君達ひきつれて、よろこひに
おはしたりしに、院の御返
こゝのへににほふをみれは桜かりかさねてきたる
はるかとそ思ふ

前者は、伊勢大輔が紫式部からの大役譲りに感謝をしつつ詠んだ献詠歌、後者（女院の御返歌）は、式部が女院（中宮）に代わって詠んだ代詠歌と見られている。すなわち、後者は、一見「院の御返」とあるので、女院（中宮）の御歌とも読めるが、当集103番のこの歌により、原作は式部の詠歌と知れる。第五句に若干の異同がある。後藤祥子「家集の虚構の問題―伊勢大輔「いにしへの」をめぐって―」（『王朝女流文学の新展望』竹林舎刊所収）では、「かさねてきたるはるかとぞ思ふ」に詞書に見える上達部・君達の賑々しい来訪を重ねて院（中宮）が答礼したものと解釈する。その可能性は十分ある。とすれば、「伊勢大輔集」所載のものは当座の式部献詠歌の第五句「はるのさかりか」に手を加えた女院（か、式部代詠）の即興改変歌で、その後、式部が自歌集編纂に当たり、その原作歌とも、元歌とも言えるこの歌を内々の記念として備忘的に記録したものかも知れない。その折、式部は、代詠の事実が世に洩れることを憚り、経緯朧化のため、第五句をあえて元のままとし、同時に詞書も簡略に施したものか、とも思われる。「伊勢大輔集」の歌は、寛弘四年のこととする岡説が首肯できる。しかし、中宮献上歌の連想で、この寛弘六年時の歌稿整備の折、ここに追録されたものであろうか。

なお、62~64歌の〔補説〕で触れたように、寛弘二年末の初出仕時のトラブルで自宅籠もりに入っていた式部が非難の世評に反撥して再出仕に踏み切ったのが、この四年三月末と読まれるので、右の「今年の取り入れ人は今参りぞ」の式部の発言は、この四年春参入の大輔を指したものと見るべく、自分は歳末ながら前々年の古参であり、しかも今は再出仕の身だとの思い、と読むことになろう。

163

さくらのはなのまつりの日までちり
のこりたる、つかひのせうしやうのかざし
にたまふとて、葉にかく

神世にはありもやしけん山ざくらけふのかざしにをれ《お》るためしは　G

〔校異〕 さくらのはなの―うつきの（陽）　たまふ―たまはす（陽）

〔現代語訳〕 桜の花が祭りの日まで散らずに残っていたが、その枝を、賀茂に派遣される少将に髪飾りとして中宮様が下賜なさるということで、その葉に書き付けた歌

遠い遠い昔には、あるいはそんなことも在ったことでしょうか。山桜の花を祭りの日のかざしとして折り採った前例などは。今の世ではなかなかあり得ないことで、賀茂の神もびっくりされることでしょう。

〔語釈〕 **○まつりの日**　賀茂神社の祭りの日。四月中旬（中の酉の日）。前歌に引き続き、寛弘四年だろう。**○ちりのこりたる**　寛弘四年の立夏は遅れ、四月中旬には桜が残っていたのである。**○つかひのせうしやう**　天皇の勅使として賀茂神社に派遣される近衛の少将。**○かざしにたまふ**　髪や冠に挿す飾りとして（中宮が）お与えになる。通常は、葵、桂。**○葉にかく**　「書く」とも「かく（斯く）」とも採れようが、前者。**○神世**　神つ世。神々の活動

した遠い昔。「人の世」の対することば。**○ありもやしけん**　「や」は疑問の意。珍しいことの多かった神世には、あるいはあったかも知れない、その可能性を否定しきれない。裏には、「人の世」になってからは、全く考えられない、の意を込めている。**○けふのかざし**　今日の賀茂の祭における人々の髪の飾り物。**○ためし**　前例。故事。

【補説】　これも前歌と同年の詠であろう。この年の立夏は四月十三日。桜花が祭りの頃まで残っていた。賀茂祭の人々の髪のかざしに桜の花が使われるとは未曾有の珍事だというのである。通常はひたすら散り急ぐ桜の花が、夏祭りの日まで残ることの珍しさを詠い、その貴重さを詠み添えて、中宮下賜の花を賛美したのである。また、これこそ長い春を求めた式部自身の二元的四季意識の興趣に副うものでもあったろう。有名な「ちはやぶる神世も聞かず竜田川唐紅に水くくるとは」の業平歌を念頭に置いて一歩譲り退き、あれほどではないにせよ、この「かざし」も珍重すべきものと歌い上げたものである。代詠献詠歌の一つである。寛弘四年時の旧詠だろうが、「花（梅・桜）―中宮―献上」の中宮連想で、103歌と同様、中宮代筆献上歌として一括し、ここに位置させたものと思われる。同種同類の歌を纏めたものと言えよう。寛弘四年ならば、早く岡説に説く通り、その勅使は、明子腹の頼宗（道長次男）である（「御堂関白記」「権記」）。

105

む月の三日、うちよりいでて〔こ〕、ふるさとの、たゞ
しばしのほどに、こよなうちりつもり、
あれまさりにけるを、ことい みもしあへず
あらためてけふしもゝのゝかなしきは身のうさや又さまかはりぬる　G

【校異】　あれまさりにける―あれまさりたる（陽）

〔現代語訳〕 正月三日、宮中より退出して、里の屋敷がほんのしばらくの内にひどく塵が積もり、一層荒れ果てていたので、つい新年の慎み言も忘れて
年が改まり、正月の今日、よりによって新しい物悲しさを思うところを見ると、わが身の憂さも改年相応に、又、今までの憂さとは様変わりしたのでしょうか。

〔語釈〕 **○む月の三日** この表記は寛弘六年正月三日と考えられる。四年（文庫）、五年（評釈）、六年か（全歌）（秋山）の諸説がある。上述の編年読みから、六年を採る。**○しばしのほどに** しばらくの宮仕えの間に。**○あれまさりにける** 住む人の少なさをいう。**○こといみ** 言忌み。災いを懼れ、不吉なことばを避けること。**○あらためて** 年が改まり。新しく。改年意識である。この初句は、三句「かなしき」、五句「さまかはりぬる」にまで掛かっている。**○けふしもゝのゝかなしき** 「しも」は強意。改まっていいはずの改年正月の今日、よりによって改まることもなくまたまた身の悲しさを思う、の意。**○身のうさや又さまかはりぬる** わが「身の憂さ」も、他の物事と同じように、改年で中身が変わってしまったのか。「身の憂さ」そのものは相変わらずながら、別の新しい「身の憂さ」を感じております、の意。「や」は、疑問の係助詞。「又」の語に注目。「身の憂さ」の何段階にわたる変貌を示している。

〔補説〕 年が改まれば、少しは変わり改まることもあろうかと思っていたのに、又別の「身の憂さ」が襲いかかるという。新年早々、里帰りして思う受領家風情の我が家の、さだ過ぎた寡婦の身の周りの悲哀を、独詠的に詠み上げる。敦成親王生誕に沸く宮仕え先の栄耀との落差は、華やぐ松の内だけに、一層その思いを深めたことであろう。下の句「身のうさや又さまかはりぬる」には、又、今までとは違う「身の憂さ」の質的変化も詠み添えているようである。
〔語釈〕に示したように、この歌は寛弘六年の初頭歌であり、102番歌より続くものである。すなわち、102・105の二首は、寛弘六年正月三日の里下がりの折の歌であり、外向きの詠—内向きの詠、献上歌—独詠歌、晴—褻、の両

面詠草で、表裏一体を成している。102番歌上の句「むまれ木のしたにやつる、むめの花」の雰囲気は、この歌にそのまま流れ込んでいる。その間に103・104の二首の中宮連想による回想歌（四年の旧稿）が入ったので、ここでは詞書きをやや細述したものか、と思われる。宮仕え生活と里生活の二重性は新しい段階を迎えている。

なお、「日記」によると、寛弘六年正月三日は、敦成親王の戴餅の日で、式部は宮中に奉仕していることから、この段を六年ではないとする「全評釈」等の説があるが、その日の夜の退下退出を考えることも出来る筈である。「日記」は、この三日で中宮家奉仕の記録が突如として杜絶していること、そしてその後は古来疑問視されている不思議な記事の変貌（消息文体等々）を見せているからである。むしろ、我々は、「日記」と「家集」の、この年の、この日の暗合に注目すべきであろう。「家集」でも、続く106番歌は、この歌から大きく飛んで、突如、同年冬に変わってしまっている。しかも、それも又里下がりの歌である。

106
　五せちのほどまゐ《〔い〕》らぬを《〔お〕》、くちをしなど
　べんさいしやうのきみの、たまへるに
めづらしときみしおもはゞきて見えむすれるころものほどすぎぬとも　G
　かへし

107
さらばきみやまゐのころもすぎぬともこひしきほどにきてもみえなん　G

【校異】くちおしなと―ナシ（陽）　きみの―君なと（陽）　、たまへるに―のたまへる（陽）　めつらしと―めつらしき（陽）

【現代語訳】五節の折、里下がりして宮に参上しない私をみて、「（これを見ないとは）惜しいことね」などと弁宰相

の君がおっしゃったので

私の青摺り衣姿にも見所があると他ならぬあなた様が思われるのなら、着て出かけてお目に掛けたいと存じます。やっと摺り上げた小忌衣が季節はずれになっておりましょうとも。

弁宰相の君の返事

そういうことなら、山藍衣の五節の季節が過ぎた後でも（結構）、あなたに逢いたいと思っている間に、是非それを着て姿を見せて下さい。

〔語釈〕○五せちのほど　五節の舞の行われる十一月豊明節会の頃。**○まゐらぬ**　里下がりのまま宮中に参入しない。**○べんさいしゃうのきみ**　弁宰相の君。藤原道綱（道長の兄）女豊子。大江清通の妻で、敦成親王の乳母を勤めた。〔補説〕参照。**○めづらしと**　私の小忌衣《おみごろも》姿に見所があると。「おもはば」に掛かる。**○きみし**　「し」は強意の副助詞。**○きて見えむ**　「着て」に「来て」を懸けている。着てやって来て、の意。「見えむ」は、「見られむ」、あなたに見られましょう。あなたに見て頂きたいと思っている、の意。**○すれるころも**　大嘗会・新嘗会の折に着る浄衣。小忌衣ともいう。白地に山藍の葉液で小鳥や草花の模様を摺り染めにした。五節の行事では、参加者が装束の上に、この青摺り衣を着添えた。**○ほど**　時期、時節。**○さらば**　そうお思いなら。そういうことならば。**○やまゐのころも**　「やまゐ（山藍）」の摺り衣を着る頃。「ころも（衣）」に「ころ（頃）」を掛け合わせている。**○こひしきほどに**　貴女が恋しく、ぜひ逢いたいと思っている間に。出来るだけ早い機会に、の意。参考「伊勢の海士と君しなりなば同じくは恋しき程に見るめ刈らせよ」（後撰集・九〇八）。**○きてもみえなん**　それを着て、やって来て姿を見せてほしい。「き（着）て」に「き（来）て」を懸ける。「みえ」は（私たちに）見られ、の意。下二段動詞「見ゆ」の未然形。「なん」は他に対して誂え望む意の終助詞。

〔補説〕　里に下がったまま宮中五節に参加しない式部を誘う弁宰相の君は、敦成親王の乳母。中宮の上臈女房で道長の姪にあたる。讃岐守大江清通の妻として「讃岐の宰相の君」と呼ばれた。「日記」に幾度も登場する。

寛弘五年、敦成親王生誕時には、倫子とともに近侍し、御湯殿儀の折、産湯の主役を務めた。主上の若宮対面の折には、御佩刀を取り持ち、五十日祝儀では、中宮のまかなひ（給仕）役を務め、その祝儀の祝宴で、道長より、式部とともに献詠歌を所望された。宮中還御の折には、大納言の君と同車して参内する。

翌寛弘六年正月、若宮の戴餅のため、御佩刀を取り持ち、清涼殿に参上した。また、七年正月は、中宮のまかなひ役をも務めた。

側近中の側近であったといえよう。

右の「戴餅」の儀における弁宰相の君について「日記」では次のように書いている。

いとをかしげに髪などもつねよりつくろひまして、やうだいもてなし、らうらうしくをかし。たけだちよきほどに、ふくらかなる人の、顔いとこまかに、にほひをかしげなり。

容姿の目立つ貴婦人だったらしい。その君の誘いである。従って、「めづらしと君し思はば」の語句には格別の思いも籠もっていよう。だからといって、式部が小忌衣を着て出かけていったとは、とても思えないが。歌順から推して、寛弘六年冬のことであろう。「権記」によると、同年の節会は十四日（丑）から十七日（辰）まで。彰子中宮の第二子敦良親王出産（同月二十五日、於土御門殿）の直前であった。

ここに限らず式部の里下がり記事は多い。華やかな五節の宮廷行事や、土御門邸での御産をよそに、家に籠もる式部について、「評釈」や「全歌（秋山）」は、暗澹たる宇治十帖の執筆に専念する姿を思い描いている。この贈答歌に関しては、更に多方面から究明される必要がありそうである。

家集は、ここで、90番の場合と同様、宮仕え歌から急転する。

108
人の〔を〕おこせたる
うちしのびなげきあかせばしの丶めのほがらかにだにゆめをみぬかな　G
七月ついたちころ、あけぼの成けり
返し
109
しの丶めのそらきりわたりいつしかと秋のけしきに世はなりにけり　G

〔校異〕　ほからかにたに―ほからにたに（陽）　返し―ナシ（陽）　いつしかと―いつかしと（陽）

〔現代語訳〕　ある人が送ってよこした歌

（時鳥さながら）人知れずあなたのことを思い嘆きながら眠れぬ夜を明かしているので、せめて今朝ぐらいは早朝が屈託なく明け渡るように明るいあなたの夢でも見たいのに、それさえ叶いませぬ。

それは、七月一日ごろの朝方のことでした。

その返し歌

夜明けの空には霧が一面に立ち渡り、いつの間にか秋めいた景色に世は変わってしまいましたね。私たちの仲もそうでしょうか。

〔語釈〕　**○人の**　ある人（男）が。「人」を宣孝等と具体的に特定する考えは採らない。83歌〔語釈〕の③事例。**○うちしのびなげきあかせば**　人目を忍び、嘆き続けて夜を明かしているので。時鳥の忍び音の風情。**○しの丶めの**　「しののめ」は早朝、明け方、曙、を意味する歌語。薄明るくなる頃を指し、時間的には、「あかつき」の後、「あさぼらけ」の前。**○ほがらかにだに**　せめてわだかまりなく。「みなほがらかに、あるべかしくて、世の中（＝男女の仲）を御心と過ぐしたまひつべき」（源氏・若菜上）。**○七月ついたちころあけぼの成けり**　左注。この解説的注記を承けて女の側の「返し」歌が詠まれている。創作的手法が露呈している。「七月ばかりになりにけり。都にはまだ入り立たぬ秋のけしきを、音羽の山近く、風の音もいと冷ややかに、まきの山べもわづかに色づきて」（源氏・椎本）の日時指定と同じ手法である。**○きりわたり**　霧り渡り。一面霧が掛かる。贈歌四句の「ほがらか」に対置される、愛執についてのわだかまりの心象風景でもある。**○秋のけしき**　「秋」には「飽き（＝これで十分、もう結構という思い）」が込められている。類歌「身に近く秋や来ぬらむ見るままに青葉の山もうつろひにけり」（源氏・若菜上）

〔補説〕　この贈答歌から、歌相が再び急変する。前の108番歌詞書には、「人の」とあり、人物を特化させない事例。そして、「七月ついたちごろ」の解説的な左注を付ける。そして、その注記を基に返し歌が詠まれている。両歌には創作的手法が透けて見える。90番歌〜98番歌の秋季習作歌群に見られた特徴と軌を一にする。内容的にも、109番歌などは源氏・若菜巻の紫上の思いそのものと言ってもいい。式部や仲間の創作的詠歌の可能性が強い。そしてそれは、113番歌まで続く。いずれも特定のテーマ、キーワードを持っている。この歌は、「ほがらか」「秋のけしき」であろう、それらで詠む実験例と言える。

この歌群の詠作年次を忖度してみよう。創作歌なら、詠作年次を特定することはむろん困難であり、あくまで一つの推測に留まる。ただ、その場合でも、現実の詠作時点の季節感覚は、創作歌にも反映する可能性がある。七月一日、その当日に秋入りを思う返歌の意識は一般的な暦月的四季観である。しかし、暦月節月の二元意識を合わせ持つ式部の作る歌という観点でみると、「七月ついたちごろ……」という左注をわざわざ置いて109番歌「いつしか秋（飽き）の景色になった」と表現したところからみて、七月一日ごろになり秋到来の気配を感じた、ということであろう。すなわち六月中はまだ秋の気配はなかったという意識であろう。従って節月の秋到来の「立秋」はまだ来ていなかった感触である。来ていたら、その時点で現実季節感に敏い式部なら「秋」を感じていたろうからである。詠作候補年を当たってみよう。

寛弘四年立秋　六月十七日
同　五年立秋　六月二十七日
同　六年立秋　七月八日
同　七年立秋　六月二十日
同　八年立秋　七月一日

すなわち、寛弘六年か八年が他の年に比べて詠歌当年として相応しいことが判る。就中、寛弘八年である。その年は暦月節月とも七月一日が秋入りになるからである。もとより憶測に過ぎないが、一つの可能性として抑えておこう。前掲寛弘五年の創作歌群の後の、寛弘八年までに詠まれた試作歌の幾つかということだろうか。

110 七日
おほかたにおもへばゆゝしあまの川けふのあふせはうらやまれけり　G
返し
111 あまの河あふせはよそのくもゐにてたえぬちぎりし世々にあせずは　G

〔校異〕　おほかたに―おほかたを（陽）　あふせは―あふせを（陽）　よそのくもゐにて―雲のよそにみて（陽）
〔現代語訳〕　七月七日（七夕の詠）
普通に考えると、「あまの川」は脱俗の尼を連想させて、世間離れしたとんでもない川ですが、今日は七夕、世離れた天上であれ、二星の出会いは羨ましい限りです。私にはそれもありませんので。
返し歌

今日の世離れた天の川での二星の出会いは、私には遠い無縁の話で、羨ましくはありません。せめてあなたとの絶えぬ宿縁が、この世ばかりでなく、来世まで変わらぬとならば、(嬉しいのですが、それもどうでしょうか。)

〔語釈〕 **○七日** 七月七日の七夕に寄せる歌。**○おほかたに** 一般に。並に。概して。**○ゆゝし** 由々し。不吉だ。縁起でもない。出会いの歌に、離縁脱俗の「尼」が連想されるので、不吉というのである。**○けふのあふせ** 今日七夕の日の出会い。牽牛織女の逢瀬を指す。返歌の「あまの河あふせ」に同じ。**○よそのくもゐ** 私には無縁の遠い雲居(天上)の話であって。**○ちぎりし** 「ちぎり」は宿縁。縁故。関係。「し」は、強意の副助詞。**○世々にあせずは** 過去・現在・未来の三世にわたって変わらなければ。この世ばかりか来世まで消えず残れば。「よいのですが」の疑惑不信の気持ちが省略されている。

〔補説〕 前歌に続き、男女の秋の贈答歌が並ぶ。同じような時期に作られた歌であろう。迎えた七夕の夜、「あまの川」を題材に交わした応答である。二星の出会いを羨む歌に対し、出会いなどよりも長い宿縁を冀う歌を返す。一見恋歌のやりとりに見えるが、内実はかなり現実離れしている。「あまの川」は古来七夕星の出会いの場として恋歌に詠み交わされる事の多い詞だが、ここの「あまの川」には、「尼」が響かせてあり、離俗を意識した用法で、恋歌には極めて珍しい。そうした使い方は物語歌の場合でも同様に珍しく、「源氏物語」の歌でも、式部にそうした用語意識があったせいか、この語は全く使われていない。(僅かに、東屋巻の地の文に、「この御ありさまを見るには、あまの川を渡りてもかかる彦星の光をこそ待ちつけさせめ」の一例があるのみである)。ところが、その詠歌例がここに現れている。従って、これは現実に贈答された実詠歌の可能性は殆ど無く、女友達間で交わされた物語的作り歌かとも思われるが、また、ともに式部の歌かも知れない。創作歌ということになれば、式部の試験・実験事例ということになろう。虚構物語的に創作された歌の貴重な事例がここに遺されているというべきである。「あまの川」「よその(くもゐの)あふせ」などの創作実験例である。「あまの川」の歌詞は結果的に「源氏」の中で使われることこそなかったが、その返し歌として詠まれた111番歌的な創作詠法は「源氏」に大きな影を落としている。

例えば、111番歌の下の句は源氏・鈴虫巻に、また、その上の句は同・幻巻に、それぞれ別の形で活かされている。

へだてなくはちすの宿をちぎりても君がこころやすまじとすらむ

三世に絶えぬ契りを約束する光源氏に対し、その心をも悲しく受け止めるしかない女三宮。

たなばたの逢ふ瀬は雲のよそにみてわかれの庭に露ぞおきそふ

星合の空を見る人々とも離れて、夜深く独り起き出て亡き妻紫上を偲ぶ光源氏。
両人それぞれの救いようもない「くもゐのあふせ」という絶望孤独の心の深淵に焼き直されている。
やはり、この110・111贈答歌も創作歌であろう。作る式部の年齢意識も影を落としていよう。

112

かどのまへよりわたるとて、うちとけたらん
を見むとあるに、かきつけて返しやる

なほ〔を〕ざりのたよりにとはむひとことにうちとけてしもみえじとぞおもふ　G

〔校異〕　あるに―いひたるに（陽）　返しやる―かへしけり（陽）

〔現代語訳〕　我が家の門前を通り過ぎて余所に行こうとしているくせに、自宅でくつろいでいる私の姿を是非見たいということでしたので、その便りに書き付けて送り返した歌

思いつきの便宜で訪ねたいとの一言を真に受けて靡き、気を許して逢うようなことはしまいと思います。

〔語釈〕　**〇かどのまへよりわたる**　我が家の門前を通って、他の女のところへ行く。「より」は、経過する場所を示す格助詞。「まへわたり」については今井源衛「『前渡り』について」（『紫林照径』）の論究が知られている。**〇うちとけたらん**　くつろいでいる。警戒心を解いている。**〇なほざりの**　一時の便宜に言寄せて。その場限りのついでにつけこんで。**〇ひとこと**　「人言」とも採れようが、「一言」と見る。根拠は、源氏物語の明石の巻「なほざり

に頼めおくめるひとことをつきせぬ音にやかけてしのばむ」。明石の君の歌である。

【補説】 歌は、第四句「うちとけて」がキーワードである。普段は「うちとけぬ」姿というのであってみれば、それが詠者の姿であれ、作中人物の姿であれ、そこには宮仕え人の姿が彷彿として浮かび上がる。宮仕え女房の式部にせよ、創作物語の侍女にせよ、伺候身分の人の里下がり時の姿態である可能性が大きい。

歌では、消息にいう外姿の「うちとけたらん（＝くつろいで）」を、心内の「気を許して」に置き換えて答えている。いわゆる「取りなし」である。宮仕え女房の機転の歌とも言えよう。この相手の男を宣孝と見る今井説もあるが、「集」の配置から無理に故宣孝と見ず、やはり、宣孝死後の、宮仕え中の詠とみていいのではないか。更にまた、ここにこの歌が配置されているところから推して、それを実詠と見なさず、「まへわたり」「うちとけすがた」のテーマで詠み上げた創作的物語歌の一例と見ることさえできよう。現実に、源氏・椎本巻に、この一首が隠棲の宇治八宮一家のありように置き直されて形象化されているのだから。

　まれまれは、はかなき便りにすきごと聞こえなどする人は、まだ若々しき人の心のすさびに、物詣での中宿り、行き来の程のなほざりごとに、気色ばみかけて、さすがにかくながめ給ふ有様などおしはかり、あなづらはしげにもてなすは、めざましうて、（八宮ハ）なげの答へをだに（姫君ニ）せさせ給はず。

113

　月見るあした、いかにいひたるにか

夜こめをもゆめといひしはたれなれや秋の月にもいかでかは見じ　G

【校異】 ナシ

【現代語訳】 （八月）月見の夜の翌朝、どう言ってきた歌の返事でしたか、

　たとえ相手が世を籠めた若い女であれ、決して浮かれて逢うつもりはないとおっしゃったのはどなただったか

しら。こんな美しい秋の月では、どうして夜通しご覧にならずにおれましょう。(一晩中、どこでどなたと浮かれて月見なさっていたの。)

〔語釈〕 **〇月見る**　「月」は八月十五夜の月。中秋の名月。**〇あした**　翌朝。十六日の朝。**〇いかにいひたるにか**　相手がどんなことを詠んできたのか、記憶に定かでないが、(その返事として)、の意。朧化表現。**〇夜こめをもゆめ**　「夜こめ(夜をこめて、一晩中)」に「世籠め(うら若い)」・「横目(心移し、浮気)」を懸け合わせる。「ゆめ」は、「決して」の意で、「夜」「世」の縁語。下に「せじ」など打ち消しの語句の省略文型と読む。**〇たれなりや**　「や」は疑問の助詞。**〇秋の月にも**　並列の意の助詞「も」に含意あり。「余所の女にも(＝どこかの美女に会うのは勿論のこと)」、の怨みの思いが込められている。**〇いかでかは見じ**　どうして見ないでおれましょう。会っておられたことでしょう。「か」は反語。

〔補説〕　八月十六日の詠。「いかにいひたるにか」と、相手の名も、また、その歌も、すべて朧化させてしまい、望月の夜の色男の艶姿を風刺して歌に込める。上の句の「よこめ」表現には特に作意が色濃く打ち出され、日常的な贈答歌を越えている。「一晩中(夜こめ)見続けることはしない」「あなたから心移し(横目)などしない」という誓言の外に、「うら若い美女(世籠め)でも決して手を出さぬ」という、今ひとつの秘義も籠められている。秋の月に美の極致を見ての詠であろう。「よこめ」は題詠的色合いが濃い。下の句「秋の月にも」の「も」の含意も深い。多情の男を咎める女の立場からの物語的創作歌と見ておきたい。「よこめ」はこの歌の重要なテーマである。その語に加え込めた秘義は式部の造語なのであろうか。

以上、108番歌よりこの113番歌までの六首は寛弘八年秋までの創作習作歌として一括することにする。共通項は秋の物語歌である。物語創造に打ち込んでいた頃の試作の一齣であろう。

〔家集構成に関する注記〕

寛弘六年春正月三日、一旦自邸に退出した式部は、105「あらためて……」の歌を「集」に遺し、(宮仕え人としての)新しい身の憂さに言い触れている。続く106「めつらしと……」・107「さらはきみ……」の両歌は、その年の十一月に飛び、華やかな五節の宮廷行事をよそに家に籠もる式部と、宰相の君との贈答歌であった。一月から十一月までの間、不思議な年次的空白がのぞいている。そして、その後に108より111までの二組の贈答歌、及び112・113の両歌の計六首が並び、いずれも八年秋までの創作歌の可能性が考えられるとすると、物語創作に打ち込んでいたと思われる当時の彼女の姿が、彷彿と浮かび上がってくる。この寛弘六年時から八年時までの創作歌群で、「家集」は一旦纏められたと推定できそうである。里下がりしてきて時間的余暇を得、従前よりの源氏物語執筆に専念する傍ら、自他に向ける今一つの眼を獲得して、来し方の自分の歌のとりまとめの機を掴んだのであろうか。そして又、他者に向けた眼で綴ったのが「日記」ではなかったか。「日記」の寛弘六年正月三日の若宮戴餅の儀における宰相の君、大納言の君、宣旨の君の衣装・様態描写を境に、いわゆる消息文体と呼ばれる叙述に入り、文体から、内容まで大きく変わり、七年正月記事までを書き留める「日記」に見る類似の有り様にも注目せざるを得ない。いずれも今後に残された課題である。

こうして「式部集」の大半は、一条朝終幕の寛弘八年末までに纏められたと思われる。113番歌までが、その完成本「式部集」(公的家集とも言うべきもの)の根幹部分ではなかったか。従って、次の114番歌以降は、その後、順次追記された歌稿(以下H群と称する)と考えられる。

その追加編集は、晩年と思われるが、式部にとっては最終的に終生忘れがたい人々の登場である。先ずは114〜118の、寛弘五年の「日記」にも記載される旧詠五首を拾い上げて追補する。中宮の母倫子及びその縁者で心の通う女房、小少将の君・大納言の君である。いずれも式部の宮仕え生活で最も肝要な人々である。

九月九日、きくのわたをうへの御かた
よりたまへるに

きくのつゆわかゆばかりにそでふれて花のあるじに千世はゆづらむ　H

〔校異〕陽明本付載日記歌
九月九日きくのわたをこれとの、うへいとようおいのこひすてたまへとのたまはせつるとあれは
菊の露わかゆはかりに袖ふれて花のあるしに千よはゆつらん

〔現代語訳〕九月九日、菊の着せ綿を上の御方様より頂戴して
戴いた菊花の露は少々若返る程度に私の袖に触れさせていただき、効き目の千年の寿命は花の持ち主の御方様に譲りお返し申したいと思います。

〔語釈〕○**九月九日**「日記」によれば、寛弘五年。彰子中宮出産の直前である。○**きくのわた**　菊の着せ綿の意。九月九日重陽の朝、前夜から菊花に被せ夜露に濡れた真綿で身を拭い、菊の香りや露の功徳で若返りや長寿を願う。中国の仙境伝承を受け、平安時代習俗として広く朝野にわたり賞翫された。参考「ぬれぎぬと人にいはすな菊の露よはひ延ぶとぞわがそぼちつる」（古今六帖・三三二二）○**うへの御かた**　上の御方。ここは道長北の方の倫子を指す。○**きくのつゆ**　神仙の菊花に宿り、香りとともに着せ綿に移った夜露。副詞「つゆ」（少々、いくらか）を掛ける。○**わかゆ**　若くなる。若やぐ。若返る。○**花のあるじ**　着せ綿の菊花の贈り主。倫子を指す。と同時に、仕える彰子中宮の生母を慶賀する思いをそこに込める。○**千世はゆづらむ**　仙境の花、菊花の持つ千年の寿命は、お譲り申し上げたく、お納め願いましょう。

〔補説〕「うへの御かた」は、「日記」には「殿の上」とある。道長の北の方、倫子。式部の仕える彰子中宮の母である。左大臣源雅信女であり、また、宣孝とは再従兄妹に当たる。（式部とも再従姉妹になる）。寛弘五年のこの時45

歳であった。式部が長寿をお譲り申したせいか、倫子は天喜元年（一〇五三）六月逝去、当時では珍しく九十歳の長寿を全うした。この歌の後、倍の余生を送ったことになる。一方、式部は、この年、岡説で36歳、今井説で39歳。四十の老境に近くなっていた。道長に対しては88番の「いかにいかゞかぞへやるべき」、倫子に対してはこの歌「菊の露わかゆばかりに」と詠み上げ、いやでも頽齢を自覚させられる式部であった。寛弘五年、仕える中宮の出産慶事直前のこととて、女房式部の歌にも、慶祝の思いは深い。中宮家女房として土御門家に宮仕えする機縁を拓いた倫子の暖かい恩顧に応えたものであり、彼女の人生を変えた縁者の第一等に記憶される人としてここに記録されたものであろう。次いでは、宮仕えの親友二人とのやりとりに移る。

なお付言すれば、この歌の追補編入の様態から推して、式部の宮仕えに関わる倫子の役割は無視できないことがここで判明する。改めて、出仕直前期の部分に注目し直したい。底本にはないが、あるいは欠脱かとも疑われるので、参考までに追補考察した（84～86頁）51番歌に続く箇所、即ち、陽明本52番歌として残る「山吹」の花の贈歌、及び本集52番歌「朝顔」の花の贈歌の二首の相手方としてちらついていた貴人の姿が思い返される。式部の出仕については、従来から倫子の存在を予測する向きはあったが、本集を通して改めて、その出仕は倫子によって継続的に計画され進められた人事ではなかったか、を問い直す必要性がある。そして、それに先立ち、40番の弔問の文を差し向けた主が式部の出仕に働いた人か、という清水「新書」（89頁）の憶測についても尊重されるべきだろうと思う。

しぐれする日、こ少将のきみ、さとより

くもま《〔くまも〕》なくながむるそらもかきくらしいかにしのぶるしぐれなるらむ　H

返し

ことわ《〔は〕》りのしぐれのそらはくもまあれどながむるそでぞかわ《〔は〕》く世もなき　H

〔校異〕　陽明本付載日記歌

小少将君の文をこせたまへる返事かくにしくれのさとかきくらせはつかひもいそく空の気色も心地さはきてなむとてこしおれたることやかきませたりけむたちかへりいたうかすめたるにせんしに

雲まなくなかむる空もかきくらしいかにしのふる時雨なるらん

返し

ことはりのしくれの空は雲まあれとなかむる袖そかはくよもなき

〔現代語訳〕　時雨が来た日、小少将の君が、里から

雲の切れ目もなく続き拡がる空を真っ暗にしてさっと降り出す時雨は、どんなに堪えに堪えたあげくに降る時雨なのでしょう。絶えず物思いを続ける心までも曇らせて、降り落ちる私の時雨（涙）は、どれほどあなたを慕い続けての時雨（涙）でしょう。また、どんなに　耐えこらえたあげくの時雨（涙）でしょう。

私の返歌

季節柄、降るも当然の時雨の空には、時として雲間もありますが、物思いがちに眺め上げる私の袖は、もう濡れ続けて乾く時とてありません。私の時雨（涙）には絶え間もありませんよ。

〔語釈〕　**○しぐれする日**　時雨のやって来た初冬の一日。京都は時雨が多い。**○こ少将のきみ**　前出（69・70・72番歌）。**○くもまなく**　雲間なく。雲の晴れ間もなく。「かきくらし」に掛かる。返し歌の三句や、「日記」歌本文に従い、底本「くまもなく」を改める。「くまもなく」は、通常「あか（明）し」「晴れて」「すみ渡る」「さやけし」等の語で承けるから。**○ながむるそらも**　物思いがちに眺め上げる空も。並列の意の「も」は、「私の心も」、の意を言外に指示する。**○いかにしのぶるしぐれなるらむ**　降る時雨（涙）は、「忍ぶ」時雨か、「偲ぶ」時雨か、

を自問自答している。「しのぶる」は上二段活用動詞「忍ぶ」・「偲ぶ」の連体形。両義を意識した独創的な使い方。「じっとこらえる、耐える」及び「思い、慕う」の両意を意識し、「いかに」で、どれほど「しのぶる」か、と問い掛けているのである。また、「しののに」「ふる（降る）」（＝びっしょり降る。しとどに降る、さっと降り注ぐ）の句意をも掛ける。「らむ」は現在推量。降る時雨に対する推量に、自分の涙に対する自問をも込める。**〇ことわりの**　（降るのも）無理からぬ。（初冬の季節柄）降って当然の。**〇くもまあれど**　雲の晴れ間もあるが。乾く間もあるが。

〔補説〕　この贈答は、「日記」では寛弘五年十月中旬の条に見える。

「全歌（秋山）」では、115番歌の下の句を「どんなにせつなくあなたを慕って降る時雨なのでしょう」と解釈する。客語「あなたを」が明示されていないが、「しのぶる」を、上二段動詞「偲ぶ」と読んでの解である。現実に、「源氏物語」幻の巻で、「亡き人をしのぶる宵の村雨に濡れてや来つる山時鳥」の光源氏の歌があり、同語例として認識できよう。しかし他方、この「偲ぶ思い」＋「降る時雨」の意の「しのぶるしぐれ」に対し、「耐えこらえる涙」＋「降る時雨」の意の「しのぶるしぐれ」の認識も十分に可能である。

　しのぶれど涙ほろほろとこぼれ給ひぬ　（賢木）

三日が程はよがれなくわたり給ふを、としごろさもならひ給はぬ心地にしのぶれど猶ものあはれなり　（若菜上）

これらの「しのぶ」の諸例は、上二段動詞「忍ぶ」「涙をこらえる」の意の用例である。

この二様の「しのぶ」は、平安時代になって、使用上混線し始めたと言われる「偲ぶ」「忍ぶ」だが、右の小少将の歌は、敢えてこの両義を利用した試詠ではないだろうか。そして、自分の時雨（涙）に、式部を慕う思いの切なさと、我慢の果ての涙の激しさとを詠み込めたものであろうか。それに対して、式部の返歌は、切なさ激しさではなく、不断の継続性で以て応えたものであろう。

なお、「源氏物語」には、この二義を活かした「しのぶる」の文例が時折見える。例えば、「おぼろけにしのぶるにあまるほどを慰むるぞや、とて（源氏八、玉鬘二）あはれげになつかしう聞こえ給ふこと多かり」（胡蝶）。

117
里にいでて〔ゝ〕、大なごんのきみ、ふみたま
へるついでに
うきねせし水のうへのみこひしくてかものうはげにさえぞおとらぬ　H
返し
118
うちはらふともなきころのねざめにはつがひしをしぞ夜はに恋しき　H

〔校異〕　陽明本付載日記歌
大納言君のよる〳〵おまへにいとちかうふしたまひつゝ、物かたりし給しけはひのこひしきもなを世にした
かひぬる心か
うきねせし水のうへのみ恋しくてかものうはけにさへそおとらぬ
返
うちはらふともなきころのねさめにはつかひしをしそよはに恋しき

〔現代語訳〕　里に下がっていて、宮中の大納言の君がお手紙を下さった、その折に、詠んで差し上げた歌
あなた様とご一緒に殿上の仮りそめの眠りを重ねておりました頃が無性に恋しく、（今の独り寝の夜は、）霜を戴く鴨の上毛の冷たさにさえ劣らぬほどの厳しさです。
（大納言の君の）返事
その上毛の霜を払い合う友とて居ない昨今の寝覚めの折には、いつもご一緒していた鴛鳥のようなあなたを、

夜すがら恋しく思っております。

〔語釈〕 **○里にいで丶** お暇を戴いて里下がりをして。**○大なごんのきみ** 前出。源扶義女、廉子。67番歌〔補説〕参照。**○うきね** 浮き寝。水鳥「鴨」の縁語。宮仕え先での落ち着かぬ眠り。**○水のうへ** 鴨の浮かぶ水上に、宮仕えの殿上を懸けている。**○かものうはげ** 鴨の上毛。厳冬の霜雪を上毛に戴いた水鳥の姿をイメージする。参考「霜置かぬ袖だに冴ゆる冬の夜に鴨の上毛を思ひこそやれ」（拾遺集・二三〇・公任）**○さえぞおとらぬ** 冷たさ厳しさにおいて劣るところがない。「さえ」は、冴え。厳しさ。透徹の度合い。「冴え勝る」の対語「さえおとる」の打ち消し強調形（木船「解釈」）。なお、「さえ」には副助詞「さえ」が掛けられている。**○うちはらふ** 上毛に降りた霜を払いあう。お互いに心の痛みを慰め合う、の意を重ねる。参考「はねのうへのしもうちはらふ人もなしをしのひとりね今朝ぞかなしき」（古今六帖・一四七五）**○ねざめには** 寝ていて目覚めた時には。**○つがひしをし** 一対となって行動を共にする鴛鳥。起居を一にした式部を喩える。

〔補説〕 この贈答も、「日記」では、寛弘五年十一月中旬の条に見える。

「かも（鴨）」の歌に対し、「をし（鴛）」で返す大納言の君の詠み口は珍しい。同じ冬の水鳥として連想的に使ったものであろう。ただし、「かものうはげ」「つがひしをし」は、ともにその詠み口は慣用に従い、珍しいものではない。（逆転させた「をしのうはげ」や「つがひのかも」の事例は、時代がやや下がって「夫木抄」になると一、二首現れる。）

同じ「人恋しさ」を詠みながらも、喩えとして、里居の式部が霜の降りた「鴨の上毛」の冷徹を引合いに詠むと、内住まいの大納言の君はつがいの鴛鴦の親交を持ち出して詠み返す。二人の気質・趣向の違いが現れたと言えようか。先立つ115歌の小少将の君の激しさを、ここでは式部が見せている。ともに里下がりをした者の方が、思い込み・思い入れの強さを見せる結果になっている。自邸に下がると、気楽さの反面、仲間から離れた孤独感や孤愁に襲われるのだろうか。また、彰子周辺には特異な雰囲気があるのだろうか。中宮家出仕時の式部の真情を考えるときに、無視できない一面が見えている。いずれにせよ、心友の小少将・大納言君とは、式部にとって、宮仕え生活に必須の忘れがたい僚友だったことを雄弁に物語っている。上臈女房大納言の君が、上毛の霜を打ち払う友を求めたわけとして、「源則理の妻となったが離婚する羽目になったことと、宮仕え後道長に愛されその妾のような関係に置かれていたこと」を、南波「全評釈」では挙げている。

119

又、いかなりしにか

なにばかりこゝろづくしにながめねどみしにくれぬるあきの月かげ　H

〔校異〕　又いかなりしにか―ナシ（陽）

〔現代語訳〕　又、どういう折のことでしたか。

（心尽くしの秋といわれるほどに）私はどれほど物思いをし続けたわけではないのに、見ているうちに、我が身の昏れ細るように、夜ごとに細りどんどん暗くなり尽き果ててしまう秋の月の光ですこと。漸く暮れ行く晩秋で、九月尽も近いんですもの。無理もないわ。

〔語釈〕　**○こゝろづくし**　心尽くし。物思いのため心労の限りを尽くすこと。思い詰めること。**○ながめねど**　物思いを続けた訳でないのに。**○みしにくれぬる**　見る見るうちに尽き果てて見えなくなってしまう、の意。「みし」の「し」は過去の助動詞だが、ずっと見続けて来た自己体験を踏まえた表現で、眺め続けていたうちに、の意。上句「心尽くし」の「尽くし」に、「九月尽」（秋の暮れ）を意識し、見えなくなってしまう、消え果ててしまう、終わってしまう、の意を込めた一句。**○くれぬるあきの月かげ**　心昏れはてて見えなくなってしまう秋の月、の意だが、暮れゆく晩秋の月（細り行く下旬の月）を掛け合わせている。さらには、人生の暮れ方に言い触れて「『昏れぬる秋の月影』に『暮れぬる秋』も含意すると見られよう」とする「全歌（秋山）」説は、このあたりの機微に言い触れて更に一歩進めていようか。

〔補説〕「木の間より洩り来る月の影見れば心づくしの秋は来にけり」の初秋の思いを、去り行こうとする晩秋の時点から詠み返したものである。人々に物思いを誘うとされる秋の月。しかし、今秋の月は私に格別の物思いをさせたわけではない。なのに、私の見る秋の月は、夜一夜とどんどん細り、消え果てて行く、やはり物思う秋の月なのかしら、という感懐を詠む。月隠《ごも》りの月末に向け、欠け進み消え尽きて行く陰暦時代の月なればこそ、の歌であり、暦月意識に寄りかかって詠む。（節月意識に寄りかかって詠んだ冒頭歌の対極にある。この両刀遣いこそ式部の二元的四季観である）。陽暦の現代人には容易に実感しにくい思いである。また、上句「心づくし」の「尽くし」の縁で、「昏れぬる秋の月影」に「暮れぬる秋（晩秋）」を掛けている。私に「心尽くし」の深い思いがあるわけではないが、九月尽も近い「暮れぬる秋」となっては、一晩ごとに見ている間に月も細り行き、やがて昏れ果てて見えなくなるのも無理はない、と詠む。独詠歌の趣である。心尽くしの秋の月に寄せる創作歌の一つかも知れない。その意味では、108歌～113歌の創作歌群の系譜につながると見ることも出来よう。

また、古本系の陽明本を見ると、113番「月見るあした」の詠歌の次に位置しており、それはひょっとすると原形の跡を留めているようにも見える。「秋の月」を詠んで、歌詞の上でも一見連なっているように見える。

しかし、底本歌順を重視して読む限り、それは古本系の編集作意によるものということになる。両歌はおそらく同時の歌ではない。別物であろう。既説したように113歌は八月十六日の詠。そしてこの歌は九月下旬の、近づく「九月尽」を意識する頃の詠作であろうからである。しかも両歌が同一年の歌とする積極的根拠も乏しい。内容的に見ても、別次元・別場面で詠まれた可能性の方が高い。

詞書の「又」は、出仕時代の偶詠という意味で前歌を承けた単なる接続詞と見られ、格別の意味を持たせたものではなかろう。従って、この119番歌の年次は未詳とせざるを得ない。寛弘八年より後の某年秋の独詠歌と見ておこう。むしろ、いつでなければならぬという歌ではないのだ。「晩年の詠」以外のものではない。114番歌以降の晩年追編にかかるこの歌稿群の中に位置するに相応しい歌と言えるのではないだろうか。

すまひ御らんずる日、内にて

120 たづきなきたびのそらなるすまひ《ゐ》をばあめもよにとふ人もあらじな　H

返し

121 いどむ人あまたきこゆるもゝしきのすまひ《ゐ》うしとはおもひしるやは　H

あめふりて、その日は御らんとゞまりにけり。あいなのおほやけごとゞもや。

〔校異〕 内にて—うちわたりにて（陽）　その日は—その日（陽）　御らん—こえむは（陽）　と、まり—とまり（陽）

〔現代語訳〕 帝が相撲を御覧になる日、内裏で（私の詠んだ歌）

今日は寄る辺ない旅の空にさすらえる力士たちの相撲を御覧になる日ですが、同じような宿命の私たち宮仕え人が身を寄せるここ内裏の局を、雨の降る中、わざわざ訪ねてくれる人などよもやないでしょうね。

（友の）返事

ともに張り合う人が多いと評判の宮中では、（力士は集められても降雨で）天覧相撲は中止で残念至極、また、（内裏女房の御来訪を期待してもすべてお断りで）内住み生活は辛く悲しく、ともども厳しいものと、あなたもお判りになりましたか。

雨が降って、その日の相撲御覧の行事は中止になってしまったのでした。しかし、それは宮仕え（内裏「住まひ」）の女の身には筋違いな宮廷行事でしたよね。（なのに、その「すまひ（相撲）」などを引き合いに、身勝手に人の来室の期待を詠んだりなどしてしまいまして、かえって女房達の「すまひ（反目）」を実感するだけの結果になり、藪蛇でした。）

〔語釈〕　**○すまひ御らんずる日**　天皇が諸国から集められた力士の相撲を宮中で御覧になる日。当日、群臣に向けては宴が設けられた。毎年七月末に行われる。岡説では、「小右記」記事により、諸条件に適合する日として、長和二年（一〇一三）七月二十七日を挙げる（「基礎」147頁）。歌順・歌内容・時代情況から見て、諸説あるうち、これが正解である。但し、時の天皇は三条帝。彰子は皇太后になっていた。**○たづきなき**　寄る辺のない。頼るところを持たぬ。力士だけでなく、式部らの頼る主（彰子）不在の内裏状況をも暗示していよう。**○たびのそらなるすまひ**　旅先のように落ち着かない宮中住まい。「す（住）まひ」に「すまひ（相撲）」を掛ける。**○あめもよに**　雨の降る中に。副詞「よに」（下に打ち消しの語を伴って、決して、よもや、などの意を表す）を掛ける。**○返し**　宮仕えの同僚の返事。**○いどむ人あまたきこゆる**　相撲にせよ、宮仕えにせよ、競い合う人が多いと評判の。「きこゆる」の表現からは、ともに宮仕え生活に身を置く友の面影が窺われる。**○すまひうし**　友の返歌には、式部の贈歌に無かった、今ひとつの「すまひ（抵抗・拒絶）」の意が詠み込められている。それがこの歌の要諦である。**○御らんとゞまりにけり**　相撲御覧の行事が中止になったのでした。「とゞまる」は、支障があって取りやめになる、の意。栄花物語・みはてぬゆめ「年ごとの祭の使もとどまりて」。「けり」は説明的用法。**○あいな**　形容詞「あいなし（無関係・筋違い・見当はずれ）」の語幹。宮仕え女房の私どもにとっては無関係、との意。**○おほやけごと**　公務。宮中行事。朝廷で執り行われる事業。**○どもや**　「や」は詠嘆。相撲を「住まひ」に掛け合わせて詠んだ詠み口についての寸感を吐露したもの。こんな歌語を取り上げなければよかった、との悔いを込める。

〔補説〕　今日は年中行事の相撲御覧の日。その「すまひ」を縁語として、宮仕えの同僚と詠み合ったものと思われる。二首のうち、どちらが式部の歌か、また、相手は誰か。決め手に欠けて意見が分かれているが、120番「たづきなきたびのそらなる」の方が式部であろうと私は思う。贈答の左注として付けた「あいなのおほやけごとゞもや」という寸感は式部の自省と読めるからである。その日の行事に言寄せて、寸興として、「雨も降り「すまひ（相撲）」も中止になったので、内裏の「住まひ」を訪ねてくれる人はないでしょうね」と、同僚の友に軽く詠み贈ったところ、思いがけない返事が返ってきた。「だれも来てくれる筈がないでしょ。力士の「すまひ（相撲）」が無いからばかりでなく、「ももしき（内裏）のすまひ（反目・抵抗）」があるからよ」とあった。直ちに式部は「その通りね。相撲のことなど持ち出さなければよかった」と、実感する。内裏は御代替わりを見せていたのであろう。一条帝時代は終わり、三条帝時代になっていた。内裏の雰囲気も変わってしまっていたのであろう。〔語釈〕の通り、長和二年七月のことである（小右記）。式部は、内裏と離れた枇杷殿の彰子皇太后に仕える身になっていたが、この日は行事もあって同僚とともに仕える主（彰子）なき内裏に入っていたのであろう。なお、「基礎」に紹介されている「権記」による寛弘四年八月十八日説（野村一正）は、当然否定されよう。もしその当時だったら彰子全盛時代であり、こんな歌が詠まれる余地など全く無かったからである。この歌は絶対にこの位置になければならぬ。本「実践本」が時代順を追って正しく配列されている事をこれほどまでに明証する事例はない。

ところで、相手役の女房は誰か。家集中では、宣孝や顔の見えぬ世人の誹謗を除き、式部がこんなにはっきりと人に手厳しく言い返され、式部も認めざるを得なかった事例はない。まことに珍しく、葉に衣着せぬ言い合いの出来る同僚である。誰かは不明だが、式部としては、名は伏せたまま忘れがたい人として記したものか、あるいは匿名で式部の手元に届けられたものかも知れない。内裏には、こんな身内仲間もいたという一証であろう。「あいなのおほやけごとゞもや」の述懐とともに、「ももしき（内裏）のすまひ（反目・抵抗）」は、晩年の式部を襲った新しい外圧情況・隔絶感と言え、時代環境とのある種のずれを示唆する一幕として、抑えておきたい。世替わりとともに人心の流動した内裏は、土御門家とは違うのである。いや、土御門一門内でさえも、「小右記」「栄花物語」は、各種の同族間反目（道長と彰子、彰子に信頼される実資・式部と道長、仕える女房間の違和感情等々）を伝えている（今井「叢書」）。その他の雑多な人々の出入りする内裏では尚更のことである。宮仕えする式部晩年の新しい「物憂さ」である。内裏に式部の安住する場所はもう無いのであろう。式部41歳の秋であった。

はつゆきふりたる夕ぐれに、人の

122 こひわびてありふるほどのはつゆ〔つ〕きはきえぬるかとぞうたがはれける　H

返し

123 ふればかくうさのみまさる世をしらであれたるにはにつもるはつゆき　H

〔校異〕 こひわひて—恋しくて（陽）　はつつきは—はつ雪は（陽）

〔現代語訳〕 初雪の降り積もった日の夕暮れ時に、ある人が

あなたに逢いたいと長い間待ちこがれた末に降る初雪ですが、降ってもすぐ解け消えてしまう初雪同様に、我が身もすぐに消え果ててしまうのでは、と気遣われることです。

（私の）返事

降ればこんなにいやになるほど降り積もるように、生き続ければ辛さばかりの増えるこの世であるのに、そんなことを意にも介せず、荒れ果てたわが庭にいよいよ降り積もる初雪ですこと。（老いた私も生き永らえています）

〔語釈〕 **○はつゆき** その冬、初めて降る雪。**○人** ここは旧友、それも互いに心を開き合った友であろう。宣孝説は採らない。**○ありふる** 「在り経る」に「降る」を掛けている。**○はつゆきは** 詞書から見ても、底本「はつつきは」は明白な誤写。陽明本の「はつ雪は」を採る。**○きえぬる** 「身」が消える、「雪」が消える、の両義を持つ。**○ふればかく** 「経れば」「降れば」の両義を掛ける。「かく（コノヨウニ）」は、式部の心中では、前歌に見られる「内裏での反目や疎外」などが渦巻いていることだろう。**○しらで** 知らないで。気にも留めないで。意にも介せず。**○あれたるには** 荒廃した我が庭。老衰の境涯をも暗示している。

〔補説〕 長い年月をともに生き抜いた友人との、初雪を介しての、飾らぬ率直な深い心のやりとりである。寄り添う内なる友情と、経（ふ）り募る厭世の情が、二人を捉えて放さない。晩年に及ぶ親交、二首は併せて読みたい。「初雪」に寄せて、身も消えるほどに再会を熱望する友の歌と、年一年と重ねる老残の思いを深める式部の歌との合奏。一見、それぞれ別種の感情を詠んでいるように見えるが、互いに相手の心情を心底に汲んで詠み合っている。友は式部の老残の思いを、式部は友の積年の深情を十分に汲んだ上で、初雪の二様態、即ち「融け易い淡雪」と「積み重なる新雪」、消え易い「はかなさ」と堪え難い「重苦しさ」とを詠み寄せる。贈答というよりも、肩を寄せ合って生きる女二人の合作と呼ぶが相応しい。「人」は誰だろう。肝胆相照らす仲の趣。小少将だろうか。先立つ115番歌と類同する内容や、この歌に続く124・125番歌でこの予告のままに消え果ててしまった点から見ると、小少将の君の可能性が十分にある。あるいは又、大納言の君だろうか。はた又、若年次からの旧友だろうか。
　正確な詠歌年次は未詳だが、長和二年冬以降と考えてよかろう。

　こせうしやうのきみのかきたまへりし
うちとけぶみの、もの丶中なるを見つ
けて、かゞせうなごんのもとに

124 くれぬまの身をばおもはで人の世のあはれをしるぞかつはかなしき　H

125 たれか世にながらへてみむかきとめしあとはきえせぬかたみなれども　H

　返し

126 なき人をしのぶることもいつまでぞけふのあはれはあすのわが身を　H

〔校異〕　こせうしやうのきみの―新少将の（陽）　か、せうなこん―か、の少納言（陽）　くれぬまの―くれぬまて（陽）

〔現代語訳〕　小少将の君の生前にお書きになった親書が、物の中に収まっていたのを見付け出して、加賀少納言のもとに

今日一日の昏れ切らぬ間ほどの、残りわずかな我が身をよそに、友びとの死の無常を親書で思い知るとは、慕わしくも又悲しいことでございます。

一体誰がこの世に生きながらえて見ることでしょう。書き遺した友の筆跡は消えることのない形見ではありますが。

（加賀少納言の）返歌

亡き小少将の君を慕い偲ぶこととて、いつまで出来ることでしょう。今日思う命の無常は、そのまま明日の我が身にも起こることでしょうから。

〔語釈〕　○こせうしやうのきみ　小少将の君。源時通の女で、式部と親しかった。前出（68番歌〔語釈〕参照）。但し、この詞書・歌詞により、この時点では、式部に先立ち故人になっていることが知られる。史料上では長和二年で姿を消すのが通説の小少将君だが、四年後の寛仁元年（一〇一七）七月までは生きていたかとする萩谷推定説（『全注釈』162頁）に従えば、この追懐哀傷歌は同年以後の詠ということになる。○うちとけぶみ　隔てなく親しみの情を交わした手紙。心を許して書き綴った手紙。○かゞせうなごん　加賀少納言。同僚女房と思われる。「日記」には見えない。この歌を採録している「新古今集」八五六番歌詞書「うせにける人のふみの……そのゆかりなる人のもとにつかはしける」の記述に沿って、野村一三説は加賀守藤原兼親の縁者を挙げ（『平安物語の成立』135頁）、南波説は、小少将君の従兄弟の妻に当たる加賀守藤原為盛（兼親の後任者）女を挙げる（『全評釈』）。別に、三谷邦明説は、紫式部が自己を対象化・他者化するために創作した架空の人物という（「源氏物語における虚構の方法」有精堂

『源氏物語講座第一巻』所収)。即ち、式部の創作歌との認識である。**○くれぬまの** 一日の暮れ切らないあいだの。日の明るさの残る、ほんの短い間の。「ぬ」は打ち消しの助動詞、連体形。**○人の世のあはれ** 人の死の無常。小少将の君の死を含めた人の世の無常・悲哀。**○かつはかなしき**(感動するとともに)他方では悲しい思いです。**○あと** 筆の跡。筆跡。**○しのぶる** 遠隔の人や亡き人などを思い偲ぶ、思い慕う、の意。上二段活用に転化した他動詞「しの(偲)ぶ」の連体形。(上代は四段活用だった)**○けふのあはれ** 今日思う人の命の無常さ、悲しさ。

〔補説〕 式部最晩年の詠歌。宮仕えの期間、式部が起居を共にした親友、小少将の君の親書が、遺書のように式部の手に残った。そして心に残ったのは「人の世のあはれをしる」の感懐・哀感であった。その感動を機として同僚加賀少納言と交わした贈答で本集は結ばれている。式部詠の「二首」は何を語っているのだろう。式部の哀切の思いが膨れあがり、一首では到底盛りきれなかったというのだろうか。それとも家集編集の大尾を抑える最終主題歌として並べたのだろうか。親友の死を悼む式部の思いは深い。そして、友の死を詠むにも、常に自己凝視を忘れず、思索の矛先を自分の人生の終焉に向けて突きつけている。友の筆跡は消えずとも、人を偲ぶ人はすべて消える、と。加賀少納言も同調する歌を返して、その偲ぶ思いを重ね合わせた。第三句に「いつまでぞ」と消滅の時まで言い添えて。「いつまでもとは行かないでしょうよ、明日は我が身よ」と詠む。底には、「世の中はなにか常なるあすか川昨日の淵ぞけふは瀬になる」(古今集・雑・詠み人知らず)、「昨日といひけふとくらしてあすか川流れて早き月日なりけり」(同・冬・春道列樹)の速い無常流転の詠嘆が息づいている。この友人の歌に、式部も「自らの胸中の思いそのままの表現を見、他人の作とは思えない共感と親愛感を感じた」(山上義実「紫式部の交友―『紫式部集』を中心として―」『平安文学研究』62輯所収)ものであろう。式部の家集編集意図としてこの加賀少納言歌を読み込めば、式部の主調、生滅する人の世の、慕わしくも悲しい「命の無常」の、更なる流動化・深化を図っていると言えるであろう。

詠歌年次は未詳ながら、この贈答歌群で家集の掉尾を結んだ式部のたそがれは近い。

〔家集構成に関する注記〕

底本実践本は、以上の第126番歌で終わっている。しかし、古本系の重要写本陽明本では、本文の大尾として次の一首が置かれているので、参考までに、前例（85頁）「おりからを」歌に準じ、ここに取り上げ、注解を施しておく。

なお、同本には、124〜126の三首はないので、123番歌「ふればかく」に続いてこの歌が配置されている。

千 いつくとも身をやるかたのしられねはうしとみつゝもなからふる哉　（陽）

〔現代語訳〕

どこへ向かってどうしたらいいのか、身の処し方も判らないので、辛い苦しいと思いながらも、この世に生き永らえていることです。

〔語釈〕 **○千**　集付け。「千載集」所収の意。同集巻十七（雑歌中）に、「題不知」として収められている。**○いづくとも**　どこへとも。「いづく」は「いづこ（＝ドコ）」に同じで、古形。**○身をやるかた**　「身を遣る」は、身を押し進める。身を動かし向かわせる。身を処す。「かた」は方法、術、仕方。

〔補説〕 陽明本では、

はつ雪ふりたる夕くれに人の

恋しくてありふる程のはつ雪はきえぬるかとそうたかはれける

返し

新古 ふれはかくうさのみまさる世をしらてあれたる庭につもるはつ雪

の贈答に続けられているので、「返し」歌として詠まれたものか、独詠歌として詠まれたものか、が問われよう。

「全評釈」（622頁）では、右の贈答を宣孝とのものと見て、独自の論究があるが、先に記述したように、宣孝でなく友人との贈答と読むのが適切とする本書の立場では、友人への連作「返歌」と見る「新大系」（358頁）の読みを支持したい。同書では、この歌が「みずからの生の総体を透視したような重さをもっている」として、最晩年の光源氏の「憂き世にはゆき消えなむと思ひつつ思ひのほかになほぞ程ふる」（幻）に通う、という。納得できる指摘である。ただし、「ふればかく」と「いつくとも」の両歌には、なお内容的に次元の違いが感じられ、別時点の詠と見る方がより適切かも知れない。両首の昇華したところに光源氏の歌が生まれたと見れば、前者は「返歌」、後者は「独詠歌」と見ることも許されよう。

なお、78番「わするゝは」の歌の遊離孤立性を見てこの歌と結ぶ考察が、木船「解釈」に示されているが、「身をやるかた」の共通語のみでそうだと即断は出来ないだろう。

〔追補〕 以上、陽明本に付載されている「日記歌」の中で、底本実践本本文に取り込まれている歌については、すべて注解をしてきたが、その他に、底本に取り込まれていない歌が若干ある。式部歌集成を意図している訳ではない本書の立場から見れば必ずしも採録しなければならぬ歌ではないが、参考までに、本文のみを原本のまま挙げておく。

　水とりとものおもふことなけにあそひあへるを

千 水とりをみつのうへとやよそにみむわれもうきたる世をすくしつゝ　（陽・日記歌）

しはすの廿九日にまいりはしめてまいりしも
こよひそかしとおもひいつれはこよなうたち

なれにけるもうとましの身の程やとおもふ
夜いたうふけにけりまへなる人々うちわたりは
猶いとけはひことなりさとにてはいまねなま
しさもいまときくつのしけさかなと色
めかしくいふをきく
としくれてわかよふけゆく風の音に心のうちのすさましき哉　（同）

源氏物かたりおまへにあるを殿御覧して
れいのすゝろことともいてきたるついてに
梅のしたにしかれたるかみにかゝせ給へる
すき物となにしたてれはみる人のおらてすくるはあらしとそおもふ　（同）
とてたまはせたれは
人にまたおられぬ物をたれかこのすき物そとはくちならしけん　（同）

たいしらす
よのなかをなになけかまし山桜花みる程のこゝろなりせは　（同）

解説

――「集」の基礎的考察――

なぜ実践本（実践女子大学蔵本）か

「紫式部集」を手軽に読もうと岩波文庫本（南波浩校注）を手に取ると、その「校定紫式部集」第一番歌の詞書「十月十日」に対校された「七月」（新古今集詞書）の異文が最初に眼に飛び込んでくる。主要な「紫式部集」伝本の詞書に見られる「十月」が正しいか、権威ある勅撰集「新古今集」の詞書に見られる「七月」が正しいのか。その判定を迫られる。その脚注では、続く第二番の歌にその人が秋の末に地方に下るとあるところから「七月」を良いとする。これについては従来色々な見解が出されているが、私は、式部が暦月・節月の二元的四季観の持ち主だという観点（拙著『平安朝文学に見る二元的四季観』風間書房・平2刊に詳述）から、「十月」を採る。すなわち私家集「紫式部集」本文の方が正しい。まずはこの問題から考えてみよう。

考察一　冒頭部の年時

冒頭部は次の通りである。（以下、本文は実践女子大学本による。適宜漢字や濁点・句読点を当て、傍線を施す。）

早うより、童友だちなりし人に、年ごろ経て行きあひたるが、ほのかにて、十月十日のほど、月にきおひて帰りにければ

1　めぐりあひて見しやそれともわかぬ間に雲隠れにし夜半の月影

その人、とをきところへいくなりけり。秋の果つる日来たるあかつき、虫の声あはれなり。

2　鳴きよはるまがきの虫もとめがたき秋のわかれや悲しかるらむ

〈一行空白〉

この両首を一連のものとして見るとき、傍線の「十月十日」「秋の果つる日(陰暦九月末日)」の時間序列に不審を抱く論者が従来大勢を占めてきた。例えば、竹内美千代『紫式部集評釈』は、秋は陰暦七・八・九月。その果つる日は尽日(じんじつ)ともいう。月の終りの日。九月末。久々にめぐりあった為に友情が復活したその人は、皮肉にも遠方へ行くというので、九月尽日に暇乞いに訪れた。従って、前の歌の詞書の十月十日では矛盾する。「七月十日」の方が都合がよい。桂宮本には「十月十日」。神宮文庫本は「十月十日」。『新古今集』巻十六、雑上(一四九七)に載せられたこの歌の詞書は「七月十日頃」となっている。「十」と「七」と書き誤ったのか。

とする。そして、多くの論者がこの見方を良しとして継承しており、

第1首は七月十日、第2首は九月末日とみる。

これが一般的な図式のようである。そして2番歌の詞書に「秋の果つる日」とある点がその主要論拠とされている。しかし、2番歌の詞書をそのように判断していいものだろうか。「秋の果つる日」は九月末日と簡単に言い切っていいものだろうか。さらに、それを根拠にして1番歌の詞書「十月十日」の本文をいとも簡単に退けて「七月十日」の本文を立てていいものだろうか。

南波浩著『紫式部集の研究　校異篇・伝本研究篇』によると、「七月十日」の本文をもつものは、校合三十八本

中、わずか三本の別本系統の末流本に限られ、その他、この月日名の部分を全く欠くもの四本を除くと、善本と目される実践本・陽明本を始め諸伝本のすべてが「十月十日」である。この状況の中で、「七月十日」の本文を立てることは甚だ危険と言わざるを得ない。

また、七月説の有力根拠として援用されている「新古今集」の詞書がそれほどまでに信じられるものだろうか。「新古今集」撰者がどんな資料を用いてこの歌を採録したものかであるが、今のところ現存「紫式部集」以外の特殊な資料に拠ったという証拠は見当たらない。結論的に言えば撰者の家集解釈が齎らした本文改訂とみてよいのではないか。「千載集」撰者藤原俊成にも同様に見られる傾向だからである。

かつて南波は「千載集紫式部歌の詞書をめぐる問題」（『国語と国文学』昭42・6）で、千載集撰者俊成が「紫式部集」の文脈からその意を汲み取って詞書を創出して採択した過程を論じ、その事例として、2番歌の詞書も挙げている。

千載集四七八
遠き所にまかりける人の、まうできて、暁かへりけるに、九月尽くる日、虫のねあはれなりければ
なきよはるまがきの虫もとめがたき秋の別れや悲しかるらむ

家集2番
その人遠き所へいくなりけり。秋のはつる日きたる、暁に、虫の声あはれなり。
同上

すなわち、家集2番の「その人」を指して、「千載集」撰者が「遠き所にまかりける人」と表現したのは、この歌に先立つ家集1番の詞書の含むところをふまえて創出したのだと推論されたが、家集「秋のはつる日」を「九月尽くる日」と読み替えている点にはもっと留意する必要があったろう。というのは、

新古今集一四九七	家集1番
早くよりわらはともだちに侍りける人の、年ごろへて行きあひたる、ほのかにて、七月十日頃、月にきほひてかへり侍りければ	早うより、童友だちなりし人に、年ごろへて行きあひたるが、ほのかにて、十月十日のほど、月にきほひて帰りにければ
めぐりあひて見しやそれともわかぬまに雲隠れにし夜はの月影	同上

とあるように、「新古今集」撰者によって施された「紫式部集」集改訂の跡（傍点部）は、先達「千載集」撰者によるこの読み替えを前提に置いてこそ理解できるものである。つまり、「千載集」で、家集2番歌の詞書「秋のはつる日」を安易に（少なくとも俊成としてはごく自然に）「九月尽くる日」と解釈・改訂したことの影響として、「新古今集」撰者としては、（俊成と全く同じ意識のもと、ごく自然に）その「九月」に先立つ1番歌の時点を、家集通りの「十月」のままにしておくことが出来なくなって、「十」と「七」の字形類似による誤写と考え、「七月」と改めた経緯が明確に読み取れよう。即ち、俊成による解釈・読み替え行為が、次の「新古今集」撰者に直接影響を与え、

連鎖的に、さらなる解釈改訂行為に踏み切らせた跡を検証できる。そしてそれは遙か八百年後の現今の諸説にまで大きな影響を及ぼしているようである。

事は「千載集」撰者俊成の解釈・読み替えにある、と考えられる。即ち、俊成が改めたように、家集の「秋のはつる日」は果たして「九月尽くる日」といえるのか、の問題である。

◇

「秋のはつる日」とは、本源的には二十四節気に基づく「立冬日」の前日の謂であり、本来節月意識に関わることばである。それに対し、「九月尽くる日」とは、「九月尽」の日の訓読みで、「尽」が節月ではなく暦月の末日を指していることは、例えば「新古今集」秋部五五〇の詞書にみえる「閏九月尽」の用法に徴しても明らかである。「九月尽」とは本来暦月に関わることばであって、節月に関わることばではない。

こうして、節月意識に発する「秋のはつる日」と、暦月意識に発する「九月尽くる日」とは本来的に全く別次元のことばであり、この両者が現実として重なり合う可能性は確率として三十分の一程度しかない。

その「秋のはつる日」と「九月尽くる日」とが「千載集」撰者俊成によって同一のものと認定されるに至る背景には、広く勅撰集を中心とする和歌世界、さらには王朝人の生活全般における四季意識の史的推遷を考えなければならないだろう。王朝人が——少なくとも紫式部ら平安中期以前のある人々が——暦月生活の中に節月意識をも共有して生きていたことについては、すでに「忌み」の習俗の面を中心に考察・発表し（「王朝人の節月意識—源氏物語東屋巻「九月の忌み」をめぐって—」『名古屋平安文学研究会会報』第三号、昭54・5）、また、第一勅撰集「古今集」が、その四季部の構築にあたり、立春の巻頭歌に見られる通り、「日本書紀」ら公的史書に見られる暦月的四季区分を基礎に置いた上で、節月意識——立春・立秋に代表される二十四節気に直結する生活感・季節感——の導入による二元的四季意識の文芸世界の構築を目指し、暦月・節月の二つの規矩を取り込んだ四季美の世界を勅撰という公的文芸の場に打ち樹てたことについても、既に考察したところである（「『紫式部集』冒頭部の年時について」『愛知教育大学研究報告』第二十九輯、昭55・3）。そして、同論文で、「古今集」独自の四季巻構成を進める中で、上代から続く春秋二季翹望の想い——来る春・秋を待ち求め、去る春・秋を惜しんで放さない思い——が、原則的な暦月的季節区分を越えて、正月一日・七月一日の前にも又三月末日・九月末日の後にも春・秋を追い求め、節月意識に基づく許容限度いっぱいの春秋両季の「ふくらみ」を案出・考案したことを跡付けた。さらに、こうした暦月意識を基礎に節月意識で春季・秋季感を修訂する二元的四季区分意識に基づく四季観の、その後の伝承経過を調査し、「後撰集」以後の暦月意識の強化と節月意識の朧化衰退の跡を追い、やがて「後拾遺集」から「金葉集」にかけての時代（院政初期）に大きな変貌を遂げたことを確かめた。即ちその期になると、四季を暦月のみによって捉える捉え方が勅撰集の常識として固定され、規範化され、二十四節気による節月意識は衰滅し、院政期以後は、暦月のみを一元的におもてに立て、専ら形式的に四季を裁断することになる、という歴史の流れを見たのである。

　こうした歴史的立場から見ると、「千載集」撰者俊成が、「紫式部集」の「秋のはつる日」を「九月尽くる日」と置き直して「千載集」に取り込んだとしても異とするに足りないことが分かろう。秋の終わりは九月尽（九月末日）であるとする和歌世界の常識が固定し切った時代だからである。と同時に、この俊成の置き直しは、あくまで暦月一元化の固定化時代の俊成の解釈に過ぎぬものであって、それ以上のものではないことも明らかである。事は、こうした固定化の始まる「後拾遺」「金葉」時代（院政初期）よりも以前の「紫式部集」の詞書である。紫式部が節月意識の格別の理解者・体現者であったことは拙著『平安朝文学に見る二元的四季観』（風間書房、平2刊）に纏めてあるのでそれに拠られたい。ここでは一例を挙げるに留める。「源氏物語」宿木巻。女二宮の三条宮移転の場。

夏にならば、三条の宮ふたがる方になりぬべし、と定めて、四月ついたちごろ節分とかいふことまだしきさきにわたしたてまつり給ふ。

ここでの「節分」とは、二十四節気の「立夏」。暦月意識で言えば夏に当たる「四月ついたちごろ」でも、「立夏以前」ならばまだ夏ではなく、春なので移転可能という意識の文脈である。明白な節月意識である。

従って、自撰本と思われる「紫式部集」の詞書「秋の果つる日」の解釈として、「千載集」で見せた俊成の解は到底事実を言い当てているとは思えない。右の「源氏」の事例に準ずれば、「秋のはつる日」とは、節月意識で言えば、「立冬の前日」の謂であり、「九月尽くる日（九月末日）」の事ではない。必然的にこの第2首の詞書を根拠にして、第1首詞書の本文「十月十日」を「七月十日」に改める解にも従えない。「新古今集」所収のこの歌の詞書「七月十日」の本文も、俊成流の解釈に基づく改変であるに違いない。

以上により、「紫式部集」の第2首は立冬前日の歌と見、かつ第1首の「十月十日」の詞書を正しいものとして読み取る時、十日に久方ぶりの邂逅を遂げたばかりなのに、追っかけて地方下向に伴う別離の挨拶に来たとする第2首は、十月十一日以降に「立冬の前日」を迎える年の出来事ということが分かる。即ち、十月十二日以降に立冬を迎える年を検出すればよい筈である。内田正男『日本暦日原典』（雄山閣、昭50刊）によってその年を検出すると、次の年が浮かび上がってくる。

天元五年……10月13日立冬
正暦四年……10月15日立冬
長保三年……10月14日立冬

寛弘六年……10月12日立冬
長和元年……10月14日立冬

このうち、天元五年は式部が幼時に過ぎ（岡一男説で十歳、今井源衛説で十三歳）、「童友だちなりし人に、年ごろ経て」云々の詞書になじまず、また、寛弘六年・長和元年は宮仕え後のことになって、年代順配列という基本線を全く認めないならともかく、原則的にも認める限りまず許容出来まい。長保三年も、夫宣孝死去の後に当たっており、越前旅行、宣孝との結婚と続く家集前半部の冒頭に、宣孝死去の年の歌が来る必然性は乏しかろう。従来説を考慮に入れ、しかも周辺の諸条件と矛盾なく容認できる年次は正暦四年を措いて他にはない。越前下向（長徳二年）に先立つこと三年であり、岡説で二十一歳、今井説で二十四歳に当たり、成人しての後のことであり、この年齢なら「めぐりあひて……」の熟成した詠み口にも、「童友だちなりし人に、年ごろ経て」の詞書にも適応し、さして無理なく理解できるであろう。

なお、第1首と第2首を同一時点の詠と読み取ることも全く不可能というわけではない。即ち、「その人とをきところへいくなりけり」を二首を結ぶ靭帯として、「十月十日久方振りに遭遇した童友だちは早々に帰ってしまったが、それは遠国へ下向のための挨拶にやって来たのであった。その日は丁度秋果つる日、その日にやって来て、明くる払暁、秋にも友にも別れる悲哀を味わわされることになった」と読み取るのである。この解釈が許されるならば、十月十日即「立秋の前日」という年を検索すればよい。それは式部の在世中には一度だけで紛れることはない。即ち、正暦元年（九九〇）である。（岡説十八歳、今井説二十一歳になる）これに賛意を示されたのが後藤祥子説（「紫式部集冒頭歌群の配列」『講座平安文学論究第六輯』風間書房刊）である。その論は、式部の二元的四季意識をも十分に配慮された卓論で、為時の越前下向に際しての餞別歌と目される「為頼集」所収の

越前へ下るに、小桂の袂に

37　夏衣うすき袂をたのむかな祈る心のかくれなければ

人の遠き所へゆく、母に代りて

38　人となる程は命ぞ惜しかりし今日は別れぞかなしかりける

この両歌を挙げて、為頼・為時兄弟の母（定方女。式部から言えば祖母）に格別かわいがられていた式部が、父為時とともにその祖母のもとを離れ越前に下向するにあたり（祖母を訪ねた時）、伯父為頼が詠んだものとみて、そうした身内の在り方を踏まえると、その祖母の住む堤中納言兼輔邸に、平素は比較的疎遠にしている、式部の従姉妹たちも地方下りなどの際に親に従って祖母や伯父のもとを訪ねるような場面もあったろうことを想像し、幼時母親を失っていたために格別かわいがられて比較的祖母の身近に居たと思われる式部が、その従姉妹に邂逅する可能性を想定し、家集1番の詞書「行きあひたる」と2番の詞書「来たる」とは同じ事柄を指しているとする。従って、「一番・二番は同一人とのある出会いと別な時の別れを綴ることで並ぶ、という様な緩い関係でなく、まさにたった一夜の束の間の出会いと別れという凝縮した構成」と判断し、該当年として正暦元年を挙げられたのである。説得力のある説と思うが、なお、「行き会ふ」と「来」の言語的機能・語義に異質感が捨てきれず、さらには実践本に見られる「一行の空白」に着目する時、「たった一夜の」邂逅と離別というより、両首の間には若干の時間を置く方が妥当ではないかと思う。

以上は、冒頭部の両首を連続一連と見ての考察であり、それとは別に、必ずしも一連とは見られないのではという提案も出されている（工藤重矩「紫式部集一・二番歌について―解釈、伝記、説の継承―」『福岡教育大学紀要』47号所収）。すなわち、「その人、とをきところへいくなりけり」を左注と見るか、見ないかの問題である。うっかり見落とされそうな読みの問題に注目した立論で、十分検討されるべき課題だが、実践本を専ら重視する私の立場からすれば、やはり両首の間に置かれた「一行の空白」を無視すべきではないので、左注と決めつける訳には行かず、「その人」で前歌を承けて後に続けた第2番歌の詞書の書き出しと理解するのが穏当と考える。

こうして、「紫式部集」冒頭部の年時は、正暦四年（九九三）の十月（第1首十日と第2首十四日）ということになる。岡説の推定した長徳元年より二年遡ることになる。

＊「紫式部集冒頭部の年時について」（『愛知教育大学研究報告』第二十九輯（昭55）所収）を基にその後の展開をまとめた。

◇

「紫式部集」の文献学的研究の成果は、南波『紫式部集の研究　校異篇　伝本研究篇』に極まる。うち、今日最も重視されている本が、実践女子大学蔵本と陽明文庫蔵本であることは周知の事実である。右の冒頭文でも、この両書とも「十月」の正しい本文を伝えている。（この両書を高く評価する南波が、その大著『全評釈』でも、その「十月」という本文を「七月」に校訂したことは返す返す残念であった）

ところで、「紫式部集」の注釈・研究は、その後も大きく進んで来ているが、底本に何を使うかということになると、この実践本・陽明本両書のいずれかということになる。そのどちらを採るかについて、私も種々比較してみたが、ここでも二元的四季観が決め手になった。結果は「実践本」である。例えばその一例を挙げよう。

考察二　40番歌の詞書

40・41番歌は次の通りである。（両本を比較するために、底本は実践本、右側に陽明本を対校する。句読点は私に付した。）

40 こそ・・《の夏》よりうすにひなる・人《きたる》に、女院かくかく《ゝゝ》れさせたまへる・《又の春》はる、いたうかすみたる夕くれに、人のさしをかせたる
くも《雲・》のうへ物・《のもの》おもふはる《春・》はすみそめにかすむそら《空・》さへあはれ《哀・・》なるかな《哉・》

返し・《に》

41 なにか《し》このほと《程・》なきそて《袖・》をぬらすらんかすみのころもなへてきる世《よ》に

長保三年（一〇〇一）夏四月二十五日、紫式部は夫宣孝の急逝に遭った。充実の三十歳を目前にして見舞われた痛恨の衝撃であった。一女を授かり、遅れた人並みの春をやっと掴んだ矢先のことであり、悲嘆に沈む。その年の暮れ、時の貴人が亡くなった。現一条天皇の生母で、円融帝の后、東三条院詮子である。「権記」その他によると、同年閏十二月、非常大赦の計らいも、受戒落飾の祈りも、又院別当藤原行成第への渡御も、すべて空しく、二十二日崩御。享年四十歳であった。次いで、年も改まり、長保四年になる。

この世情を背景に置いた一対の贈答歌が右の二首である。「こそよりうすにひなる人」とは、夫を失って喪に服している式部。「女院」は東三条院詮子。その崩御のことのあった後の春、ある宮人が式部のもとに歌を送り届けてきた。

それに対し、式部は自分の喪服の袖の狭さを謙遜しつつ、公私両面に亙る悲哀の情を詠み籠めて歌を返した。

問題は、「こそよりうすにひなる」「かくれさせたまへるはる」という詞書の傍線部である。実践本を底本として諸本校合の上、「校定本文（岩波文庫本）」を定めた南波は、この傍線部について陽明本本文の「こその夏」「又の春」を採って校訂の上、『全評釈』でそれぞれ次のような解説を付した。

ここは、「去年より」（定家本系）よりも、長保三年の夏四月以後の意味で、「去年の夏より」（古本系）がよい。（二三七頁）

東三条院の崩御は長保三年（一〇〇一）閏十二月廿二日、行年四十才であった。崩御の翌年の春、すなわち、長保四年の春。定家本系には「又の」がない。それでは長保三年の春となり、「去年の夏より」云々の詞書と照応しなくなるので、「又の春」（古本系）がよい。（二三八頁）

最近の注釈書類に当たると、木船重昭『紫式部集の解釈と論考』や『国文学』（二七巻一四号）所収「紫式部集全歌評釈」はともに、南波「校定本文」に拠っている。従って、いずれも「去年の夏」「又の春」と改めて読んでいる。他方、陽明本を底本に採用した新潮日本古典集成・新日本古典文学大系の「紫式部集」まで現れている。そこでは当然「去年の夏」「又の春」と読むことになる。

こうして、最近では、実践本を最重要本文として底本に立てながらも、この段に関しては、その「こぞ（去年）」「はる（春）」の本文を退けて、参照した古本系（陽明本）の「去年の夏」「又の春」と読むことが多くなっている。

しかし、この校訂は果たして妥当だろうか。そして本当に必要な校訂だろうか。検討すべき点は上掲の南波解説文中にある、と考える。即ち、

定家本系には「又の」がない。それでは長保三年の春となり、「去年（の夏）より」云々の詞書と照応しなくなるので、「又の春」（古本系）がよい。

つまり、「女院隠れさせ給へる春」の実践本で読むと、女院の逝去は長保三年だから、その春とは長保三年の春を指すことになり、先立つ「去年の夏より喪服の人（式部）」という詞書に時間的に照応しないから、「又の春」即ち長保四年の春とする古本系本文がよい、というのである。また、この推論により、底本「こぞより」よりも「こ

ぞの夏より」と季を明確にうち出した方が、続く「又の春」の現時点表示に即応し、一層論理構成が確かになると判断して、「こぞの夏より」の古本本文を可とし、『全評釈』の本文にしたものであろう。

こうして、論理的整合の面から、実践本原本は消し去られてしまった。

だが、この推論、この校訂は、果たして必要なものだったのだろうか。実践本のままでは読めない本文だろうか。

定家本系には、「又の」がない。それでは長保三年の春になり、云々

この推論が問題なのだ。太陽暦時代の我々現代人にも通じる単純な暦日一元観によれば、なるほど「長保三年春」となろう。それが合理的推論だ。しかし、平安朝文学に見られる節月観をも含み込んだ二元的四季観によれば、それは決して合理的推論にはならないのだ。しかもこの二元観を色濃く抱え持つ紫式部のことである。『又の』がないと長保三年の春のことになる」とは必ずしも言えないのだ。つまり、「又の」がなくても「長保四年の春」にもなり得るのである。

長保四年は、旧年立春の年であった。すなわち前年の長保三年の暮れ、閏十二月十五日が立春であった。すなわち前年の長保三年の暮れ、閏十二月十五日が立春であった。東三条院詮子の崩御はその七日後のことであった。

長保三年	四月二十五日	宣孝逝去
同	閏十二月　十五日	立春
同	閏十二月二十二日	詮子崩御
長保四年	春某月　　某日	式部受信

という図式である。

暦月的には、宣孝も詮子も長保三年の逝去だが、詮子の死ばかりは、年末押し詰まった閏十二月の二十二日で、

すでに立春点の十五日を過ぎて節月正月を迎え、春に入っていたのである。すなわち女院の崩御は、暦月的には長保三年十二月だが、節月的には新しい年（長保四年）新春の出来事と見なければならない。二元的四季意識を持つ紫式部には、「かくれさせ給へる春」という表現で、表現上の過不足は無かったのである。また、節月的に新しい春に改まった改年意識があるがために、その新春の年から見て前年に当たる夫の死による服喪を指して文頭の「こぞ（去年）よりうすにびなる」という表現で、自分を表現したものである。

陽明本ら古本系の「又の春」という改訂表現は、この節月観による改年意識についての無理解のなせる業としか言えないだろう。

また「こぞの夏」と付加するのは「又の春」という後人加筆に迎えてのさかしら。（「の夏」の付加は必須条件ではない。あってもなくてもいいもの。むしろ、前者「こぞ（の夏）」の表現立脚時点は四年、なのに後者「又の（春）」の立脚時点は三年、となり、そんな立場の揺れた表現を式部がするとはとても思えない！）

この段に関する限り、実践本本文には、改訂を施さねばならぬ余地など全く無い。実践本の「女院かくれさせ給へる春」という表現こそ、二元観を身につけた式部の表現としてまことに相応しい。それも詞書に現れる事例であるだけに、実践本本文は式部自撰本の様相を一層はっきり遺していると言えるだろう。

＊　この歌に最初に着目し言及したのは、安藤重和稿「紫式部集の節月意識をめぐって」（『日本文化論叢』創刊号・平5）である。ここでは、同趣の拙稿「原作を守る読み―紫式部集について―」（紫式部学会編輯『むらさき』第四十輯・平15）による。

◇

右の適例に留まらず、その他の事例をも踏まえ、基本的に実践本こそ紫式部の特性たる資質「二元的四季観」を忠実に伝えるものとして、実践本を支持して底本に据え、その本文を第一義的に信じて他本による恣意的な校訂を極力慎み、可能な限り客観的にその解析・解釈に努めて、現状あるがままの実践本一本を追求した時、我々はそこに何が読めるかを徹底的に探ろうとしたのが本書である。その際、古本系と言われる陽明本は重要な参考本と位置づけて対校し、参照したが、他の本は必要に応じて参看するに留めた。

その実践本をどう読むか

諸本に共通して言えることだが、「式部集」には、かなり早い段階で起こったと見られる、克服しなければならぬ配列の乱れの課題がある。それが、作者による編集段階か、その後の書写伝承過程で起こったものか、明確な答えは今なお出ない。しかし、これについて黙って素通りして注釈に向かうことは出来そうになく、細部の課題については本文注釈の当該箇所の中で触れるが、「集」全体の構成に関わる二、三の課題については、ここでぜひ述べておかねばならぬ。私の注釈態度にも関わる基本的根幹課題とも言えるからである。

先ずは式部の越前下向の旅の歌の配列である。従前より多くの論を呼んだ肝要課題である。

考察三　越前下向の旅の歌

越前への旅歌群の配列の異常さについては、従来、20番～24番の5首の往路歌・帰路歌の帰属問題、及び帰路の歌群と見られる80番～82番の3首の不自然な位置づけの二点について種々論じられてきた。先ずは20番～24番の5首について述べて置きたい。

該当歌は次の通りである。（本文は実践女子大学本により、適宜漢字や濁点・句読点を当て、傍線を施す。）

近江の湖にて、三尾が崎といふところに、網引くを見て

20　三尾の海に網引く民の手間もなく立ち居につけて都恋しも

又、磯の浜に、つるの声々鳴くを

21　磯隠れおなじこころにたづぞ鳴くなに思ひいづる人やたれぞも

夕立しぬべしとて、空の曇りて、ひらめくに

22　かき曇りゆふだつなみの荒ければ浮きたる舟ぞ静心なき

塩津山といふ道のいとしげきを、賤の男のあやしきさまどもして、なほからき道なりや、といふを聞きて

23　知りぬらむ行き来にならす塩津山世に経る道はからきものぞと

湖に、おいつ島といふ洲崎に向かひて、童べの浦といふ入り海のをかしきを、口ずさびに

24　おいつ島島守る神やいさむらん波も騒がぬ童べの浦

このうち、詠作事情（場所・時期等）について従来異論の少ないのは、

20番歌　琵琶湖西岸、滋賀県高島郡高島町の湖岸、明神崎付近での詠。

22番歌　夕立の来る夏期の詠。

23番歌　琵琶湖北端、滋賀県伊香郡西浅井町塩津付近の山での詠。

で、いずれも越前下向の往路の歌と認定して差し障りのないものである。

ところが、21と24の両歌には、往路・帰路の帰属も関わって従来異説が多く生まれた。従って、この二首についての私見をまず述べておきたい。

21番歌について

一、「磯の浜」については、従来二説が対立している。

○固有名詞説……滋賀県坂田郡米原町磯の浜。（岡一男・角田文衛・今井源衛・南波浩等）

○普通名詞説……岩石の多い浜辺。（竹内美千代・井上真理子・稲賀敬二・伊藤博等）

固有名詞と見て、米原町磯の浜とすると、式部の旅程に問題が起こる。一つは、歌順通りに往路の歌とすると、三尾の崎からなぜ湖の中心部を西から東に横断する迂回路を採ったのか、余程の理由が無い限り納得しにくい。勢い、帰路の歌と見ると、その障碍はなくなるが、今度は、前後の往路の歌の中になぜ帰路の歌が混入しているのか、合理的な説明が難しい。しかも、この前後、行路の地名を示すに「三尾が崎といふところ」「塩津山といふ道」「おいつ島といふ洲崎」などとあるのに、ここでは「磯といふ浜」となっていないことなどから、固有名詞説を疑う普通名詞説が生まれた。「岩石の多い浜辺」ということならば、該当地を特定しないので往路歌に位置づけても前後に抵触することはない。

二、「つるの声々鳴く」についてもその季節の点で意見が対立している。特に次歌に「夕立」とあるので、その関連上、夏に鶴が鳴くかという点に疑念が集中する。「夏の鶴」が可能なら、この歌順のまま往路の歌で差し支えない。可能と論定した竹内美千代は、万葉集中に詠まれた「たづ」四十七例の季節を調べ、春六、夏二、秋三、冬十一、季節不明二十五例とし、さらに検討の結果、冬の季節の歌は十五首、夏の季節の歌は七首、無季二十五首と判定し、鸛《オホトリ》・鵠《クグヒ》も鷺《サギ》の類も広く「たづ」と呼んだとすれば、「たづ」は年中見られる鳥であり、季節感はなくなる、と論定（「紫式部集補註―いそのはま・たづ考―」『神戸女子大学紀要』2号昭46）。平安時代の都の生活では「たづ」の歌は一層季節感を希薄にし、当の式部の「源氏物語」でも四例の「たづ」は、秋二例、春・夏各一例で、夏の歌

数ならぬみ島隠れに鳴く鶴を今日もいかにととふ人ぞなき

は、姫君誕生五十日に当たる五月五日、源氏よりの祝いに対する明石上の返歌である。祝賀行事の歌とは言え、五月五日に鶴を詠じて季節はずれの意識を持っていないことが分かる。

こうして、竹内は「万葉の時代から紫式部の時にも、鶴は水辺に夏でも見られたと思われ、夏にも鶴を詠んでいる」と結論し、21の歌は往路の夏の歌と認定した。

それに対して、南波は式部時代までの王朝作品における「夏の鶴」の用例を調査し、「たづ」「つる」の一九八語中、夏季の事例は、右の「源氏」の明石上の返歌と、次の「貫之集」の一首に過ぎない、として

わが宿の池にのみ住む鶴なれば千年の夏の数はしるらん

を挙げ、「源氏」例は五十日の祝歌、「貫之集」例は内裏の屛風歌として詠まれたもので、夏季の鶴の存在を示す歌とは認められないので、「古今」以降式部時代まで夏の鶴を証明するものはなかった、と反論した（『全評釈』）。

鶴が慶賀の歌として詠まれていることは事実だが、竹内の指摘のように詠者に季節はずれの意識があれば、いくら慶賀の歌といっても歌に詠むことはなかったであろう。伊藤博は、鶴が秋冬飛来の候鳥であるとの知見は王朝人にあったか疑わしい、とし、南波の上掲調査結果についても、「不定」つまり季節を特定できないものが過半数であること（一九八例中一四二例、約七二％）は、鶴が候鳥として把えられていなかったことを示すものと認定した（「紫式部集の諸問題—構成を軸に—」『中央大学文学部紀要文学科』130号・平元）。

王朝時代、鶴は松・竹・亀などとともに賀歌に詠まれることが多く、総じて季節に関わる鳥という意識は希薄と思われ、私は竹内・伊藤の意見に賛成である。どの季節にも詠まれる可能性はあろう。南波は絶無と言うが、式部と同時代の用例として、次の事例を挙げることも出来る。

空澄みて鏡とすめる夏の日は飛びかふ鶴の鳴くさへぞうき（賀茂保憲女集63）

この歌の詠歌状況は不明だが、慶賀の歌でも無さそうである。同集の「なつ（夏）」部に入っている。現代的認識で「鶴とあるから秋冬だ」と即座に決めつけられないような気がする。

21番歌の「磯の浜」が普通名詞で、かつまた夏季詠という可能性があるとすれば、これを敢えて帰路の歌と見る必要もないことになるので、これを湖畔西側、三尾以北の浜辺での詠、つまり往路の歌と見る。

24番歌について

この歌の比定地についての従来説はいくつかあるが、既に南波『全評釈』によって妥当な総括がなされている。南波説は、「洲崎」「童べの浦」「入り海」「島守る神」の四つの関連条件を満たす土地を検討した結果、湖東岸の滋賀県近江八幡市の北部に位置する、現在の「奥島山」と呼ばれる「岬」を想定した。その上で、この歌の歌調・内意に「なつかしい都へ急ぐ帰路のはずんだ心」を読み取り、この地を帰路の詠作地と比定した。現地を踏査してみる時、そこには、古く「延喜式」に郡内唯一の大社として名を留める「奥津島神社」があり、岬の東方は太平洋戦争後の干拓事業完成までは大中之湖として「入り海」になっていたところであり、また、入り海の東岸には「童べの浦」と呼び得る「乙女浜」があり、実感としてもこの比定説の地理的蓋然性の高さが首肯される。

【図1】は奥津島付近を拡大したもので、現近江八幡市北部に当たる。長命寺川の北の北津田町五二九番地に、大嶋神社・奥津嶋神社はある。大嶋神社は大国主神を、奥津島神社は奥津嶋姫神を祭神とする式内社である。奥島山（奥津嶋）南麓のやや小高い処に鎮座する。この山塊の東隣には、大中の湖干拓地が広く拡がっていて、さらに東の能登川町に隣接している。従って現在図で見ると、一面の平地が続いていて、紫式部の当該歌の地理的理解を難しくしているが、大中の湖の干拓以前の地図を見ると、古代からの地形が見えてくる。【図2】は明治二十四年の大日本帝国陸地測量部測量図であるが、奥津嶋の東は、広々と大中の湖が西の湖にまで連なって拡がり、入り海を形成している。そして奥津嶋（奥島）の島状形態が明らかになる。さらに、近江国細見図などの古地図を見ると、長命寺川の河口は一層広く拡がっていて、長命寺川・西の湖・大中の湖の一続きの水域に隔てられた奥津島の離島性は明らかになろう。南波説で童べの浦に比定された乙女浜は、この入り海、大中の湖の東岸に位置し、「波も騒がぬ」の表現に相応しかろう。海面のさまと言うばかりでなく、「騒がぬ童、即、乙女」というイメージを漂わせているからである。

〔図1〕

〔図2〕

こうして、奥津島比定説の妥当性に賛同しつつも、さて現地に立ってみると、この歌を「帰路」の歌と見る点ばかりはどうにも従いがたい。私には、この奥津島に舟航してきた式部一行は、西南の方角（大津）からやってきたものと思われてならないのだ。というのも、この歌は、「おい（老）つ島」に対峙し、「波も騒がぬ」静謐の「童べの浦」にあって、鏡のような水面を眺めて島守る神の霊力を思いながら詠んだ歌と見られ、初二句「おいつ島島守る神」というはずんだような思い入れから見て、少なくともその直前に、老津島に鎮座する「島守る神」を、舟中からなり、寄航してなりして、親しく実見、拝礼している詠み口である。だが、その奥津島神社が現在の位置にあったとすれば、乙女浜から遠望しても前の丘に遮られて神社は見られない。従って、湖岸東部を南下して来てこの入り海に入り、浦から初めて西望してこの歌が詠み出されたとはどうも思えない。どうしても、先程拝した奥津島の神を心に掛け、その霊験のために目前の水面の静謐はあると詠んだもののように思える。とすれば、西から来て、長命寺港に入り、川を東行して、奥津島神社の社前で直々に拝礼して船路の安泰を祈り、西の湖に出て、それを渡り東岸の乙女浜に着いて、その付近で西望して詠んだものではないか。

南波説のように、湖東岸を南下して来た帰路の歌と見ると、初めて舟を寄せた童べの浦（乙女浜）で、まだ見えもせず見もせぬ式内社老津島神社を耳に聞くばかりで詠んだことになり、この詠歌の行動パターンとして蓋然性が低いように思う。

こうして、長命寺川を通って、西からこの地に入ってきたということになると、どうやらこの歌は、式部の越前行きの旅、即ち往路の歌ということになりそうである。そして、式部らはこの奥津島から西岸の三尾岬に渡った、ということになりそうである。

そうなると、付帯して解決すべき問題が起こる。

（ア）この渡湖は当時の現実として可能であったか。なぜ西岸浦伝いをせずに、渡湖のリスクを冒してまで奥津島に立ち寄ったのか。

平安朝時代の湖上航路については、陸路の宿駅等の記録に比して、その資料が少なく、明らかとはとても言い難い。古く小牧実繁「琵琶湖湖上交通の変遷」（『地理教育』22巻3〜5号）に始まり、喜多村俊夫『近江経済史論攷』、松原弘宣『日本古代水上交通史の研究』等に考察があり、平安朝には、志賀の浦（大津）が近江朝廷以来の久しい荒廃から復活して、琵琶湖は東海・東山・北陸三道と京都を結ぶ湖上交通の公定要路として重要性を増し、官物貢納上洛船の主要路線として、北国からのルートとして、塩津—大津、勝野津—大津や、東国からのルートとして、朝妻津（現米原駅西）—大津等の航路設定があり、また、その他坂本・勢多・石山等を初めとする大小の港津が各地にあり、その間を行き来する舟航はいくらもあったに違いないが、中小の舟航路線や途次の寄港地等についての究明は定かでない。万葉ら古典の世界を覗いてみても、

高島の阿渡の水門を漕ぎ過ぎて塩津菅浦今か漕ぐらむ（万葉集・一七三四）

を始め、三尾・真長・比良・唐崎・奥津島等々の港津の名が見え、これらを繋ぐ航路も推定はできるが、その湖上航路の軌跡の記録は容易に見えない。

史実資料以外の自然界の地理資料に目を向けてみると、藤永太一郎・堀智孝著『琵琶湖の環境化学』（日本学術振興会・一九八二）によると、大湖の琵琶湖には、三つの主な湖流があるという。〔図3〕参照。

第一環流は竹生島周辺に存在する最北の湖流で、これは反時計回り。第二環流は沖の白石、多景島周辺のもので、時計回り。そして、最南の第三環流は沖の島周辺のもので、反時計回りである。この湖流に移り乗れば、本案の奥津島から三尾が崎への渡湖は比較的効率的ではなかったろうか。北陸方面からの貢納物運送に関わる「延喜式」主

〔図3〕

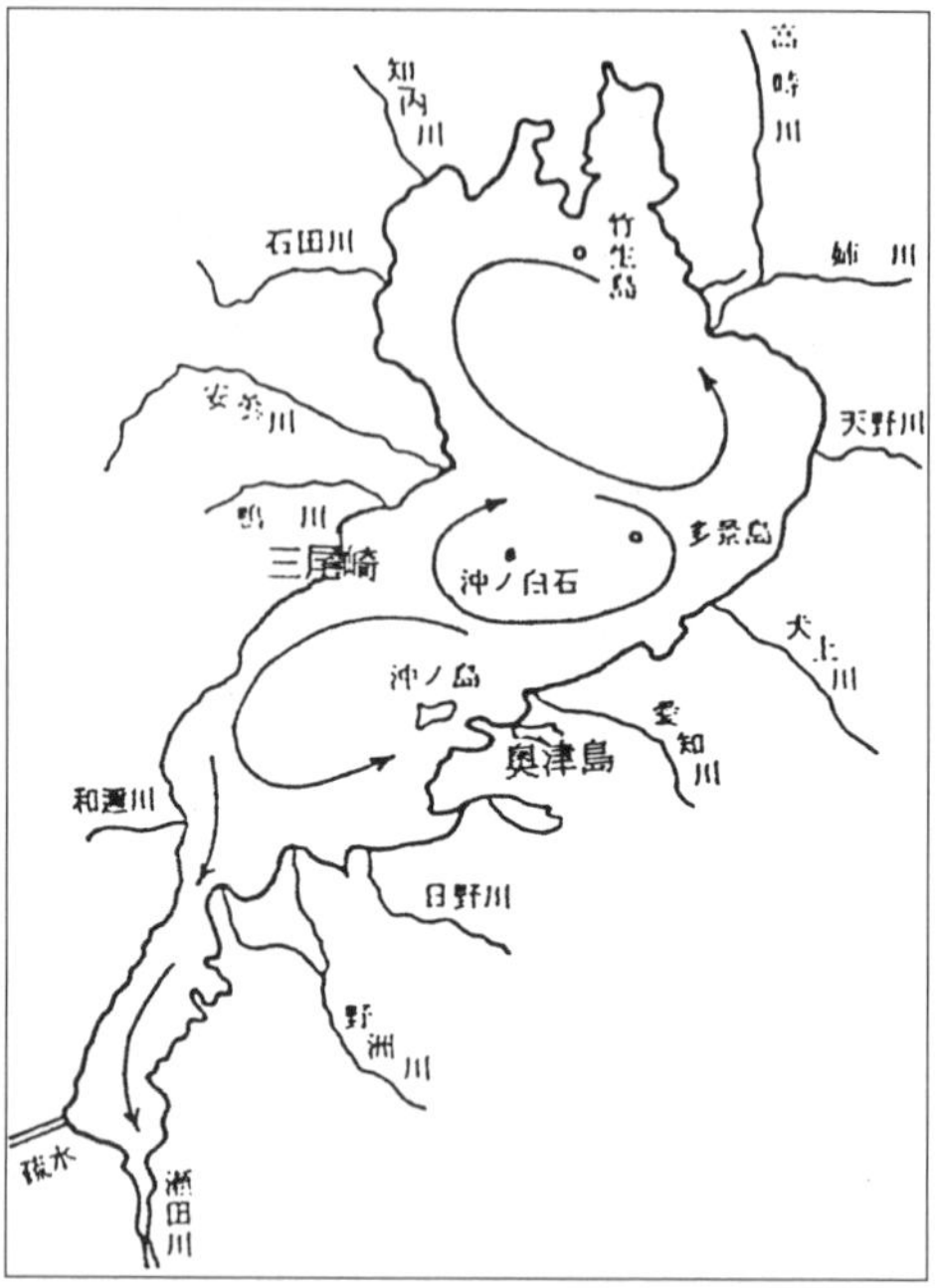

税寮の記録に残る、塩津や三尾が崎の勝野から大津に至る西岸寄りの航路は、この第一・第三環流の摂理に適っている。逆に、大津から三尾が崎まで行く時は、この湖流を考えれば、湖流に逆行する西岸寄りルートよりも順行する奥津島経由のルートが、殆ど等距離なので、案外使われていたと考えることが出来るのではないか。

今一つの相乗的に働く自然条件がある。琵琶湖では春夏には東南の風が吹き、秋冬には西北の風が吹く。奥津島より三尾に向けての、式部らの夏の舟航には追い風になろう。これも傍証になろうか。

また、歴史的に時代は下がるが、中世になると、沖之島は、その回船・船頭・人夫が生活資材の輸送に従事し、湖対岸の高島（現高島郡高島町）や小松（現滋賀郡志賀町）堅田を結ぶ湖上交通拠点としての機能を持っていたことが、明らかにされている（日本歴史地名大系25『滋賀県の地名』）。とすれば、文書が伝わらないだけのことで、この傾向は前代から引き続いての趨勢ではなかったか。

さらに、奥津嶋神社は「延喜式」にいう名神大社として、古代より皇室の崇敬のもと当地に鎮座し、島周辺の安泰と湖水の平穏を守っていた。対峙する沖之島の奥津島神社との関係については異説があるものの、現在の奥島の北津田には大島・奥津島両神社が合祀されている（『式内社調査報告』第二巻、皇學館大学出版部・昭56）。奥津島神社はこの奥島・沖之島水域を守護する神であり、地域・舟航・経済・信仰の拠点であったのであり、渡航の安寧を祈願しての立ち寄りだったと考えることが出来よう。

（イ）この24番歌だけが、なぜ越前下向の行程順になっていないのか。

前の23番歌の遊び表現（塩―からし）に触発されて（おい（老）―童べ）の類歌を並べたものと考えることも出来ようが、私は、この一首を越前下向の旅の歌を総括する歌として家集編纂時に旅の最後尾に位置付けたものと思う。危険を伴う渡湖に当たって島守る神に向かい心に祈念して詠み上げたことによって無事の船旅を達成し得た事に思いを馳せ、改めて奥津島神のあらたかな霊験に対する感謝として追想して、編集に当たり、この歌で往路歌群五首を結んだものと見たい。

以上より、20～24の計5首はまとめて往路の歌群と結論づけられる。

＊「『紫式部集』羇旅歌の地名考証―「おいつ島」詠を中心に―」（『椙山女学園大学研究論集』第三十号・平11）による。

◇

次いでは関連して帰路の歌と見られる80～82三首について触れなければならぬ。この帰京の歌群の、「家集」中における位置付けも、古来読む人の不審を誘ったところである。が、それは次の考察の中で、連鎖的に解決されそうなので、その中で述べたいと思う。

考察四　紫式部の結婚

考察の起点は79番歌である。（本文は実践女子大学本により、適宜漢字や濁点・句読点を当てる。）

〈四行空白〉

返し

79　誰が里も訪ひもや来るとほととぎす心のかぎり待ちぞわびにし

即ち実践本では、この歌に先立つ贈歌は欠脱していると見るべきもの。陽明本では、「返し　やれてなし」とあり、先立つ（空白）もないので、前歌「わするるはうき世のつねとおもふにもみをやるかたのなきぞわびぬる」についての「返し」と解すべく、その返歌は毀損して伝わらぬことになる。

問題は、この79番歌の上の句「訪ひもや来る」の意味で、「や」は疑問でなく、反語である。即ち、あの時鳥（人）はどの里、誰の里をも訪ねて来るだろうか、いや、ここ（私のもと）しか訪ねてくることは無かろう。という確信に近い推量判断である。式部にしては珍しいと言わねばならぬ。しかし、この確信がこの歌の眼目であろう。「や」を単なる疑問の助詞と採ることは出来ない。すなわち、誰の里にも訪ねてくるのではないか、従って私の所にも……の意に採ることは出来ないのだ。それでは、第四句「心のかぎり（＝全霊を籠めて）」が全く無意味になるからである。

この確信は一体どこから来るものだろうか。単に一首の単独解釈からだけでなく、「家集」の構造に考察を振り向けたい。この79番歌の位置づけに解決の糸口がありそうである。先立つ〈四行空白〉に注目しよう。

式部の恋愛関係を示唆する歌群を対象に、客観的判断に基づく不連続箇所に注目する時、「紫式部集」主要伝本では、次の二種類のそれが目に付く。

物理的不連続箇所　51と52の間（陽明本〈一行空白〉）

　　　　　　　　　78と79の間（実践本〈四行空白〉）

内容的不連続箇所　31と32の間（婚前結氷と婚後解氷）

　　　　　　　　　48と49の間（死別愁嘆と出会求婚）

　　　　　　　　　85と86の間（私的交際と公的宮仕）

この不連続な五箇所の断面をそのまま認めて、分断して幾つかの歌群とし、形式的に並べてみると、

〜31（Ⅰ群）

32〜48（Ⅱ群）

49〜51（Ⅲ群）

52〜78（Ⅳ群）

79〜85（Ⅴ群）

86〜（Ⅵ群）

これら歌群につき、つとめて主観を避けて客観的に以下の処理をしてみよう。

まず、歌内容から、その六歌群を、帰京迄・結婚期・出仕期の三期に分類してみると、

帰京迄の歌　Ⅰ・Ⅲ・Ⅴ

結婚期の歌　Ⅱ

出仕期の歌　Ⅳ・Ⅵ

となる。この行動三期の時間順序に従い六歌群を機械的に並べてみると、推測原初態が浮かび上がる。

Ⅰ　1～31　始発より宣孝登場まで（以下A群と称する）
Ⅲ　49～51　宣孝の求婚（以下B群と称する）
Ⅴ　79～85　結婚と帰京（以下C群と称する）
Ⅱ　32～48　恋文騒動より死別まで（以下D群と称する）
Ⅳ　52～78　誘われて宮仕え試行まで（以下E群と称する）
Ⅵ　86～126　中宮女房として正式出仕（中宮出産以降）（以下F群・G群及びH群と分称する）

［注］本書本文中、各歌の末尾に付したアルファベット記号は、時代順に配列し直したこの群名である（巻末付載「実践本紫式部集所収歌の詠出年次順配列一覧表」参照）。

このうち式部の結婚に関わって言うなら、特にⅢ（B群）とⅤ（C群）との連接には注目する必要がある。それを具体的に言うなら、51番歌から79番歌への連接部分である。

51番歌

としかへりて、かどはあきぬやといひたるに

たがさとの春のたよりにうぐひすのかすみにとづるやどをとふらむ　B

〔校異〕ナシ

79番歌

（四行空白）

返し

たがさともとひもやくるとほと、ぎすこ、ろのかぎりまちぞわびにし　C

〔校異〕返し—返し　やれてなし（陽）

このように、推測原初形態では、この51と79の二首は隣り合っていたもののようである。しかし、実践本では79番歌に先立つ（四行空白）が見える。ということは一体どういうことか。原初形態ではこの二首が連接している様に見えて、実は連接してはいないということで、この間に現存実践本の「空白」で示唆される滅失部分（何首部分か不明である）があるということである。陽明本の異文「返し　やれてなし」もこれを明徴する。原初からこの滅失部分が在るということは、編者に式部を想定する場合、式部の意図的行為の痕跡としか考えようがない。

しかも、この隣接する二首の内容に注目すると、意外な実体が見えてくる。

51番歌の〔通釈〕は、

新しい年が開（あ）けて、（あの人まで）貴家の御門も新しく開きましたかと言ってきたので

どなたのお里からの春の誘いを受けて、この鶯めは、まだ霞に閉ざされた私の家まで訪ねて来たのかしら。

（浮気な鶯さん！）

79番歌の〔通釈〕は、

（私の）返歌

ここ以外、誰の里をもあちこち訪ね廻る浮気な鳥ではなかろう、と、時鳥の訪れを、全身全霊を掛けて待ち侘びておりました。

この両歌の落差はどうしたものだろう。どう考えたらいいだろう。新しい年（長徳四年か）が明けてのこと、ともに同じ相手（宣孝）に向けて、しかも同じ発語「たがさとの（も）」を使って、短期日の間に、式部の詠み掛けた

歌で、この大きな違いは一体何を意味するものだろうか。しかもその間に式部自身によるいくつかの詠歌滅失が予想される場面である。

私は、その「うぐひす」から「ほとゝぎす」への変貌に注意したいと思う。宣孝が、式部の心内で、鶯から時鳥に急変したのである。その際、参考になるのは「源氏物語」に見える両鳥の歌語感覚である。「源氏物語」の両鳥の全詠歌例とその詠者を、鳥の印象感覚と比喩対象者を添えて示すと次の通りである。

[うぐひす]

乙女　鶯のさへづる声はむかしにてむつれし花のかげぞかはれる　源氏
(父親を亡くした)親愛の鳥・春告鳥(兄弟ニタトエル)

九重をかすみ隔つるすみかにも春とつげくるうぐひすの声　朱雀院
春の明るさを運んでくれる鳥・春告鳥(同)

いにしへを吹き伝へたる笛竹にさへづる鳥の音さへ変らぬ　蛍宮
美声の鳥・親愛の鳥(同)

うぐひすの昔を恋ひてさへづるは木伝ふ花の色やあせたる　冷泉院
親愛の鳥(同)

初音　年月をまつにひかれて経る人にけふうぐひすの初音きかせよ　明石君
待たれる鳥・新春の喜びを伝える鳥(明石姫ニタトエル)

ひきわかれ年は経れども鶯の巣立ちし松の根をわすれめや　明石中宮
待たれる若鳥(自分ニタトエル)

めづらしや花のねぐらに木づたひて谷の古巣をとへる鶯　明石君
新奇を求め木伝いする鳥・古巣を訪うは珍しい鳥（姫ニタトエル）

梅枝　うぐひすの声にやいとどあくがれむ心しめつる花のあたりに　蛍宮
美声の鳥・催馬楽「梅枝」を謡う美声（弁少将ニタトエル）

鶯のねぐらの枝もなびくまでなほ吹きとほせ夜半の笛竹　柏木
美声の鳥・梅の枝に戯れる風流な鳥（夕霧ニタトエル）

若菜上　いかなれば花に木づたふ鶯の桜をわきてねぐらとはせぬ　柏木
花に木伝う多情な鳥（源氏ニタトエル）

幻　植ゑて見し花のあるじもなき宿に知らず顔にて来ゐる鶯　源氏
人の心を知らぬげの鳥・陽気な浮かれ鳥（喩えナシ）☆

紅梅　心ありて風のにほはす園の梅にまづ鶯のとはずやあるべき　紅梅
香花に似合う鳥・風趣を解する鳥（匂宮ニタトエル）

［ほととぎす］

花散里　をち返りえぞ忍ばれぬ時鳥ほの語らひし宿の垣根に　源氏
昔を忘れぬ鳥・懐古の情を誘う鳥　（自分ニタトエル）

ほととぎす言問ふ声はそれなれどあなおぼつかな五月雨の空　中川女
昔を思い出させる鳥・懐古の情をそそる鳥（源氏ニタトエル）

橘の香をなつかしみほととぎす花散る里をたづねてぞとふ　源氏

懐古の情を寄せる鳥・懐かしみ寄り付く鳥（自分ニタトエル）

幻　なき人をしのぶる宵のむら雨に濡れてや来つる山時鳥　源氏

冥路を往来する鳥・涙に噎び飛ぶ情感の鳥（喩えナシ）☆

ほととぎす君につてなむふるさとの花橘は今ぞさかりと　夕霧

冥途を通う鳥・故人に言伝できる情深き鳥（喩えナシ）☆

蜻蛉　忍び音や君もなくらむかひもなき死出の田長に心かよはば　薫

冥土の鳥・死者・故人（浮舟ニタトエル）

橘のかをるあたりは時鳥こころしてこそなくべかりけれ　匂宮

故人を慕う鳥（薫ニタトエル）

これを一覧すると、作者紫式部が両鳥にどんなイメージを抱いていたかがよく分かる。

「うぐひす」は、親しみ合う・新奇を求め転々木伝う・待たれる春を告げる・美声・転々多情・風趣を解する・風流、などの鳥で、その特徴は「好奇・転々多情・風流」と言ってよかろう。

「ほととぎす」昔を忘れぬ・懐古の情をそそる・故人と結ぶ情が深い・冥途を通う、などの属性を帯びた鳥で、その特徴は「懐旧・深情」と概括できよう。

また、右の源氏物語歌での「タトエ」とは、そのような人格化させた鳥による間接的な人物形容として用いられているので、そうした「タトエ」を含まぬ「幻の巻」の用例（☆印）は、両鳥に直接言い寄せた端的な印象例と言えるだろう。即ち

「うぐひす」自己中心の陽気な浮かれ鳥。――浮薄のイメージ

「ほととぎす」遠路を行き来する情感深い鳥。――深情のイメージ

そして、人格化させた鳥を誰に喩えているかに着目するとき、「うぐひす」が多種多様な人々の喩えとして使っているのに対して、「ほととぎす」は光源氏にのみ使われていて、他には薫の一例があるばかり。即ち、物語の中心人物・最重要人物にのみ喩える鳥であったことに注意したい。（なお、「蜻蛉」巻の薫の「忍び音や」の歌は、浮舟を死者として中君に対して詠み掛けた事例で、しかも「ほととぎす」とは詠んでいない。）

浮薄の「うぐひす」と深情の「ほととぎす」、式部の、この対称的印象を無視することは出来そうにない。

なお、清少納言も、「枕草子」鳥はの段で、鶯について、概しては賞美するも「九重の内に鳴かぬぞいと悪き」と言い、また、いつでもどこでも鳴く浮かれた無定見を批判しているのに対し、「ほととぎす」については、「さらに言ふべきかたなし」と最高の賞賛を与えている。当時の女性の立場からすれば「ほととぎす」こそ理想の鳥であった。

源氏歌に見る限り、「ほととぎす」は、理想男性光源氏・薫君に寄せらるべき瑞鳥であった。幻巻の次の描写に注目したい。

花橘の、月影にいときはやかに見ゆる薫りも、追風なつかしければ、千代を馴らせる（時鳥ノ）声もせなむと、待たるる程に、……（中略）……さと吹く風に燈籠も吹き惑して、空暗き心地するに、「窓をうつ声」など、めづらしからぬ故言を、うち誦じ給へるも、折からにや、妹が垣根におとなはせまほしき（源氏ノ）御声なり。

故詩を誦じる光源氏の声は、まさしく時鳥の声であった。

51番歌・79番歌の接続に戻ろう。前者の「うぐひす」から後者の「ほととぎす」への変転は、詠者式部の劇的な変化を暗示して余すところがない。相手の宣孝が、式部の心内で、「鶯」から「時鳥」になったのである。最重要

人物に替わったのである。

ここで、目を拡げて、宣孝の登場から求婚、結婚に至る経過を、先の推測原初形態A群→B群→C群→D群と移る歌群の流れの中で通観してみよう。

［A群］

年返りて、唐人見に行かむと言ひける人の、春はとくゝるものといかで知らせ奉らむ、と言ひたるに

28 春なれど白嶺の深雪いや積り解くべきほどのいつとなきかな　A

◇「年返りて」とあるので、越前下向の翌年、長徳三年の春になったらの意であることが確定。宣孝の恋文が届き始める。しかし、式部は鼻先であしらい、続く29歌・30歌、そして次の31歌まで、式部の応対は全くにべもない。

文の上に、朱といふ物をつぶ〳〵とそゝぎかけて、涙の色など書きたる人の返りごとに

31 紅の涙ぞいとゞうとまるゝ移る心の色に見ゆれば　A

もとより人のむすめを得たる人なりけり

［B群］

門たゝきわづらひて帰りにける人の、つとめて

49 世とゝもに荒き風吹く西の海も磯べに波は寄せずとや見し　B

と恨みたりける返りごと

50 かへりては思ひ知りぬや岩かどに浮きて寄りける岸のあだ波　B

◇「門たゝきわづらひて帰りにける人」とあるので、その主はこの推定原初形態の歌順からみても西海から帰洛の宣孝の外はなく、長徳三年のある日、宣孝は越前国府武生に親族の国司為時を訪れたものとみえる。式部の父為時への表敬訪問を兼ねて、宣孝としては年初と予告した（28歌）式部求愛の思いを胸に、その意向打診の「気色ばみ」を試みたものであろうか。しかし、式部の拒絶は替わらない。

51 年返りて、門はあきぬやといひたるに

誰が里の春のたよりに鶯の霞に閉づる宿を訪ふらむ　B

◇そして「年返り」、長徳四年になる。「門はあきぬや」は新年が明けて、求愛の思いも受け入れられようかと、都から新しい期待を寄せた「文遣い」である。「浮気な鶯よ」と、相手の間抜けさ・せっかちさを厳しく咎めるものの、昨年までのにべもない拒絶とはいささか調子に和みが窺われるように思う。「まだまだよ」の思いが流れ始めているように思うがどうだろう。

そして、79番歌が来る。

［C群］

〈四行空白〉

79 返し

誰が里も訪ひもや来ると時鳥心のかぎり待ちぞわびにし　C

◇極めて珍しい式部の歌である。宣孝を理想鳥「時鳥」に喩え、全面的な受け入れを表明したものであり、式部の求婚受諾は確実である。「心の限り待ちぞわびにし」と、この返歌を詠んで相手を受け入れぬほど野暮な彼女ではない筈であり、改めて武生に下向した宣孝を受け入れた歌である。結婚を証

明した歌である。下向した宣孝にしてみれば、前年の「気色ばみ」（49歌）、そして今春の「門はあきぬや」の「文遣い」（51歌）を経ての、「道行き」であろう。為時家に対し、招婿婚時代正式の求婚礼を尽くした結婚であったと言えよう。

それにしても、51・79の両歌の間に起こった劇的な変化とは何であろう。これについて、「家集」は、原初から式部自身によると見られる滅失破棄の痕跡をそこに遺す以外、何も答えない。現存実践本の「空白」で示唆される滅失部分（何首部分か不明である）の存在、そして、陽明本での「返し　やれてなし」の異文が、そのすべてである。破棄された重要な文殻が予想されよう。

都の方へとて、かへる山越えけるに、呼坂といふなるところの、わりなき懸け路に、輿も昇きわづらふを、恐ろしと思ふに、猿の、木の葉の中よりいと多く出で来たれば

80　猿もなほ〔を〕遠方人の声交はせわれ越しわぶるたごの呼坂　C

水うみにて、伊吹の山の雪いと白く見ゆるを

81　名に高き越の白山ゆきなれて伊吹の岳をなにとこそ見ね　C

卒塔婆の年経たるが、転びたふ〔う〕れつゝ、人に踏まるゝを

82　心あてにあなかたじけな苔むせる仏の御顔そとは見えねど　C

◇この帰京三首の「集」中での位置づけを巡って種々論議されて来たが、私は、そのことよりも、式部が父為時と別れて独り上京帰京して宣孝と結婚したとする旧来の諸説に対し、当時の旅を念頭に置くとき、そんなことがあり得たかどうか、と晴れぬ疑問を抱き続けてきた。しかし、上述の線上で読むと、これが宣孝と同道しての上京であったと読むことが出来、十分納得が行く。単身の不安な上京で

はない。それは実質的に今の新婚旅行である。山本淳子の「上京の旅については、京への思い、また京で待つ男への思いを詠む歌があって当然なのに、それが全く見えないのも不審である」（『紫式部集論』一七三頁）という疑念は、全く同感という外ないが、この疑念もこれで霧消しよう。当時では珍しい新婚の旅も、型破りの装束で御嶽詣でを敢行して話題を撒いた宣孝（『枕草子』あはれなるものの段）には、似合いの所行ではないだろうか。憧れの才女を手に入れて満悦の新夫宣孝に手厚く守られて、帰京する式部を読みたいと思う。長徳四年仲春（二月下旬ごろ）の上京であろう。

人の

83　気近くて誰も心は見えにけんことはへだてぬ契りともがな　C

返し

84　隔てじと慣らひしほどに夏衣薄きこゝろをまづ知られぬる　C

◇男の「気近くて」、女の「隔てじと慣らひし」の受け答えは、正しく契りを交わした夫婦の詠み口である。宿願を達成して浮き上がる宣孝の思いと、その沈静化に腐心する式部の識見を躊躇なく読み取ることができよう。四年夏の贈答歌である。

85　峰寒み岩間凍れる谷水の行く末しもぞ深くなるらん　C

◇この一首は、多様な解釈を許しそうである。しかし、その位置づけから、上京した長徳四年もそろそろ押し詰まって、年末近くの詠歌であることは動くまい。先立つ84番歌は夏の歌なので、その秋・冬の寒冷期を迎えて後、詠まれたものだろう。結婚して半年を閲しての式部の、先々を見通す独詠歌であろうか。或いは又、続く32番歌以下の悶着騒動の先触れ歌かも知れない。宣孝の歌ではあり得ない。

［D群］

文散らしけりと聞きて、ありし文どもとり集めておこせ〔を〕ずは返事書かじと、ことばにてのみ言ひやりければ、みなおこ〔を〕すとて、いみじく怨じたりければ、正月十日ばかりのことなりけり

32　閉ぢたりし上の薄氷解けながらさは絶えねとや山の下水　D

◇宣孝の「文散らし」が露見して、騒動が起こる。式部を妻に得て有頂天の宣孝の、不用意な信書開陳に起因する事件であった。改年した長保元年、正月のことである。この宣孝の散らした「文」が何を指すか、明らかでないが、前年春、越前の式部の心に起こった劇的変化に関わりがあろうかと思う。その変化を引き起こした二人の間に交わされた秘密言・密書・信書に類する「文」であった可能性が極めて高い。「鶯」を「時鳥」に替えた大事な大事な「文」である。こともあろうに、その「文」を、宣孝は得意で人に見せてしまったのであろう。本来ならば、本集にも、51番と79番の間に搭載されたかも知れないこの秘中の文殻を、不用意にも他人に「散らした」為に、式部の激怒を誘ったのであろう。現存「式部集」のその箇所に残る無惨な滅失錯簡は、式部自身による編集時での自伝紛揉の作為の跡であろう。式部の揉み消した劇的変化の要因が何であったか、どんな文殻であったかは、こうして永久に不明のまま残されることになった。しかし、その意図的作為は機械的改変に留まっているので、修復を施せばこのように原形の姿が把握できるのである。

以上により、式部の結婚期および越前よりの帰路歌の配列不審も一挙に解決され、従来の見方に対し決定的な反省を迫るものになる。

＊　名古屋平安文学研究会発表論文「紫式部の結婚」稿（平17・12）による。

実践本は、その先、86番「めづらしきひかりさしそふ」の中宮出産時の歌以降になると、上述のような、外形上の物理的損傷や配列換えの跡は見えなくなる。代わって、暦日表記・実人名・実地名などの記された実録歌（実詠歌と呼ぶ）と、そうでない歌との不思議な交替・混淆を見せるようになる。

原態尊重の理念から、この様態をそのまま受け入れて読んで行くとどう読めるかが課題になる。

◇

考察五　創作詠の編入・編集

「紫式部集」には、他の私家集では余り見られない特殊な事例がある。先ずは次の二例を取り上げよう。

(1)

なにのをりにか、人の返ごとに

92　いるかたはさやかなりける月かげをうはの空にもまちしよひかな

返し

93　さしてゆく山のはもみなかきくもりこころもそらにきえし月かげ

まず92番詞書の「人」という表現に注目したい。なんの修飾も属性も示されていない。「待ちぼうけをくわされた」という歌意によって、その「人」が、男の訪れを待つ女と知れるのみであり、従って、「返し」の93番は、男の返歌と知れ、一対の贈答歌になっている。

「人の返ごと」の「返ごと」とは、「返りごと」であって、「人の便り」の意。「返りごと」は、「返し・返事」の意と、それから転じた「文通・手紙のやりとり」の意との二通りの使い方があるが、ここは後者であろう。「なにのをりにか」は、一見失念の体だが、明かそうとしない態度にも見える。と同様に、「人」も、朧化表現であるが、その人（女）は、相手の入来を空しく待ち続けた女であり、対象化されていて、作者自身ではない。たとえその実体が作者式部自身であったにしても、虚像化・虚構人物化されて突き出されている。作者式部の実詠であるのなら、なぜそんな仕掛けが必要なのだろうか。

また、作者式部の歌でないとすれば、なぜ自分の歌でもない他人の歌を――しかも応える男の歌まで添えて――自分の家集に入れたのかが問われねばならぬ。ここは、作者が、92番の詠み手（女）を「誰かさんが……」と虚像化させて隠し消したとしか考えられないところである。93番の歌は、その女を訪わなかった男の弁明・弁解の歌である。両首は待ちぼうけをくらった女と不実な不訪をはぐらかす男との「逢わざる恋」のやりとりで、何時の世にもある掛け合いである。しかし、虚構の女の歌に実体をもった男が詠み返すことはあり得ない。従って、この男の歌も虚構の歌である。従前見られたような宣孝やその他実在の男を想定することはない。この一対の男女の応酬は、ともに作者の創意創作に出たものと判ぜざるを得ない。

入る―山の端、月影―空、さやか―かきくもり等々、歌ことばの対応や、縁語・掛詞の適切な取りなしには、作者の作意が滲んでいる。こう読んで来ると、詞書「なにのをりにか」はまさに不要不急の措辞というべく、事実朧化というよりも虚実隠蔽の響きを持っている。あらずもがなの作意を含んだ一句である。そこにあるものは「いづれの御時にか」と同様の物語的技巧と言えよう。

（2）

人のおこせたる

108　うちしのびなげきあかせばしののめのほがらかにだにゆめをみぬかな

七月ついたちころ、あけぼのなりけり

返し

109　しののめのそらきりわたりいつしかと秋のけしきに世はなりにけり

詞書「人のおこせたる」の「人」も、属性、特性を全く持っていない。歌意は「思い続けて眠れないので、現実ばかりか、夢にもあなたを見る（＝に逢う）ことができない」という、忍ぶ恋一般に見る、男の立場の恋歌である。このままならば、その「人」は、宣孝など具体的な男であることもあり得よう。

ところが、それには左注「七月ついたちころ、あけぼのなりけり」が付けられている。が、この男の歌、108番歌の理解に、この解説的左注の必要性は全くないといっていい。歌は「逢わぬ恋」「忍ぶ恋」一般である。この左注は、「返し」のために付けられている。女の立場の返歌の理解のために付けられている。なぜ女がこんな歌を詠んだかを説明しているのである。即ち、「霧」を呼び出す「秋」、移ろう男心の「飽き」を言い当てる女の歌のために添えられたような「七月ついたちころ」という季節限定は、この「返し」の109番歌を読む第三者の理解にとって必須の条件設定というべきものであろう。注記を基に返歌は詠まれているとも言える。この場面設定に、創作的手法の手の内がほの見える。もし、これが式部の日常実詠歌なら、歌詞の中に初秋の早朝「しののめのそら」「秋のけしきに世はなりにけり」と詠み出しているのだから、この時節設定の左注は全く意味をなさない。

左注の示す解説は、男歌には無意味であり、女歌にのみ有意義である。この断層こそ、場面を設定したり、時間を設定したりして、次なる物語的な流れを作り、その中に展開する男と女の恋の場面転換や、時間の経過や、応酬の読み解きに必要な道具立てであった。継起する時間の流れの中に置かれて初めて意味を持つ「流れの中の言辞」(＝地の文)といえる。男が逢えぬ嘆きを詠んだところ、女には、現実の時期設定条件が与えられ、それを取り込んで応答する機知を見せたのだ。それ(左注)は劇的な舞台転換と言い換えることもできる。当初から現実を共有して共時的に生きる一対の男女の実詠歌のやりとりだったら、まさに無用な言辞とすべきものであろう。

季節の移ろいの中に感情を移入し、作中人物に歌を詠ませる物語作家紫式部の手法が息づいている。この両歌の応答を口ずさんでいると、源氏・若菜上巻、

目に近くうつればかはる世の中を行く末遠く頼みけるかな

身に近く秋や来ぬらんみるままに青葉の山もうつろひにけり

などの、六条院の紫の上の像が目に浮かぶ。

以上、こうした物語歌のような歌が「式部集」には散見される。しかも、それらはある種の纏まりを以て現れる。右の二組の贈答歌例は、ともにそうした歌群の中に位置している。即ち、A群(90―98)の九首、B群(108―113)の六首だが、実録性の色濃い前後の実詠歌とは断絶した位相を持つこれら特殊歌群を以下に纏めて考察してみよう。そして、直接ではなくとも、何らかの関連を予測させる「源氏」類歌も、参考までに挙げてみよう。

A群の考察

たまさかにかへりごとしたりけり。人、のちに又もかゝざりけるに、をとこ

90 をり〳〵にかくとは見えてさゝがにのいかにおもへばたゆるなるらん

返し、九月つごもりになりにけり

91　しもがれのあさぢにまがふさゝがにのいかなるをりにかくとみゆらん

解説的記述が目立つ。まずは、「たまさかにかへりごとしたりけり」の説明的な「けり」である。「人」は対象化された無属性の人物で、返歌91の主の女性。虚構化された女で、明らかに式部の実像ではない。「をとこ（男）」は90歌の詠み手であり、これも前文に連動して虚構化されていると読める。虚構化された男の歌に対する虚構化された女の返歌という組み立てである。「返し」に添えられた「九月つごもりになりにけり」も、説明的な「けり」を伴う、場面解説の月名指定で、女歌理解の助けになっている。いずれもこの贈答両歌理解のための場面設定という解説的記述と言えよう。前掲92・93の贈答もこの趣向と同じであった。

又、おなじすぢ、九月、々あかき夜

94　おほかたのあきのあはれを思ひやれ月にこゝろはあくがれぬとも

これも、秋の深まりとともに揺れる恋の哀愁を詠んだ女の虚構歌であり、以下、

六月ばかり、なでしこの花をみて

95　かきほあれさびしさまさるとこ夏につゆおきそはんあきまではみじ

ものやおもふと、人のとひたまへる返事に、なが月つごもり

96　はなすゝき葉わけのつゆやなにゝかくかれゆく野べにきえとまるらむ

わづらふことあるころなりけり

と続く月名指定には、いずれも意味がある。秋の忍び寄る「六月」、秋の深まる「九月（なが月）」の意であり、それは、恋歌にとって、ともに「秋（飽き）」の心内重層表現の効果が積み上がる。「おなじすぢ」と前歌を承けて、

ここには、「秋に寄せる恋歌の習作」が羅列してあるのだ。いずれもその思いを女の立場に立って詠み上げている。他の女性の歌がこんなに式部の家集に並ぶ筈はない。式部の虚構詠とみるしかないものである。虚構の人物に成り代わって式部の詠み上げた歌の数々である。物語歌の試作創作と言って良いのではないか。「わづらふことあるころなりけり」は、96番歌――その下の句の消え残る露の身の儚さ――の享受に当たっての解説的注記であろう。式部の実生活に起こったものではなかろうと思う。

家集では、更に次の歌が続けられている。

かひぬまのいけといふ所なんあると、人のあやしきうたがたりするをきゝて、心みによまむといふ

97 世にふるになぞかひぬまのいけらじとおもひぞしづむそこはしらねど

又、心ちよげにいひなさんとて

98 こゝろゆく水のけしきはけふぞみるこや世にへつるかひぬまのいけ

人の歌語りを聴き、珍しいその題材を基に、「心みによまむ」とか「いひなさん」と、種々に歌を詠む創作試詠であり、仲間同士の付き合いの中から生まれた、式部の題詠的詠草の数々の提示である。色々の立場に立って、歌詠みを心掛ける式部の像が彷彿として浮かぶ。

［A群歌の源氏類歌］

90 91

賢木　風吹けばまづぞみだるる色かはるあさぢが露にかかるささがに　紫上

92 93

夕顔　山の端の心もしらで行く月はうはの空にて影や絶えなむ　夕顔

94 若菜上　はかなくてうはの空にぞ消えぬべき風にただよふ春のあは雪　女三宮
類歌はない。熟語「あきのあはれ」は3例あり、すべて薄雲巻以降の地の文に現れる。秋文学構想の一端か。
薄雲　もろこしには春の花のにしきにしくものなしと言ひはべめり　やまとことのはには秋のあはれをとりたてておもへる（源氏）
薄雲　女御は秋のあはれをしりがほにいらへきこえてけるもくやしうはづかしと御心ひとつにものむつかしうてなやましげにさへし給ふを（秋好）
若菜下　夜ふけゆくけはひひややかなり　ふしまちの月はつかにさしいでたる心もとなしや　春のおぼろ月よよ　秋のあはれはたかうやうなるもののねにむしのこゑよりあはせたるただならずこよなくひびきそふ心ちすかし（源氏）

95
帚木　山がつの垣ほ荒るともをりをりにあはれはかけよ撫子の露　夕顔
帚木　うち払ふ袖も露けきとこなつに嵐吹きそふ秋も来にけり　夕顔
葵　今も見てなかなか袖を朽すかな垣ほ荒れにし大和なでしこ　大宮
葵　君なくてちりつもりぬるとこなつの露うちはらひいく夜ねぬらむ　源氏
常夏　なでしこのとこなつかしき色を見ばもとの垣根を人やたづねむ　源氏

96
藤袴　朝日さすひかりを見ても玉笹の葉分けの露を消たずもあらなむ　蛍宮

藤袴巻は稀少用例「葉分けの露」の類似が注目される。

97
若菜上　老の波かひある浦に立ちいでてしほたるるあまを誰かとがめむ　明石尼君
若菜下　住の江をいけるかひある渚とは年経るあまも今日や知るらむ　明石尼君

以上に挙げた源氏歌の類似も考慮する時、90～98の一群は、式部の日常的実詠と見るよりは創作試詠の類と判ずべく、ほぼ同じ時期の習作なので、まとめてここに配置されていると見てよいのではないか。

とすれば、この歌群の前の歌、即ち、

89　あしたづのよはひしあらばきみが代のちとせのかずもかぞへとりてむ

は、敦成親王生誕五十日の祝い歌で、寛弘五年十一月一日。また、後の歌、即ち、

99　おほかりしとよのみや人さしわきてしるき日かげをあはれとぞみし

は、同年十一月中旬豊明節会の折の実詠歌で、いずれも「紫式部日記」に詳しい。さすれば、A群の創作歌の数々は、この実詠両首の間に位置するので、寛弘五年後半あたり――もっと厳密に言えば同年冬十一月――に纏めて記録されたものと見てよいのではなかろうか。（直前に経験した秋季を題材に採った創作歌群と纏められよう。）

B群の考察

前掲108・109（「秋のけしき」と熟した歌詞を詠み込む）の、七月ついたちころの初秋「しののめ」の贈答に続いて、詠者未詳歌として

七日

110 おほかたにおもへばゆゝしあまの川けふのあふせはうらやまれけり

返し

111 あまの河あふせはよそのくもゐにてたえぬちぎりし世々にあせずは

の、一連の秋の贈答歌が続く。これもまた、季節限定に伴う女歌の習作として詠まれた事例とおぼしい。「あまの川」は、古来牽牛織女の邂逅にあやかるべく、男女の出会いをことととする恋物語で好んで取り上げられる題材ではあるが、年一回という奇遇を詠むうちは、貴重な「出会い」を愛でる歌になる。そして何よりも訪れる側の男の発想によるものが多い。

恋ひ恋ひて逢ふ夜は今宵天の川霧立ちわたり明けずもあらなむ（古今集・一七六）

あまの川あさせしら浪たどりつつ渡りはてねば明けぞしにける（同・一七七）

ところが、右の110番歌には、「ゆゆし」という発想が見える。「あま」に「尼」を連想する思いが働いている。だから、不吉となる。「おほかたにおもへばゆゝし（普通に考えると尼を連想する）」、という思いは女の発想である。従って、この贈答は、男女のやりとりと言うよりも、女同士の、七夕に寄せる詠み合わせと考えるべきものかも知れない。いや、女同士の実詠を考えるよりも、ともに式部の創作歌・式部の想念歌とする方がより妥当ではないか。式部の物語的習作歌というが相応しかろう。贈答を装った式部の連想かも知れぬ。

源氏物語には、数多くの恋歌が載せられているが、「七夕」は詠んでも、「天の川」を詠んだ事例は一例もない。この語は、東屋の巻の地の文に一例現れるのみである。さすれば、式部がこの語を恋歌に取り込んで詠んでみた珍しく貴重な実験的創作歌の事例ということになろうか。

続いては、次の二首が並べられている。

かどのまへよりわたるとて、うちとけたらんを見むとあるに、かきつけて返しやる

112 なほざりのたよりにとはむひとことにうちとけてしもみえじとぞおもふ

月見るあした、いかにいひたるにか

113 夜こめをもゆめといひしはたれなりや秋の月にもいかでかは見じ

112番歌は、現実の式部の歌とも、創作上の女の歌とも取れよう。いずれにしても、その相手の男の申し入れを拒絶する女歌である。男は、「家集」の位置付けから見ても、敢えて故宣孝とすることもない。女に言い寄りながら敢えて前渡りする不実な男という設定である。「うちとけたらんを見む」「うちとけてしもみえじ」の「うちとけて」には、「心を許しての」という男女の出会いを意味していることは勿論だが、この詞書・歌の流れをよく見ると、特に男のいう「うちとけたらんを見む」には、常日頃は「うち解けぬ」姿を見続けている、の意が込められていよう。とすれば、それが式部の姿であれ、作中人物の姿であれ、宮仕え人の姿が彷彿として浮かび上がる。宮仕え女房の式部にせよ、創作物語の侍女にせよ、伺候身分の女性の里下がり時の姿態である可能性が高い。宮仕えの正装を解いた、普段着の外姿を見たい、と言い寄った男に対して、その「うちとけて」を心内の「気を許して」の意にとりなして応えた宮仕え女の機転の歌が112番歌なのであろう。対する男の属性・存在感は極めて薄い。物語で取り上げられることの多い「まへわたり」「うちとけすがた」をテーマとして試みた式部の創作・習作と見たいと思う。

続く113番歌も、詠歌情況は、「いかにいひたるにか」と一層朧化されている。相手の人物も姿を見せない。応答歌とも独詠歌とも判別が付かないが、一応相手が言い掛けてきたことへの反応という振りを見せて詠んだ、と設定

する。秋の月見に託して詠み上げた詠み手（女）の詠歌趣向だけが浮上する。「夜こめ（夜をこめて、一晩中）」「世こめ（世を籠めた、うら若い女）」と「横目（心移し、浮気）」の多義にわたる掛詞、「夜」「世」の縁語「ゆめ（夢、決して）」などの修辞を使い、明月の夜の風流男のあだ姿を鋭く風刺する。その手法が面白いのだろう。相手の男は実在の男か作中人物か、分からない。分からなくても構わないのだろう。色男に向けての風刺の詠み上げが生命線なのだから。下の句「秋の月にも」の「も」には特に注目したい。この並列の意の助詞「も」には、「どこかの女に（会うの）は勿論のこと、」という怨みの含意が込められている。多情多恨の男を咎める女の立場からの物語的創作歌と見るのが穏当かと思われる。秋の明月に巡り逢うだけだったかしら、という詮議立てである。

［B群歌の源氏類歌］

108 帚木　つれなきを恨みもはてぬしののめにとりあへぬまで驚かすらむ　源氏

109 夕顔　いにしへもかくやは人の惑ひけむわがまだ知らぬしののめの道　源氏

110 若菜上　身に近く秋や来ぬらむ見るままに青葉の山もうつろひにけり　紫上

111 松風　かの岸に心よりにしあま舟のそむきしかたにこぎかへるかな　明石尼君

若菜下　住の江をいけるかひある渚とは年経るあまも今日や知るらむ　明石尼君

幻　七夕のあふせは雲のよそに見て別れの庭に露ぞおきそふ　源氏

112 明石　なほざりに頼めおくめるひとことをつきせぬ音にやかけてしのばむ　明石君

113 類歌はない。「よこめ」の単独用例も皆無。しかし、此の語の関係用例としては手習巻の地の文に一例のみあり。

残り少なき齢どもだに今はとそむきはべる時はいと物心ぼそく覚え侍りしものを、世をこめたる盛りにはつゐにいかがとなむみ給へ侍ると親がりて言ふ（妹尼詞）。

以上より、108～113の六首は、これもまた、詠作情況も明らかでなく、いずれも式部の創作試詠の類かと判ずべく、また、ほぼ同じような時期の試詠なのでここに配置されているとみて良いのではないか。

このB歌群の前の歌は

五せちのほどまゐらぬを、くちをしなど
べんさいしやうのきみの、たまへるに
106 めづらしときみしおもはゞきて見えむすれるころものほどすぎぬとも
かへし
107 さらばきみやまゐのころもすぎぬともこひしきほどにきてもみえなん

の贈答歌で、歌順から見て、寛弘六年冬の実詠歌と認定される。従って、A群歌考察に準じて推すならば、B群の創作歌の数々は、それに続く歌、即ち寛弘六年以降同八年に及ぶ間の詠と忖度される。それは、B群冒頭に位置する108番歌の左註の考察（171頁）で触れたように、寛弘八年立秋の年次環境に十分符合しているからである。

そして、式部の他の著作の有り様と連繫させて見ると、B群末尾の113番歌をもって、寛弘八年末ころ、式部の自選家集はひとまず纏められたものと考えたい。なぜなら、歌の並びから見ても114番歌以降との断層が際だつからである。

B歌群の後に続く歌、すなわち

九月九日、きくのわたをうへの御かた

よりたまへるに

114 きくのつゆわかゆばかりにそでふれて花のあるじに千世はゆづらむ

は、「紫式部日記」によれば寛弘五年の九月九日の歌とある。この歌以降、巻末126番歌に及ぶ十三首は、寛弘八年末以降晩年までの間のある時期の追補と考えるのが穏当であろう。その内、114〜118の五首は、「日記」によればいずれも寛弘五年時の旧詠に当たる。114番歌は式部の仕えた彰子中宮の母倫子、115・116番歌は、親友小少将の君、117・118番歌は、同大納言の君との贈答である。みな宮仕え時代を飾る思い出に残る親近の人々である。式部の晩年、これら個人的な思い出の歌々を追記するに当たり、まずは「日記」から拾ったものであろうか。或いは、この五首は、式部にとって特に大事な歌として、「日記」にも「集」にも、時を改めてともに記録し直したものであろうか。こうした追記追録を確認するとき、巻末十三首は、式部晩年時の編集詠草稿と纏められるように思われる。最晩年の式部の心境・環境に深く残り留まった人々の残像を窺わせる。上述の寛弘五〜八年時点に見える物語歌の編入も、晩年の式部の心に残る創作的女人残像かも知れない。

◇

さて、以上述べてきたようにA・B二群の創作詠は、それぞれの持つ歌詞や歌内容などの面で「源氏」の本文と意味内容や心情で通底する対応相関関係を持っているようである。

「集」創作詠の歌詞・心情　対応する「源氏」類歌の詠者

〔A群〕

①90 91 ささがに　途絶えがちな訪れ・音信の不安……（賢木）紫上

92 93 うはの空　人待つ虚脱感……（夕顔）夕顔　（若菜上）女三宮

②秋への関心傾斜

94 あきのあはれ　秋の情趣……（薄雲）（若菜下）秋好中宮・源氏

95 なでしこ　秋の到来……（帚木）夕顔、（葵）大宮　（常夏）源氏

96 葉わけの露　はかない身……（藤袴）蛍宮

③生き甲斐への関心

97 かひぬまのいけ（いけるかひ）……（若菜上）（若菜下）明石尼君

〔B群〕

④108 109 しののめ　人を失った虚脱感……（帚木）（夕顔）源氏

108 ほがらか　明朗……（若菜上）女三宮乳母詞

⑤109 あきのけしき　あき（秋・飽き）の情の発生……（若菜上）紫上

その深まり……（夕霧）以降の地の文

⑥110 111 あまの川・あふせ……（尼の上京）……（松風）明石尼君

……………(尼の住吉参り)……(若菜下) 明石尼君
112 なほざりのたより ……………(七夕の逢う瀬)……(幻) 源氏、(東屋) 地
ひとこと……………………(明石) 明石君、(椎本) 八宮の地の文
⑦113 よこめ 世籠め、若年時、又その人………………(手習) 妹尼詞

①と④には、気紛れな光源氏に揺さぶられる夕顔の心の虚脱や紫上・女三宮の空虚な閨怨感情の不安定感に通じるものを漂わせ、②と⑤には、六条御息所の据え直しで顕かにされる秋季賞美の抒情を基に構想された春秋二季の六条院文学の開幕する「薄雲」以降の秋情強調(例とこなつ→なでしこ)の趣向が顕著で、「若菜上」の女三宮降嫁で呼び覚まされる紫上の悲哀や出家志向・絶望感を一層かき立てて行く秋(飽き)物語への傾斜・深化が窺われ、③と⑥には、明石物語、就中明石尼君を彷彿させる尼の「逢う瀬」の哀楽物語の広がりとの親近性が覗いている。

これら創作詠の歌群は六条院物語(故六条御息所の故地)の中に展開する、源氏・紫上・女三宮・秋好中宮の秋の悲恋・悲愁の物語に通底している。そして、⑦では、更に一歩進めて、112番歌を含めて宇治世界や横川妹尼の出家人の心情にも届くような創作詠が繰り広げられていることを知る。

総じてこれら創作詠歌群の傾向は、「夕顔」「帚木」(ソレモ六条院玉鬘ノ先行物語デアル)を除くと、殆どが「薄雲」「乙女」巻以降の六条院物語に類似するものを内包しており、そこには紫上の苦悩・哀愁の深まりと離脱志向、明石尼君への心寄せなど、宇治世界にまで拡がる思いが流れている。

◇

A・B両群の中、その象徴的創作詠として、次の二首に注目したい。94番歌と110番歌である。

又、おなじすぢ、九月、々あかき夜

94　おほかたのあきのあはれを思ひやれ月にこゝろはあくがれぬとも　F

七日

110　おほかたにおもへばゆゝしあまの川けふのあふせはうらやまれけり　G

ともに「おほかた」の語で始まる。

前者で言おうとするのは、「秋のあはれ」に象徴される秋文学への傾斜に次いで、「おほかたの」秋文学・秋情への着目である。それは、「源氏」で言えば、光源氏・六条御息所・秋好中宮ら上流人の物語に留まらず、中流人・地方人・女性その他常々目立たない群像などに拡大する目の広がりを指す。夕顔・玉鬘・明石君なども範疇に入ってくることだろう。

また、その明石、明石の尼君に連なる想いからであろうか、後者110番歌は、「あま」(尼)文学への開眼である。文学的には出家は好まれぬ題材だが、敢えてその分野に目を向け始める歌であり、「おほかたにおもへばゆゆし」従前ならば「あま(天)つ星」七夕星の出会いの感動に留まり、それ以上には触れ込まない文学的常識の域を超えて、「あま(尼)の逢瀬」から出家・宗教者世界に拡がる式部の構想が仄見える。弁の尼や横川妹尼や浮舟、そして八宮・宇治山・横川僧都らの物語をも呼び起こす「源氏」第三部に連なる式部の新しい構想が現れ始めていると見ることも出来ようか。衰退者・脱俗人・尼・老女・侍女らの舞台である。

式部の眼は、自分もそこに属する「おほかた」の俗世の現世人に回帰し、そこからの新たな旅立ちを意図しているように見える。

秋文学の構築に身を入れていたと思われる寛弘五年～八年時、その創作的試詠台帳よりその数首を抜き出し、実詠に代えて――式部にとってはこれこそその当時の実感詠草であるが――家集に取り入れた痕跡がここに残されている。103・104の中宮代作献詠歌とて、虚構作中人物ならぬ現実の人物に成り代わって詠む点で、類同する詠草と言えよう。

＊　名古屋平安文学研究会発表論文「紫式部集の特異な一面」稿（平18・12）による。

◇

本家集は、その冒頭部より、解説的記述が各所に鏤められている。例えば、

2　その人遠き所へ行くなりけり。……

冒頭歌を承けて、2番歌を詠み出した契機を述べる。備忘記録という自撰の自家集なら、必要のない記述である。第三者による読みを助ける為の注記的解説文というしかない。換言すれば、己が家集の物語化への第一歩である。作者の物語作者的姿勢が自然に露出していると言ってもよかろう。1番歌も2番歌もともに作者式部の歌であるが、その自詠歌を並べ、詞書として記述する式部の眼は、物語作者の眼である。和歌詠者と物語編者の二役を演じ、歌人と物語作者の二様の姿を家集に留めている。

総じて、自詠歌を集める態度は自歌自撰一般と同じだが、時に物語り作者としての自己客体化や、自己を対象化

した虚構世界の構築に向かう。そこに観念詠・思念詠等思索歌を客体化した物語歌を、題詠歌同様に、日常的実詠歌の中に取り込むことも生まれてくる。即ち、創作的物語的習作歌をも家集に収める式部であった。物語歌創作は式部にとって日常詠歌の一部にまでなっていたと言えるかも知れない。その後、天喜三年（一〇五五）六条斎院歌合（物語歌合）の出現から更に降って物語二百番歌合・風葉和歌集へと拡がる物語歌の歴史的自立は近い。物語歌の、一般和歌並みの自立を夢見た先駆者として式部がいたことに改めて気付かされるのである。

以上のような人生を生きた式部の、自撰の私家集、実践本「紫式部集」の読みを提示するのが本書のねらいである。

◎実践本「紫式部集」は原則的には年代順配列である、と結論付けられる。

◎その配列は式部自身によるものである。式部でなければ出来ぬ点が余りにも多い。

◎実践本は宮仕え女房意識が陽明本より明確である。小少将関係や土御門出仕関係の色彩が強まり、出仕意識が相対的に色濃いが、それは賛美というより、自覚―省察的自己想念―が明確になったと言うべきだろう。自撰本「式部集」の最終形態を示していると見て良いのではないか。

紫式部略伝

紫式部は、岡一男説に依れば、平安朝中期の天延元年（九七三）に生まれた。（今井源衛説では天禄元年〈九七〇〉生）。天暦の治と呼ばれ慕われた村上天皇時代が終わり、その弟源高明左大臣の左遷で揺れた安和の政変を経て、勢いを得た藤原一門の兼通・兼家兄弟による政権争奪の始まる円融天皇朝を迎えていた。そして兼家の政略が功を奏し、次の花山帝を落飾に追い込み、樹立した一条天皇（母は兼家の娘詮子）時代〈寛和二―寛弘八〉および三条天皇（母は兼家の娘超子）時代〈寛弘八―長和五〉――その間の三十一年の大半は、兼家の子道長が左大臣として全権を掌握していた――その藤原全盛期を、式部は生き抜くことになる。

式部の父親は、漢学者として名高い藤原為時。為時の家は、祖父で三十六歌仙の一人、堤中納言兼輔の血を引き、父雅正や兄為頼ら文藻方面に名を残す一族であるが、為時は大学寮出身者として平安中期の代表的文人に名を連ね、一条朝宮廷詩人の詩集成『本朝麗藻』では大江以言・具平親王・儀同三司（伊周）に次ぐ第四位に位置づけられている。その詩は学儒色が濃い。大学寮の上部官署、式部省の式部大丞に就いた経歴により、娘の「式部」という召し名も付いた模様である。時代環境や門地門閥争いのせいか、政権中枢に距離を置く文人気質も手伝い、最終官職は越後守という受領階級であり続けた。

式部の母は藤原為信の娘だが、式部の極幼少時に死去し、語るべきことは少ない。むしろ母早逝の式部に落とした影の方が目を引く。為信も、為時同様に国司を歴任した末、従四位下右近少将にまでなった受領階層である。式部と同じ両親のもとに生まれた同胞は、姉と弟惟規《のぶのり》であるが、その姉の死は本集15番歌の詞書に見える。それは正暦五年冬から長徳二年春までの一年余の間のことであろう。式部二十三歳ごろの悲しい別離であった。その直後の長徳二年の夏、父為時の越前赴任に伴われて初めて都を離れ、地方生活の実態に触れる。母亡き家庭でしかも姉まで喪った挙句の厳しい北国の受領家生活を経験する事になる。

「紫式部集」は、二十歳代前半の正暦四年（九九三）歌から始まる。越前下向以前のこれら在京歌は、その殆どが同じ受領階級と思われる家の子女との歌で埋め尽くされている。そして、その若く瑞々しい才気と感性が読む人々に十二分に伝わってくる。拘りのない同族意識の友人・仲間との対等の付き合いが忌憚無く詠み上げられている。

それに続いて、下向した北国の激しい気候に加えて地方生活の厳しさが漸く身に応える様になった頃、今までの交友仲間とは違う新しい便りが届くようになる。長徳三年に始まる親族宣孝の登場である。親族だけにその接近は自然体に近い。そして早々に「男」に変わって行く。家族間交信が男女間交信に進み、宣孝は手練手管を弄して式部の心を揺さぶる。そして越前に出向いて懸案の表敬訪問を果たし、意向打診の「気色ばみ」をしたのが49番歌であろう。明けて長徳四年の春先、再度の「文づかい」の試み（51番歌はその時の式部の返歌）を経て、式部に劇的な身変わりが起こる。79番歌である。宣孝は再度の越前下向で式部の心を射止め、為時の立ち会う国府武生の地で、夫婦の契りを結び、三日夜の供応にも預かったことであろう。そして春半ば新夫婦はお揃いで喜びの上京を果たしたものと思われる。為時も安堵して二人を都に送り返したことであろう。

翌長保元年（九九九）一女賢子が授かる。活気の出た新家庭に激震が走ったのは、その二年後の夏であった。夫宣孝が罹病急逝し、式部は忽ちに寡婦の悲哀を味わわされる事になる。

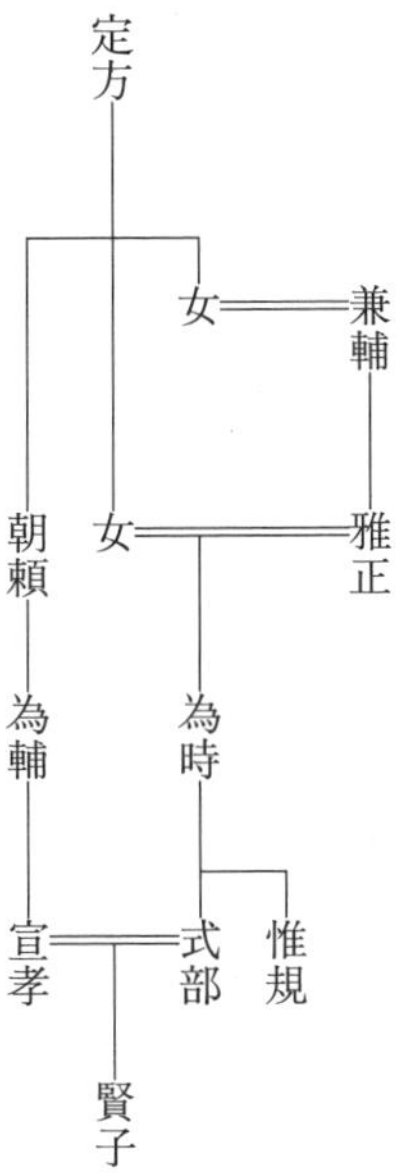

愁傷閉居の式部の許に届けられた近親肉親間の弔慰の他に、失意の式部の闇を見通せる同心の女友達との慰藉疎通の交信は、「日記」の記述と連動して注目を引く。虚実二相に揺れる歌に物語作者的な姿が見え隠れしている。物寂しくも沈静の籠居は三、四年続く。

やがて52番歌あたりから、式部の眼はその無常を嘆きつつも受け入れるしかない世上や病む子の将来にも向けられ始め、仲介者の薦めもあっての事であろう、出仕の話が具体化してくる。と同時に、「憂き世」とともに、「憂き身」が心との落差を道連れに歌にも立ち現れてくる。それ以前には無かったことである。次表の人々を始め、その他入り組んだ係累の中から口添え・仲立ちの人を特定することは至難の業である。有縁者集団の貴族社会だけに、式部の「憂さ」には人間関係の煩わしさも封じ込められていたに違いない。出仕を前に、漸く外に目を向け始めた途端、気になりだした白眼・陰口や、その進退を揺さぶる心内の声に立ち往生する。

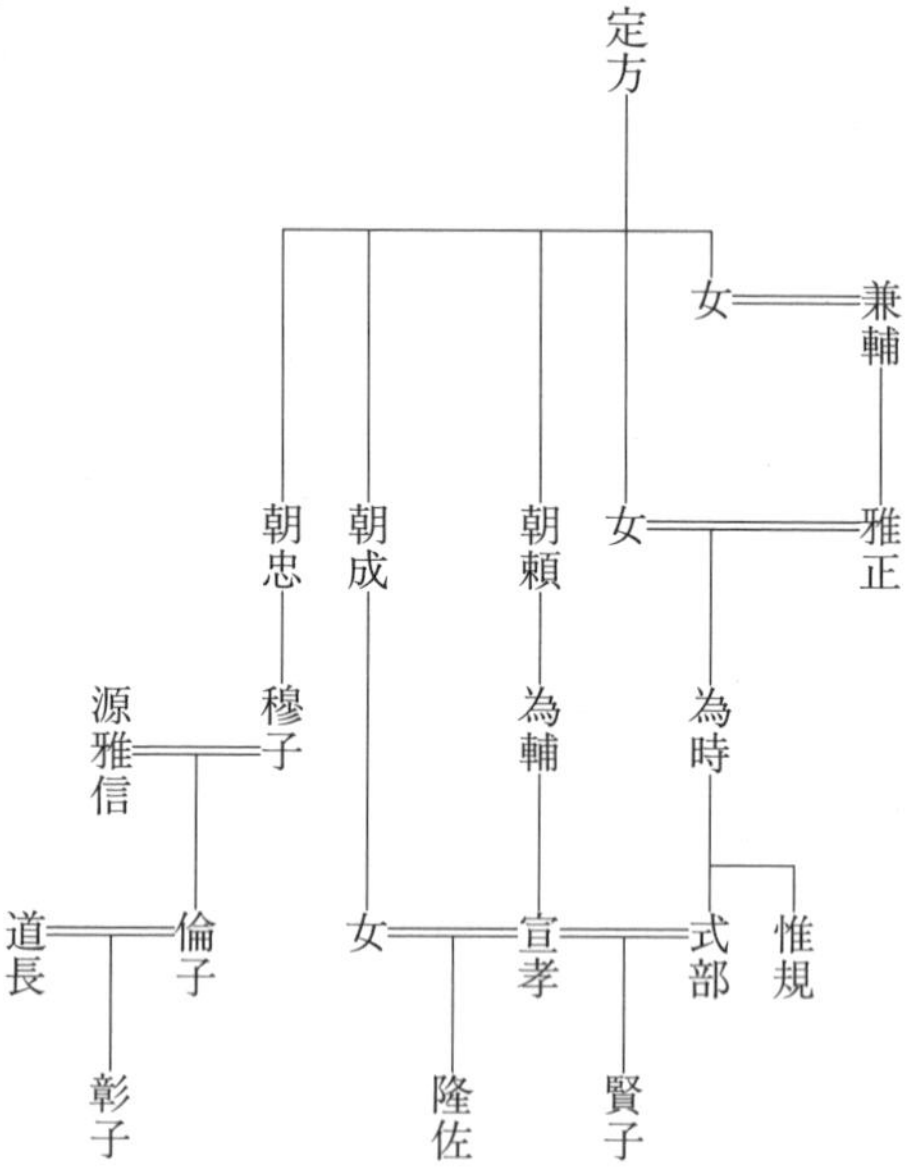

寛弘二年（一〇〇五）歳末、決心して、一条帝中宮彰子のもとに初出仕する。しかし、予期した以上の現実格差の衝撃に遭い、早々に里下がり蟄居してしまう。出仕前の心の相克がいざ出仕してみると別の新たな相克を生み出す。そして擁護に廻る人の誘いにも応えきれず、長期間隠り続け、宮廷復帰は次第に困難になる。そして一年余の日々が流れる。以前から書き続けてきた物語などを書いて傷心を慰めていたのであろうか。結局のところ、初出仕は気負いが過ぎて失敗に終わったということであろう。が、その籠居が別の中傷に形を変えて式部の耳に届くようになる。「上衆ぶって！」の誹謗である。62番歌はそれに応えた式部の反撥である。再度の決心で再出仕に踏み切

る。中宮家女房としての真の自立はこの62番歌の後あたりからであろうか。寛弘四年（一〇〇七）の晩春の頃かと思われる。思えば、この再出仕・再出発に向けては、一年余の充電期間が必要だったというべきかも知れない。

翌寛弘五年（一〇〇八）は、式部にとって最も充実した一年ではなかったか。仕える彰子中宮の皇子出産の慶事は、伺候女房にとっても無縁であろう筈がない。唯繁栄の山が高ければ高いほど谷間も深くなろう。人間関係の苦悩も我が「身の憂さ」の襞も深くなるかも知れぬ。同年の「紫式部日記」記述の充実ぶりはその明暗二相を活写していると言えようか。同年暮れの豊明節会の折の99番歌などには、対立女房集団とのいさかいに積極的に協力する式部が仄見え、すっかり中宮家女房になり切っていて、興味深い。主家土御門一門の繁栄を「おほやけごと」として自覚的に詠み上げる式部と、僚友らと己が身の宿命を労り慰め合う式部との共存が映し出されている。しかし、再出仕以降の式部の女房生活の根幹において最も大事な心友は小少将の君であったことが「本集」によって明確に読み取れよう。式部の宮仕え生活の成果は小少将を抜きにしては考えられないと思う。再出仕の始発をなす63・64歌の「あやめ草」贈答歌の相手もこの上﨟女房だつた可能性が高いと思う。

また、この最も充実した寛弘五、六年から続く七、八年にかけては、私的にも最も心の相克が深まり種々の染筆も進んだように思われる。現存「日記」や「集」の編述形態もそうした情況と無縁ではあるまい。式部の創作欲の高揚した時期でもあったことは、「集」中特異な創作詠歌群の存在で確認されそうである。公的宮仕えの充実も私的な執筆の刺激を促したということであろう。源氏物語制作時期の考察に当たって見落とせぬ視点を提供している。式部三十歳代後半の円熟期に当たる。

その後の宮仕えの持続や執筆の進捗を窺わせる晩年を解き明かす資料としても本集は欠かせない。114番歌以降の追補部分である。結果的に式部の宮仕えを支えたのは、彰子中宮・道長を除いては、倫子・小少将君・大納言君であったろうことが回想されていること、また、長和二年（一〇一三）過ぎに身を引く契機となったのは一条帝から三条帝への世替わりによる内裏状況変革であったろうこと、「おほやけごと」もいつしか式部には「あいなき」ものにかわってしまったこと、更には、最も親愛の情を寄せ合っていた小少将君にまで先立たれて底知れぬ「無常な命」の哀淵に沈んだこと等々、虚妄の晩年の式部を示唆する歌の数々もある。雨が降り相撲は沙汰止み我が居場所は古り（120・121）、初雪が降り我が身も旧る（122・123）、しかし世に経れどもいつまでの命ぞ（124・125・126）と、「ふる」贈答歌三重奏でもって「集」を閉じる。

僅か一、二年間の「紫式部日記」の解読のみで式部伝を縛ることから解放する役割を本集は持っている。なにしろ二十代三十代の二十年間に亘る式部の生活記録である。しかし、それも本「紫式部集」に「年代順配列」の原則を読んでこその成果というものである。実践本にはその基本的資格が備わっている。また、今ひとつの条件として本「紫式部集」に作者自撰が跡づけられねばならぬ。実践本にはその条件も満たされている。節月意識という余人には叶わぬ式部自撰の特徴を確認出来るからである。

実践本「紫式部集」所収歌の詠出年次順配列一覧表

1	めくりあひて見しやそれともわかぬまにくもかくれにし夜はの月かけ	A	正暦4
2	なきよはるまかきのむしもとめかたきあきのわかれやかなしかるらむ	A	〃
3	つゆしけきよもきか中のむしのねをおほろけにてや人のたつねん	A	正暦5
4	おほつかなそれかあらぬかあけくれのそらおほれするあさかほの花	A	〃
5	いつれそといろわくほとにあさかほのあるかなきかになるそわひしき	A	〃
6	にしのうみをおもひやりつゝ月みれはたゝになかるゝころにもあるかな	A	〃
7	にしへゆく月のたよりにたまつさのかきたえめやはくものかよひち	A	〃
8	つゆふかくをく山さとのもみちはにかよへるそてのいろをみせはや	A	〃
9	あらしふくとを山さとのもみちはゝつゆもとまらんことのかたさよ	A	〃
10	もみちはをさそふあらしはゝやけれとこのしたならてゆくこゝろかは	A	〃
11	しもこほりとちたるころのみつくきはえもかきやらぬこゝちのみして	A	〃
12	ゆかすともなをかきつめよしもこほりみつのうへにておもひなかさん	A	〃
13	ほとゝきすこゑまつほとはかたをかのもりのしつくにたちやぬれまし	A	長徳元
14	はらへとのかみのかさりのみてくらにうたてもまかふみゝはさみかな	A	長徳2
15	きたへゆくかりのつはさにことつてよくものうはかきかきたえすして	A	〃
16	ゆきめくりたれもみやこにかへる山いつはたときくほとのはるけさ	A	〃
17	なにはかたむれたるとりのもろともにたちゐるものとおもはましかは	A	〃

18	あひ見むとおもふこゝろはまつらなるかゝみのかみやそらにみるらむ	A	〃
19	ゆきめくりあふをまつらのかゝみにはたれをかけつゝいのるとかしる	A	〃
20	みをのうみにあみ引たみのてまもなくたちゐにつけてみやこゝひしも	A	〃
21	いそかくれおなしこゝろにたつそなくなにおもひいつる人やたれそも	A	〃
22	かきくもりゆふたつなみのあらけれはうきたる舟そしつこゝろなき	A	〃
23	しりぬらむゆきゝにならすしほつ山世にふるみちはからきものそと	A	〃
24	おいつしま〳〵もるかみやいさむらんなみもさはかぬわらはへのうら	A	〃
25	こゝにかくひのゝすきむらうつむゆきをしほの松にけふやまかへる	A	〃
26	をしほやままつのうは葉にけふやさはみねのうすゆき花と見ゆらん	A	〃
27	ふるさとにかへるやまちのそれならはこゝろやゆくとゆきもみてまし	A	〃
28	春なれとしらねのみゆきいやつもりとくへきほとのいつとなきかな	A	〃
29	水うみのともよふちとりことならはやそのみなとにこゑたえなせそ	A	〃
30	よものうみにしほやくあまの心からやくとはかゝるなけきをやつむ	A	長徳3
31	くれなゐのなみたそいとゝうとまるゝうつるこゝろのいろに見ゆれは	A	〃
49	世とゝもにあらき風ふくにしのうみもいそへになみはよせすとや見し	B	長徳3
50	かへりてはおもひしりぬやいはかとにうきてよりけるきしのあたなみ	B	〃
51	たかさとの春のたよりにうくひすのかすみにとつるやとをとふらむ	B	長徳4
79	たかさともとひもやくるとほとゝきすこゝろのかきりまちそわひにし	C	長徳4
80	ましもなををちかた人のこゑかはせわれこしわふるたこのよひさか	C	〃
81	名にたかきこしのしら山ゆきなれていふきのたけをなにとこそみね	C	〃

82 こゝろあてにあなかたしけなこけむせるほとけのみかほそとはみえねと C 〃
83 けちかくてたれもこゝろは見えにけんことはへたてぬちきりともかな C 〃
84 へたてしとならひしほとになつ衣うすきこゝろをまつしられぬる C 〃
85 みねさむみいはまこほれるたに水のゆくすゑしもそふかくなるらん C 〃
32 とちたりしうへのうすらひとけなからさはたえねとや山のした水 D 長保元
33 こち風にとくるはかりをそこ見ゆるいしまの水はたえはたえなん D 〃
34 いひたえはさこそはたえめなにかそのみはらのいけをつゝみしもせん D 〃
35 たけからぬ人かすなみはわきかへり見はらのいけにたてとかひなし D 〃
36 おりてみはちかまさりせよもゝの花おもひくまなきさくらおしまし D 〃
37 もゝといふ名もあるものをときのまにちるさくらにもおもひおとさし D 〃
38 花といはゝいつれかにほひなしとみむちりかふいろのことならなくに D 〃
39 いつかたのくもちときかはたつねましつらはなれけんかりかゆくゑを D 長保2
40 くものうへも物おもふはるはすみそめにかすむそらさへあはれなるかな D 長保4
41 なにかこのほとなきそてをぬらすらんかすみのころもなへてきる世に D 〃
42 ゆふきりにみしまかくれしをしのこのあとをみる〳〵まとはるゝかな D 寡居期
43 ちるはなをなけきし人はこのもとのさひしきことやかねてしりけむ D 〃
44 なき人にかことはかけてわつらふもをのかこゝろのおにゝやはあらぬ D 〃
45 ことはりやきみかこゝろのやみなれはおにのかけとはしるくみゆらむ D 〃
46 春の夜のやみのまとひにいろならぬこゝろにはなのかをそしめつる D 〃
47 さをしかのしかならはせるはきなれやたちよるからにをのれおれふす D 〃

48　みし人のけふりとなりしゆふへよりなそむつましきしほかまのうら　D　〃
52　きえぬまの身をもしる〳〵あさかほのつゆとあらそふ世をなけくかな　E　出仕前
53　わか竹のおいゆくすゑをいのるかなこの世をうしといとふものから　E　〃
54　かすならぬこゝろに身をはまかせねと身にしたかふは心なりけり　E　〃
55　こゝろたにいかなる身にかゝなふらむおもひしれともおもひしられす　E　〃
56　身のうさはこゝろのうちにしたひきていまこゝのへそおもひみたるゝ　E　寛弘2
57　とちたりしいはまのこほりうちとけはをたえの水もかけみえしやは　E　寛弘3
58　み山へのはなふきまかふたに風にむすひし水もとけさらめやは　E　〃
59　みよしのは春のけしきにかすめともむすほゝれたるゆきのした草　E　寛弘4
60　うきことをおもひみたれてあをやきのいとひさしくもなりにけるかな　E　〃
61　つれ〳〵となかめふる日はあをやきのいとゝうき世にみたれてそふる　E　〃
62　わりなしや人こそ人といはさらめみつから身をやおもひすつへき　E　〃
63　しのひつるねそあらはるゝあやめくさいはぬにくちてやみぬへけれは　E　〃
64　けふはかくひきけるものをあやめくさわかみかくれにぬれわたりつる　E　〃
65　たへなりやけふはさ月のいつかとていつゝのまきのあへる御のりも　E　寛弘5
66　かゝり火のかけもさはかぬいけ水にいくちよすまむのりのひかりそ　E　〃
67　すめるいけのそこまてゝらすかゝりひのまはゆきまてもうきわか身かな　E　〃
68　かけ見てもうきわかなみたおちそひてかことかましきたきのをとかな　E　〃
69　ひとりゐてなみたくみける水のおもにうきそはるらんかけやいつれそ　E　〃
70　なへて世のうきになかるゝあやめくさけふまてかゝるねはいかゝみる　E　〃

71	なにことゝあやめはわかてけふもなをたもとにあまるねこそたえせね	E	〃
72	あまとのとの月のかよひちさゝねともいかなるかたにたゝくくひなそ	E	〃
73	まきの戸もさゝてやすらふ月かけになにをあかすとたゝくゝゐなそ	E	〃
74	夜もすからくひなよりけになく〳〵そまきのとくちにたゝきわひつる	E	〃
75	たゝならしとはかりたゝくゝひなゆへあけてはいかにくやしからまし	E	〃
76	をみなへしさかりのいろをみるからにつゆのわきける身こそしらるれ	E	〃
77	しらつゆはわきてもをかしをみなへしこゝろからにやいろのそむらむ	E	〃
78	わするゝはうき世のつねとおもふにも身をやるかたのなきそわひぬる	E	〃
86	めつらしきひかりさしそふさかつきはもちなからこそ千世をめくらめ	F	寛弘5
87	くもりなくちとせにすめる水のおもにやとれる月のかけものとけし	F	〃
88	いかにいかゝかそへやるへきやちとせのあまりひさしき君か御世をは	F	〃
89	あしたつのよはひしあらはきみか代のちとせのかすもかそへとりてむ	F	〃
90	おり〳〵にかくとは見えてさゝかにのいかにおもへはたゆるなるらん	F	〃
91	しもかれのあさちにまかふさゝかにのいかなるおりにかくとみゆらん	F	〃
92	いるかたはさやかなりける月かけをうはの空にもまちしよひかな	F	〃
93	さしてゆく山のはもみなかきくもりこゝろもそらにきえし月かけ	F	〃
94	おほかたのあきのあはれを思ひやれ月にこゝろはあくかれぬとも	F	〃
95	かきほあれさひしさまさるとこ夏につゆをきそはん秋まてはみし	F	〃
96	はなすゝき葉わけのつゆやなにゝかくかれゆく野へにきえとまるらむ	F	〃
97	世にふるになそかひぬまのいけらしとおもひそしつむそこはしらねと	F	〃

98 こゝろゆく水のけしきはけふそみるこや世にへつるかひぬまのいけ　F　〃
99 おほかりしとよのみや人さしわきてしるき日かけをあはれとそみし　F　〃
100 みかさ山おなしふもとをさしわきてかすみにたにのへたてつるかな　G　寛弘6
101 さしこえていることかたみゝかさ山かすみふきとく風をこそまて　G　〃
102 むまれ木のしたにやつるゝむめの花かをたにちらせくものうへまて　G　〃
103 こゝのへにゝほふをみれはさくらかりかさねてきたるはるのさかりか　G△寛弘4
104 神世にはありもやしけん山さくらけふのかさしにおれるためしは　G△　〃
105 あらためてけふしもゝのゝかなしきは身のうさや又さまかはりぬる　G　寛弘6
106 めつらしときみしおもはゝきて見えむすれるころものほとすきぬとも　G　〃
107 さらはきみやまゐのころもすきぬともこひしきほとにきてもみえなん　G　〃
108 うちしのひなけきあかせはしのゝめのほからかにたにゆめをみぬかな　G　寛弘8
109 しのゝめのそらきりわたりいつしかと秋のけしきに世はなりにけり　G　〃
110 おほかたにおもへはゆゝしあまの川けふのあふせはうらやまれけり　G　〃
111 あまの河あふせはよそのくもゐにてたえぬちきりし世ゝにあせすは　G　〃
112 なをさりのたよりにとはむひとことにうちとけてしもみえしとそおもふ　G　〃
113 夜こめをもゆめといひしはたれなれや秋の月にもいかてかは見し　G　〃
114 きくのつゆわかゆはかりにそてふれて花のあるしに千世はゆつらむ　H▽寛弘5
115 くまもなくなかむるそらもかきくらしいかにしのふるしくれなるらむ　H▽　〃
116 ことはりのしくれのそらはくもまあれとなかむるそてそかはく世もなき　H▽　〃
117 うきねせし水のうへのみこひしくてかものうはけにさえそおとらぬ　H▽　〃

118 うちはらふともなきころのねさめにはつかひしをしそ夜はに恋しき　H▽　〃
119 なにはかりこゝろつくしになかめねとみしにくれぬるあきの月かけ　H寛弘8〜
120 たつきなきたひのそらなるすまゐをはあめもよにとふ人もあらしな　H　長和2
121 いとむ人あまたきこゆるもゝしきのすまゐうしとはおもひしるやは　H　〃
122 こひわひてありふるほとのはつつきはきえぬるかとそうたかはれける　H長和2〜
123 ふれはかくうさのみまさる世をしらてあれたるにはにつもるはつゆき　H　〃
124 くれぬまの身をはおもはて人の世のあはれをしるそかつはかなしき　H　〃
125 たれか世になからへてみむかきとめしあとはきえせぬかたみなれとも　H　〃
126 なき人をしのふることもいつまてそけふのあはれはあすのわか身を　H　〃

【注】 本文は校訂前の実践本のままである。
アルファベットは詠出歌群順（但し△連想付記・▽回想付記）を示す。

本書掲出歌五句索引

濁点、踊り字はすべて用いない
数字は歌番号
陽は陽明本による補足歌／陽日は陽明本付載の日記歌

あ行

か行

な行

は行

ま行

や行

わ行

後書き

平成二年に『平安朝文学に見る二元的四季観』（風間書房）を書き上げた時、その珍重すべき文学意識の継承者たる紫式部の家集を、その新しい目で基礎から全面的に読み直してみたいと思いました。そしてその二元観の痕跡を僅かでも残している伝本こそ、そうでない諸本に比べて、後世の他人の手による改変を免れ現代にまで伝えられた貴重な伝本の資格を備えているに違いないと推断し、それを拠り所に種々検討した結果、該当する実践女子大学蔵本こそ正真正銘の式部自身による自撰本の系統を引くものと私なりに結論づけました。だから、どんな善本でも多少の欠陥がある点は承知の上で、あえてこの本を最大限に信じて読んでみようと思ったのです。そして他本で校合することもかえって恣意的な混態本を作ってしまう懼れあるを憂え、安易に校訂することはつとめて避けました。初めから疑うことは棚上げにして、式部自身が自覚的作為のもとに敢えて真相の攪乱混濁を謀ったと判断される結婚期の部分を、客観的で明快な手続きに従って復元させて、とにかくその配列順序に従って読んで行くと、同家集は、早くから推測されているように、原則的に年代順に編成されていることが一層確かなものと判ってきました。こう読んでみると、この実践本で、式部の二十歳、三十歳代の壮年期二十年間に亘る歌人生を、かなり細かく読み取ることが出来るようであります。この線上で、実践本「紫式部集」を読み直した結果が本書になりました。

新しい発見は幾つもあります。式部の結婚や宣孝流新婚旅行も、物語歌作りの試みも、伺候の場の液状化もその一つですが、宮仕え時の里居の意外な多さにも改めて気付かされました。初出仕直後に始まる一年余の里居などもその一つです。式部の宮仕え生活に関わって導かれることの多い「身の憂さ」は、今までも人々の注目を集め、その本質について種々論じられて来ましたが、この里居の多さは宮仕え生活の裏面に貼り付いた生活実態であり、しかも大長編「源氏物語」の執筆時期にも直結しているだけに、式部を理解するために肝要な秘鑰とも思われます。式部があの「源氏」を、いつ、どこで、どの部分を、どのように書いたのだろうかは、古来数多くの諸先学によって追求されてきた課題であり、私もそれを気にし続けておりますが、本書の読みも「紫式部日記」や引いては「源氏物語」の著述とどう結ばれているかはすべて今後の課題であります。これからの寝覚め時の楽しみごとになりそうです。総体的な紫式部像の解明はまだまだ遠い遠い彼方でありましょう。しかし、その一過程として一つの根拠有る視座を世に提供できたとすれば、望外の喜びです。

こうして、本書は「二元的四季観」に基礎をおいた副産物であり、私としては、平安時代直産の「紫式部集」の解読を目指したつもりの新注釈書であります。ただしその読み方についてはまだまだ十分とは言えず、各所に問題を残しており、更に読み深めなければならぬことは言うまでもありません。諸賢子の御示教を切望しております。

拙い本書ですが、青簡舎「新注和歌文学叢書」の一編に加えて頂けることを喜んでおります。

片歌を一首。

密々の　文箱を開く　幻（＝道士）もがな

平成十九年冬至の朝

田　中　新　一

田中新一（たなか・しんいち）
昭和３年（1928）岐阜市生まれ
昭和27年東京大学文学部国文学科卒業
愛知教育大学名誉教授（椙山女学園大学・金城学院大学大学院各教授歴任）
関連著作：『平安朝文学に見る二元的四季観』（風間書房刊）等

新注和歌文学叢書　2

紫式部集新注

二〇〇八年四月八日　初版第一刷発行
二〇一二年四月八日　初版第二刷発行

著　者　田中新一
発行者　大貫祥子
発行所　株式会社青簡舎
〒一〇一-〇〇五一
東京都千代田区神田神保町二-一四
電　話　〇三-五二一三-四八八一
振　替　〇〇一七〇-九-四六五四五二

印刷・製本　株式会社太平印刷社

ISBN978-4-903996-03-5　C3092